우리는 가끔
아름다움의 섬광을 보았다

우리는 가끔
아름다움의 섬광을 보았다

금정연 정지돈

에세이 필름

푸른숲

차례

프롤로그 7

2021

한국 영화에서 길을 잃은 한국 사람들 13

2022

시네마의 실행 153

에필로그 255

참고 자료 321

일러두기

본문 내 * 로 표기된 주석은 편집자가 단 것이다. 두 저자의 주석은 숫자를
달아 표기하였으며, 각각의 내용은 〈참고 자료〉에서 확인할 수 있다.

정지돈

1.

이 책은 금정연과 내가 2021년에서 2022년까지 2년 동안 한국영상자료원 홈페이지에서 연재한 〈한국 영화에서 길을 잃은 한국 사람들〉을 묶은 것이다. 우리는 한국 영화 그 자체만을 다루는 게 아니라 2000년대 이후 한국 사회 전반에 대한 우리의 지식을 영화를 경유하는 방식으로 심화시키고자 했다.

그렇다면 어떤 영화를 대상으로 해야 할까. 천만 영화를 다룰 수도 있고 영화제에서 높은 평가를 받은 영화를 다룰 수도 있다. 개인적으로 의미 있는 작품을 선택할 수도 있다. 영화 선정은 아마 대부분의 영화 책이 부딪치는 문제일 것이다.

그러나 어떤 종류의 영화를 다루더라도 공백은 생길 수밖에 없다. 미국의 이론가이자 활동가였던 바바라 데밍도 유사한 종류의 문제에 부딪쳤다. 미국국회도서관에 어떤 영화를 보관할 것인지 선정 기준을 설명하는 보고서에서 그는 이렇게 말했다.

설령 어떤 영화가 가장 대중적인 영화인지 정할 수 있다고 하자. 그러한 경우 사람들은 언제나 최고 인기 있는 영화 속에 등장하는 똑같은 꿈을 보존할 뿐 비록 가장 인기 있는 영화는 아니지만 그보다는 조금 저렴하고 덜 인기 있는 여러 영화에서 반복해서 나타나는 다른 꿈은 놓치게 될 것이다.

독일의 문화연구자 지그프리트 크라카우어는 이러한 데밍의 문제의식을 인용하며 다음과 같이 덧붙였다. "중요한 것은 영화에서 사용된 영상 및 서술 모티브의 대중성이지, 통계에 기반한 대중성이 아니라는 것이다. 그녀는 모티브가 꾸준히 반복되는 것을 내면의 요구가 외적으로 투영된 것이라고 보았다. 그런 모티브는 영화의 대중성과 수준과는 상관없이 어떤 영화에서든 하나의 증상으로서 가장 큰 비중을 차지한다."

크라카우어는 한 국가의 영화가 어떤 예술 매체보다 해당 국가 국민의 심성을 잘 반영한다고 썼다. 그는 영화 연구의 고전이 된 저작 《칼리가리에서 히틀러로》의 서론에서 영화가 그런 매체가 될 수 있는 이유로 다음 두 가지를 제시한다.

첫째, 영화는 결코 한 개인이 만들 수 없다.
둘째, 영화는 익명의 다수를 향하고 있고, 또 그들에게 말을 건다.

그러므로 중요한 것은 하나의 영화도 아니고, 완성도가 높은 영화도 아니다. 개별 영화에서 상징을 찾고 내러티브를 분석하고 의미를 도출하는 작업은 흥미롭지만 사실 영화에 대한 것이라기보다 영화로 인해 생긴 또 하나의 증상이다.

어떤 집단적인 무의식에 따라 조직되곤 하는 이 영화라는 예술 매체를 다루는 것은 그것과는 다른 접근을 요구한다. 금정연과 나는 영화와 영화를 둘러싼 현상 전반을 담으려 했고 그곳에서 우리 시대에 대한 무언가를 발견하려고 했다. 무모해 보이기도 하는 이러한 시도는 그러나 어떠한 야심이나 비판 의식 때문에 이루어진 것은 아니다. 그것보다는 우리가 이미 영화를 그러한 방식으로 향유하고 있기 때문에, 걸작이나 히트작만 감상하는 게 아니라 쏟아지는 영상물 속에서 그것을 담고 옮기고 비평하고 조롱하고 상찬하는 언어, 행위들과 함께 살고 있기 때문에, 우리는 영화를 지금과 같은 방식으로 다룰 수밖에 없었다.

2.

　2023년 현재 한국 영화는 어느 때보다 위기라고 말해진다. 그러나 매번 반복되는 위기론을 여기서 또 반복할 생각은 없다. 설령 이번에는 진짜 위기이고 한국 영화의 황금기는 끝났고 영화 산업은 침몰할 거라고 해도 마찬가지다. 어느 날부터 사람들은 영화 개봉 소식을 접하면 그 영화가 망하면 어쩌나 하는 걱정부터 한다. 300억이 들었다는데 흥행에 실패하면 어떡하지, 영화계 전체에 안 좋은 영향을 주면 어떡하지. 그러다 보니 배우나 감독이 사고를 치면 비난이 쏟아진다. 사건 자체에 대한 비난이라기보다 다른 사람의 밥벌이에 나쁜 영향을 줬다는 것이다. 이 모든 걱정의 바탕에는 경제 논리가 깔려 있다. 우리는 어느 순간부터 영화를 보기 전에 흥행 수익과 그와 관련된 산업의 전망, 종사자들의 생활을 걱정한다. 친척이 영화계에서 일하는 걸까? 아니면 영화사 주식이라도 샀나? 솔직히 말해 한국 영화 산업이 망한들 그게 우리 삶과 무슨 상관일까. 세계 대부분의 국가에는 영화 산업이라고 할 만한 게 없다. 선진국 대열에 속한 나라도 마찬가지다. 그렇다고 그 나라의 문화적 역량이 부족한 것도 아니다. 그런데 왜 우리는 한국 영화가 망하면 큰일이라도 날 것처럼 반응할까. 물론 신경 안 쓰는 사람들도 있다. 흔히 말하듯 연예인 걱정을 해서 뭐 하냐는 식으로.

하지만 바로 여기에 우리가 영화를 대하는 태도의 비밀이 있다(연예인을 대하는 태도 또한 마찬가지다). 이 대상들은 따로 떨어져 독립된 개체가 아니다. 이 대상들은 묘하게도 우리가 함께 공들여 키운 것처럼 느껴진다. 그 느낌이 사실인지 아닌지는 중요하지 않다. 영화의 위기를 걱정하는 것은 우리의 사고가 경제 논리에 잠식당해서가 아니라, 영화에 우리가 투영되어 있으며 영화가 우리를 자양분으로 생존하고 있음을 끊임없이 어필하기 때문이다. 다시 크라카우어로 돌아가서 말하면, 영화는 한 개인의 작품이 아니다. 만약 영화가 그렇게 된다면 그때야말로 영화는 더 이상 영화가 아니게 될 것이다.

그렇다고 함께 영화의 위기를 극복하자고 주장하려는 건 아니다. 우리는 다만 세계와 특정한 방식으로 연결되려고 하는 영화의 성격이 우리와 세계에 어떤 영향을 주고받는지 살펴보려고 했다.

3.

우리가 이러한 과업을 해내는 데 성공했는지 모르겠다. 2년 동안 마감에 쫓기며 가끔은 상대방이 무슨 말을 하고 있는지 모르겠고 내가 무슨 말을 하고 있는지도 모르겠는 상황 속에서 의도한 바에 절반이라도 가까이 갔을까. 의도 자체가 마감과 현실의 압박 속에서 사라져버린 건 아닐까. 심지어 가끔은 현실이 현실의 압박 속에서 사라지는 것처럼 느끼기도 했다.

하지만 연재를 하는 동안 일어난 교류들은 어느 때보다 기억에 남는다. 그건 우리가 홀로 쓰거나 함께 썼던 그 어떤 경험보다 관계적이었다. 글에 대한 반응과 그 반응을 따라 움직이며 우리가 읽은 글과 나눈 이야기들, 그 이야기들이 다시 전해지고 움직이고 쓰이는 동안 우리는 가끔 전에 없는 기쁨을 느꼈다. "우연히 나는 아름다움의 섬광을 보았다"로 번역되고는 하는 요나스 메카스의 영화 〈앞으로 나아가는 동안 나는 가끔 아름다움의 섬광을 보았다 As I Was Moving Ahead Occasionally I Saw Brief Glimpses of Beauty〉의 오프닝은 다음과 같은 내레이션으로 시작한다. "내 인생이 어디에서 시작하고 어디에서 끝나는지 나는 결코 알아낼 수 없었다." 우리도 마찬가지다. 영화가 어디에서 시작해서 어디에서 끝날 것인지 우리는 결코 알아내지 못했다. 그러나 이 과정에서 우리는 가끔 아름다움의 섬광을 보았다. 이 책을 읽는 분들에게도 그런 일이 일어나길 바란다.

2021

한국 영화에서

길을 잃은

한국 사람들

01

금정연

그래서 우리는 영화를 만들기로 했다. 이번이 처음은 아니었다. 2016년 정지돈과 오한기와 이상우와 나는 〈펫 시티〉라는 제목의 '페이퍼 시네마'를 만들었는데, 앨런 튜링의 뇌를 쪼아 먹은 앵무새 마부제*가 인간을 뛰어넘는 능력을 갖게 되며 조류가 인류를 지배하게 된 세상에서 분투하는 주인공 잭(a.k.a. 쩩)과 동료들의 이야기를 그린 일종의 대체역사 SF였다.

벨라 발라즈**는 옛날 영화가 우리에게 우스꽝스럽게 느껴지는 것이 영화라는 문화가 너무도 빠르게 발달했기 때문이라고 말한다. 오래된 예술이 대개 지나간 시대의 정신을

---

*　　1890년생 오스트리아-독일 프리츠 랑 감독의 영화 〈마부제 박사〉의 차용.
**　　1884년생 헝가리 영화 평론가, 시인.

거기에 합당한 형식에 담아 표현했다면, 영화가 보여주는 것은 우리 자신과 연관시킬 수 있는 것, 아직 '역사'가 아닌 우리의 최근 모습이며 그 어색함이 우리를 웃게 만든다는 것이다. 그러니 당신이 방금 〈펫 시티〉의 로그라인을 보며 슬쩍 (비)웃었다면 그 때문이다, 아마도…….

그러니까 문제는 웃음이고, 웃음의 종류다.

그게 처음 한국영상자료원에서 정지돈과 내게 '우리가 사랑하는 21세기 한국 영화'라는 주제로 한 달씩 번갈아가며 연재할 것을 제안했을 때 우리가—적어도 나는—떠올린 것이었다. 사랑하는 영화에 대해 말하는 일은 거의 언제나 오해를 불러일으킨다. 소위 영화를 사랑한다는 사람들이 입버릇처럼 영화라는 우정 운운하면서도 서로를 못 잡아먹어서 안달 난 모습을 보라. 소문난 영화사랑맨이자 시네마테크의 얼치기 인류학자였던 뤽 물레*는 〈알카사르 작전〉에서 자신과 친구들을 한마디로 묘사한다. 시네필들이 다 그렇듯이 그는 입냄새가 심했다, 라고…….

〈인생은 소설이다〉의 개봉에 맞춰 알랭 레네**를 인터

---

*　1937년생 프랑스 영화 비평가. 열여덟 살 때부터 〈카이에 뒤 시네마〉에 글을 기고했고, 이후 누벨바그 영화감독으로서 평론가와 감독들 사이에서 명성을 얻었다. 상업적인 성공을 거두지는 못했다.

**　1922년생 프랑스 영화감독. 모던 시네마를 대표하며 〈히로시마 내 사랑〉 등을 연출했다.

뷰하는 자리에서 세르주 다네***는 〈히로시마, 내 사랑〉이 어린 시절의 자신에게 주었던 충격에 대해 말해야겠다고 생각한다. "그런데" 다네는 말한다. "내가 말해서는 안 될 그의 어떤 무엇인가를 말했다는 듯이 그는 조금은 쌀쌀한 태도와 먼 곳을 바라보는 듯한 시선으로 내게 감사를 표했다. 마치 내가 그의 레인코트를 칭찬하기라도 한 것처럼 말이다. 나는 기분이 상했지만 내가 잘못했다는 것을 알았다. 왜냐하면 '우리의 유년기를 응시했던' 영화들은 공유 불가능하기 때문이다. 심지어 그 영화들의 작가와도 말이다."

— 근데 그게 웃음이랑 무슨 상관이에요?

지돈 씨가 물었다. 아무래도 내가 그를 너무 오래 기다리게 한 모양이다.

— 두 종류의 한국 영화가 있습니다. 웃겨서 계속 보고 싶은 한국 영화와 웃겨서 더는 볼 수 없는 한국 영화. 전자에 대해서는 말할 수 없습니다. 후자에 대해서는 말하고 싶지 않습니다. (…) 그럼 우리는 무슨 말을 해야 할까요?

우리는 서교동 카페 콜마인에서 만났다. 우리가 '영화

***　1944년생 프랑스 영화 비평가. 〈영화의 얼굴들〉을 창간하며 비평가로서 경력을 시작했다. 이후 〈카이에 뒤 시네마〉를 위해 글을 썼고, 편집장으로서 1981년까지 일했다.

를 보러 다니는 평범한 친구들'*(가제)이라고 이름 붙인 연재를 위한 일종의 기획회의? 작전회의? 나는 약간 복잡한 마음이었다. 오랜만에 둘이 하는 공동 작업이 설레기도 했지만, 장 루이 셰페르의 말마따나 나는 영화에 대해 특별한 이야기를 할 자격은 전혀 없다고 할 수 있었기 때문이다. 영화관에 지나치게 자주 가는 지돈 씨와 달리 마지막으로 영화관에 갔던 게 언제였는지도 모르겠다. 〈콘 에어〉를 본 건 기억나는데…….

—정연 씨, 제발 니콜라스 케이지는 잊으세요.

지금보다 어리고 민감하던 시절, 나는 니콜라스 케이지가 주연한 〈더 록〉〈패밀리 맨〉〈스네이크 아이즈〉〈비상 근무〉〈페이스 오프〉〈시티 오브 엔젤〉〈라스베이거스를 떠나며〉 같은 영화들을 보며 생각했다. 왜? 왜 죄다 이 사람이 주인공인 거야? 톰 행크스도 있고, 톰 크루즈도 있고, 심지어 브루스 윌리스도 있는데? 그건 아직도 내게 풀리지 않는 미스터리로 남아 있고, 사람이란 풀리지 않는 미스터리를 좀처럼 잊지 못하는 법이다.

나는 지돈 씨에게 내가 가장 최근에 본 한국 영화인 〈남산의 부장들〉에 대해 말했다. 중반까지는 무척 몰입해서 봤다, 중반을 넘어가며 조금은 동어반복적이고 지지부진한 느낌이, 클라이맥스 이후에는 뭔가 잘 정리되지 않은 듯한 느낌도 들었지만 전체적으로 재밌었다, 다만 어느 순간

　—한국 현대사를 다룬 정치 영화가 아니라 가족 영화를 보는 것 같았다고 할까요. 이병헌이랑 이희준이 티격태격하는 모습을 계속 보다 보니까 추석에 삼촌들이 고스톱 치다 싸우는 것 같고, 이성민은 꼰대 아버지고, 유일한 여성 캐릭터인 김소진은 미국에서 로비스트로 일하는, 레비스트로스적인 의미에서 족외혼을 통해 교환된, 문자 그대로 출가외인이며…….

　겉으로는 세련된 척, 젠틀한 척, 서로 존중하는 척하면서 뒤로 은근히 견제하고 돌려서 까고 음모를 꾸미며 뒤통수치는 외국의 정치물과 달리 상대적으로 단순하고 보다 직접적이라는 감상이 남았다. 그리고 그건 내게 아쉬움보다는 한국에서 한국 영화 나온다, 같은 생각이 들게 했다.

　이런 이야기다. 한국 사회를 살아가는 평범한 관객으로서 나는 정치라는 공적인 관계까지 가족이라는 사적 프레임으로 파악하는 관점이 너무 익숙하다. 혹은 동시대를 살아가는 평범한 관객으로서 내게 한국 영화는 어떤 시대를 다루건 지나치게 가깝게 느껴진다. 마치 가족처럼……. 그래서 우리는 한국 영화를 보고 한국 영화에 대해 말해야 한다는 생각만

으로도 작품의 매력과는 아무 상관없이 종종 가슴이 답답하고 숨이 막히는 듯한 걸까? 우리를 둘러싼 시간과 공간이 너무 좁아. 약간의 여유가, 숨을 돌릴 수 있는 거리가 필요해.

늘 그랬던 것처럼 지돈 씨는 자신에게 아이디어가 있다고 했다. 무려 세 개나! '봐, 나한테 아이디어가 있어'라고 말할 때 어떤 일이 일어나고 있습니까? 들뢰즈는 묻는다. 이런 질문을 제기하는 것은, 한편으로는 모든 사람이 알고 있듯이 아이디어가 있다는 것은 드물게 일어나는 사건이고 자주 오지 않는 일종의 축제이기 때문이다. 그리고 다른 한편으로 아이디어가 있다는 것은 뭔가 일반적인 것이 아니기 때문이다. 누구나 아이디어를 떠올릴 수 있다. 가끔은. 하지만 매번 아이디어를 떠올리는 건 전혀 다른 차원의 일이다. 지돈 씨는 어떻게 아직도 매번 아이디어가 샘솟는 거지? 지돈, 유 돈 스톱 네버 스톱?

—첫 번째, 22세기의 영화 청년들이 우연히 21세기 초반의 영화를 발견하고 함께 이야기를 나눈다는 설정이에요. 일종의 SF처럼.

그때 내 머릿속에 떠오른 건 미국 드라마 〈베터 콜 사울〉에 나오는 영화과 학생들이었다. 어쩐지 22세기에도 그들은 지금과 똑같은 모습의 영화과 학생으로 남아 있을 것 같았다. 천재 감독이 될 수 있었지만 전공을 잘못 택한 22세기의 사울 굿맨에게 착취당하며……

—두 번째, 이건 방금 니콜라스 케이지 얘기하다가 떠오른 건데, 재밌게 봤지만 이상우에게는 절대 말할 수 없는 영화들이라는 콘셉트인 거죠. 쉽게 말하면 길티플레저 같은?

그런데 정말 그래도 괜찮을까? 지돈 씨와 나는 종종(실은 거의 항상) 글을 쓸 때 서로를 등장시켜 할 말 못 할 말 모두 하게 만들곤 하는데, 이상우를 등장시킬 때는 어쩐지 조심하게 된다. 상우 씨가 특별히 뭐라고 한 적도 없지만 나도 모르게 그렇게 되는 것이다. 바로 그 점이에요, 지돈 씨가 말했다. 여기서 이상우는 실존인물이 아닙니다. 정연 씨와 저의 초자아를 가리키는 다른 이름인 거죠.

—세 번째, 각자 상대를 내세워서 서로가 본 영화에 대해 쓰는, 금정연은 정지돈이라는 인물을 주인공으로 정지돈이 영화를 보고 느낀 걸 기록하고 정지돈은 금정연이라는 인물을 주인공으로 금정연이 보고 느낀 것을 기록하는 거예요. 3인칭 미니 픽션처럼.

물론 가장 마음에 든 건 세 번째였다. 22세기의 한국을 살아가는 청년들의 시점에서 21세기 초반의 한국 영화를 보는 게 어떤 느낌일지 궁금했지만 상상하긴 힘들었고, 이상우에게 절대 말할 수 없는 영화는 이상우에게 절대 말할 수 없으니까…….

그래서 우리는 서로의 영화 경험에 대해 짧은 이야기를 나누었다. 각자의 등장인물에 대해 알아야 할 필요가 있었기 때문이다. 나는 신촌에 있던 녹색극장과 이대 앞 영화마당, 서울극장과 단성사와 피카디리와 시네코아 같은 시내의 극장들에 대해 말했다. 비디오 대여점과 극장에서 했던 아르바이트에 대해서도. 좌석들 사이에 떡하니 커다란 기둥이 있어 시야를 가리던 코아아트홀에서 〈버팔로 66〉을 봤다는 이야기를 하자 정지돈은 깜짝 놀라며 어떻게 그걸 극장에서 볼 수 있냐고 물었다. 얼마든지 볼 수 있죠. 내가 대답했다. 충분히 오래 전에 서울에서 태어나기만 했다면…….

정지돈이 영화를 본 곳은 대구극장과 한일극장과 만경관이었다. 그는 중학교 1학년이던 1996년 대구극장에서 〈미션 임파서블〉을 보며 처음 돌비서라운드를 경험했고, 그때부터 브라이언 드 팔마를 좋아하게 되었다고 말했다. 여기서 질문. 만약 당시로서는 최첨단 음향시설이 설치된 대구극장에서 〈미션 임파서블〉을 보지 않았다면, 그와 드 팔마의 관계는 지금과 달랐을까?

―귀를 중심으로 한 영화 경험은 관객의 자아로 깊숙이 진입한다고 토마스 엘새서*가 말하긴 했죠.

―그럼 지돈 씨 자아 깊숙이 드 팔마가 있는 거예요? 와, 대박.

―아니요. 제 자아 깊숙한 곳에는 드 팔마가 없습니다.

정지돈이 단호하게 말했다.

―대신 톰 크루즈가 있죠.

귀와 음향은 영화 경험의 공간성을 전면에 부각시킨다, 라고 엘새서는 쓴다. 우리는 모퉁이에서, 그리고 벽 뒤에서, 심지어 우리가 아무것도 볼 수 없는 완벽한 어둠과 눈부시게 환한 환경에서도 소리를 들을 수 있다. 다수의 전통적 접근 방식이 영화 관객을 이성적으로 동기화되고, 목적지향적인 방법으로 관람하며, 객관적인 방법으로 정보를 처리하는 존재로 간주하는 반면, 귀는 균형 감각과 공간적 감수성과 같은 요소로 초점을 옮긴다. 관객은 더 이상 영화 밖에 머무는, 시각 피라미드의 정점에 위치한 이미지의 수동적 수용자가 아니라 음향적, 공간적, 육체적으로 영화적 조직과 엮여 있는 신체적 존재다…….

이듬해에는 피어스 브로스넌이 주연한 〈단테스 피크〉를 돌비서라운드로 보다가 등 뒤에서 돌 떨어지는 소리가 들려서 깜짝 놀라기도 했다며 지돈 씨는 쓸쓸하게 덧붙였다.

—지금은 무엇에도 놀라지 않은 지 오래되었지만요.

정지돈은 또 아버지와 함께 한일극장에서 〈클리프행어〉를 보기 위해 매표소 앞에 줄을 서서 기다리던 일화를 들려주었는데, 줄이 너무 길어서 아무래도 못 보겠다고 생각하

---

*   1943년생 독일 영화학자. 1세대 영화학자인 그는 영화학을 대학의 학제로 정립하고 수많은 영화인을 양성했다. 국내에는 《영화 이론》의 저자로 잘 알려져 있다.

던 참에 아버지가 줄에서 쓱 나가 돌아다니던 암표상을 부르니 "형님, 오셨어요?" 하며 암표를 주었다고 했다. 어린 그에게 아버지가 비로소 아버지처럼 느껴졌던 몇 안 되는 기억이라고. 비슷한 무렵, 나 역시 아버지와 함께 〈쥬라기 공원〉을 보러 극장에 갔다. 마감에 허덕이는 만화가였던 아버지는 아는 암표상 동생이 있지는 않았고, 허름한 극장에는 사람이 많았던 것 같지도 않지만, 단순히 극장에 데려갔다는 사실만으로 아버지와 얽힌 몇 안 되는 좋은 기억으로 남아 있다. 그리고 집에서 비디오로 함께 〈구니스〉 〈레이더스〉 〈8번가의 기적〉 〈어비스〉 〈스플래시〉 〈폴리스 아카데미〉 〈오복성〉 〈총알 탄 사나이〉 〈로보캅〉 〈토탈 리콜〉 〈다이하드〉 〈프레데터〉 같은 영화들을 보던 것도 좋았다. 보다가 어머니와 싸우기 전까지는 좋았다…….

할리우드파였던 내 아버지와 달리 지돈 씨의 아버지는 장 가뱅*을 좋아하던 유럽파였다. 이걸 할리우드에서 할리우드 나고 유럽에서 유럽 난다고 해야 할지. 정작 우리 부자는 할리우드에 가본 적도 없지만……. 아무튼 우리는 할리우드건 유럽이건 아버지들이 우리를 영화의 세계로 이끌었다는 이야기를 했는데, 그렇다면 한국 영화는 아빠인가? 우리는 한국 영화를 죽여야 하나?

---

*   1904년생 프랑스 배우. 프랑스 고전 영화계를 대표하는 아이콘이다.

—그건 〈화이〉에서 다 끝난 거 아니었어요? 친부 하나에 계부 다섯, 마지막에는 상징적 아버지까지 일곱 명이나 죽이잖아요.

—정연 씨, 〈암살〉을 생각하세요. 〈화이〉에서 친자인 여진구에게 죽었던 이경영은 〈암살〉에선 친자인 전지현(B) 대신 자기 아버지를 직접 죽이지 못하는 인물들이 모인 살부계의 일원인 하정우에게 죽습니다. 그건 수정주의죠. 영화라는 시간은 선형적이지 않아요.

정지돈과 나는 아버지를 죽이지 않았고 대신 연락을 끊었다. 물론 그렇다고 해서 그들이 우리의 기원에 관여하고 있다는 사실, 그리고 우리를 영화 쪽으로 이끌었다는—엄밀히 말하면 영화 언저리에 방목했다는—사실이 변하지는 않는다. 세르주 다네는 시네필이 된다는 것, 그것은 단지 학교 수업과 병행해서 행해지는 또 다른 수업이자 지식을 주입하는 과정이었으며 이 수업에서 노란 표지 시기의 〈카이에 뒤 시네마〉가 길잡이 역할을 했고 몇몇 성인 통행 안내인들이 우리의 은밀한 공모자가 되었다고 말했는데, 우리는 시네필이 아니고 한 번도 시네필이었던 적은 없지만, 우리들의 아버지가 우리에게 최초의 성인 통행 안내인이었다는 것은 부정할 수 없는 사실처럼 보인다. 정확히 '다네적인' 의미에서, 그들은 우리에게 저기 어딘가에 발견해야 할 세계가 있고 '그' 세계가 우리가 거주하고 있는 바로 그 세계라는 것을 가르쳐주었던 것이다.

—이거다!

그때 갑자기 정지돈이 테이블을 두드리며 외쳤다.

—한국의 영화는 일종의 교육-장치입니다. 남자아이들을 대상으로 한 사적교육체제인 거죠. 로라 멀비[*]는 주류 영화가 남성의 판타지와 쾌락을 제공하며 남성의 응시를 위해 구성된다고 주장했습니다. 다네는 시네필^{Cinéphile}을 영화-아들 Cine-Fils이라는 이보다 분명할 수 없는 자신만의 조어로 바꿔 말했고요. 아버지에서 아들로 내려오는 가부장적 사적교육이 이루어지는 장소는 한국에서 모두 두 곳입니다. 극장 그리고 목욕탕!

—그건…… 마치 고대 로마 같은 이야기네요.

—그렇죠! 캐롤라인 레빈[**]에 따르면 학교는 열을 지어 정렬한 관객 개념을 고대 극장에서 빌려 왔습니다. 따라서 세 가지 학교가 있습니다. 일반적인 학교, 감옥, 그리고 극장. 레프 마노비치[***]는 스크린의 계보에서 영화 스크린에 이르러서야 비로소 관람객이 자리를 뜨지 않고도 다른 공간을 여행할 수 있게 되었다고 말합니다. 움직이는 가상의 시선이죠. 하지만 이 가상적 운동성은 새롭게 제도화된 관객의 부동성

---

[*] 1941년생 영국 페미니즘 영화 이론가. 우리 사회의 가부장적 무의식이 영화를 어떤 식으로 구조화해 왔는지 정신분석학의 지반에서 연구했다.

[**] 1970년생 미국 문화 평론가. 코넬대학교의 인문학 교수이다.

[***] 1960년생 러시아 뉴미디어 이론가. 뉴욕시립대학교 대학원센터 교수이다.

을 대가로 얻어진 것입니다. 전 세계에 수백만 명의 수감자를 수용하기 위한 대규모 감방, 즉 영화관이 지어진 거죠. 수감자-관객은 다른 사람에게 말을 걸 수도 자리를 옮길 수도 없습니다. 바로 그게 제가 극장에서 영화 보는 걸 싫어하는 이유입니다.

　─싫어하는 것치고 극장에 너무 자주 가는 거 아니에요?

　─정연 씨, 하고 싶은 것만 하며 사는 사람은 없어요.

　하고 싶은 것만 하며 살 수 없는 사람들의 사회, 푸코는 그걸 훈육사회라고 불렀다. 훈육사회는 감옥, 학교, 작업장, 병원 등 감금 환경의 구성으로 규정되었다. 물론 여기에는 극장이 추가되어야 한다. 들뢰즈는 우리가 훈육사회를 넘어─윌리엄 버로스의 표현을 빌려─통제사회로 가고 있다고 지적했는데, 그건 사람들을 통제하기 위해 더 이상 감금이 필요하지 않은 사회다. 들뢰즈는 말한다. 통제는 훈육이 아닙니다, 고속도로로 사람들을 감금하지는 않지만 고속도로로 통제 수단을 늘릴 수 있게 됩니다, 제가 말하는 것은 이것이 고속도로의 유일한 목적이라는 것이 아니라, 사람들이 전혀 갇혀 있지 않고 무한히 '자유롭게' 돌아다닐 수 있는데도 완벽하게 통제된다는 것입니다, 이것이 바로 우리의 미래입니다! 훈육사회에서 통제사회로. 극장에서 스마트폰으로. 소름…….

　하지만 여전히 가장 중요한 문제가 남아 있었다. 그래서 우리는 어떤 영화에 대해 말해야 하는 거지? 목욕탕이 배경인 곽경택의 〈억수탕〉? 하지만 그건 20세기 영화인데…….
아니면, 홍상수의 〈극장전〉……?

그날 밤, 책상 앞에 앉아 스포티파이가 추천하는 맞춤
플레이리스트를 듣다가 어떤 생각이 떠올랐다. 앨러니스 모
리셋의 'You Oughta Know'를 흥얼거리는데, 등장인물들이
그 노래를 부르던 두 영화의 장면이 떠오른 것이다. 먼저 〈디
엔드 오브 더 투어〉에서 제이슨 세걸이 분한 데이비드 포스
터 월리스와 일행들이 차에서 노래를 따라 부르는 장면. 그
리고 〈북스마트〉에서 케이틀린 디버가 친구 집에서 열린 파
티에서 가라오케 반주에 맞춰 열창하는 장면. 이어지는 것은
〈트립 투 이탈리아〉에서 롭 브라이던과 스티븐 쿠건이 차를
타고 가며 앨러니스 모리셋의 앨범 〈Jagged Little Pill〉을 두
고 토론을 벌이는 장면이다. 티키타카 끝에 둘은 CD를 트는
데 "내가 당신을 열받게 하나요?^{Do I stress you out?}"라는 첫 소절이
나오자마자 브라이던은 기다렸다는 듯이 말한다. "그래<sup>Yes, you
do</sup>." 그리고 장면은 다시 〈레이디버드〉에서 어린 주인공이 기
타를 치며 'Ironic'을 부르는 것으로 이어진다.

그 다음에 떠오른 것들을 어떤 순서로 적어야 할지 모르
겠다. 여러 가지 생각이 한꺼번에 폭발하듯 튀어 올라 하나의
형태를 이루었다. 마치 작은 빅뱅처럼. 한마디로 그건 들뢰즈
가 말하는 "내게 아이디어가 있어"의 순간, 단지 영화적인 것
밖에 될 수 없는 아이디어의 순간이었다. 톰 앤더슨, 〈타짜〉,

한국, 그리고 노래방이 한데 섞인…….

톰 앤더슨은 로스앤젤레스가 등장하는 영화의 장면들을 이어 붙여 〈로스앤젤레스 자화상〉을 만들었다. 〈L.A. 컨피덴셜〉〈긴 이별〉〈블레이드 러너〉〈히트〉〈차이나타운〉 같은 할리우드 영화에서 켄트 맥켄지*의 〈더 엑사일즈The Exiles〉 같은 독립영화에 이르기까지 수많은 영화들을 통해 도시의 장소들, 건물들, 거리들, 교통체제, 재개발, 도시의 기원을 둘러싼 신화, 도시를 통제하는 경찰 권력, 인종차별과 계급문제를 모두 아우르는 중층적인 영화-에세이를 만들어낸 것이다. 그리고 그건 내가 톰 앤더슨의 영화를 본 이후로 언제나 하고 싶었던 일,《담배와 영화》라는 책을 통해 나름 시도했으나 결코 성공했다고 말할 수는 없는 일이었다.

이미 자정을 훌쩍 넘긴 시간이었지만 나는 지돈 씨에게 전화를 걸었다.

—그러니까 한국 영화 속에 나타나며 한국 영화를 한국 영화로 만드는 한국적인 장면들을 모은 일종의 에세이 영화를 만드는 거죠, 우리가 직접! 이번 연재는 그런 영화를 만들어 나가는 과정, 기획 단계에서부터 포스트 프로덕션까지, 한국 영화에 대한 한국 영화를 만드는 두 사람의 좌충우돌 편력

---

*   1930년생 미국 영화감독 및 프로듀서. 로스앤젤레스에 사는 아메리카 원주민 젊은이들에 관한 영화 〈더 엑사일즈〉로 잘 알려져 있다.

기를 그린 일종의 제작 노트가 되는 거고요!

지돈 씨는 동의했고, 나는 검색과 기억에 의지해 노래방이 나오는 영화(25개)와 목욕탕이 나오는 영화(12.5개)의 목록을 정리해서 지돈 씨에게 메일로 보냈다. 왜 노래방이냐고? 목욕탕이 극장과 더불어 한국 사회의 가부장적인 사적교육체제가 이루어지는 장소라면, 노래방(룸살롱이나 가요주점 등을 포함해 노래를 부를 수 있는 장치가 구비된 방을 모두 포괄하는 의미에서)은—정확히 말하면 한국 영화에서 재현되는 노래방은—한국의 남성 인물들이 우애를 다지는 호모소셜한 공간이기 때문이다. 여성 인물들이 함께 노래를 한다고 해도 사정은 크게 달라지지 않는다. 〈친구〉에서 유오성이 부르는 'My Way'나 〈비열한 거리〉에서 천호진이 부르는 'Old And Wise'와 〈광복절 특사〉에서 송윤아가 부르는 '분홍 립스틱'이나 〈너는 내 운명〉에서 전도연이 부르는 '오빠'를 비교해보라.

꼭 그런 이유가 아니더라도 꿀벌 이야기에 꿀이 빠질 수 없는 것처럼, 한국 사람 이야기에 노래가 빠질 수는 없는 노릇이기도 하고…….

—그런데 왜 하필 박무석이 곽철용 앞에서 '불나비'를 부르는 〈타짜〉의 장면에서 시작해야 한다는 거예요?

—지돈 씨, 그건 말이죠…….

02
정지돈

20대 때 아르바이트를 했던 카페의 매니저는 〈타짜〉의 모든 대사를 외우고 있었다. 디자이너로 일하다 카페 창업의 꿈을 품고 매니저가 된 지 1년, 쥐꼬만 한 월급을 받으며 하루 열두 시간씩 일했고 마감 후에는 편의점 테이블에 앉아 캔맥주를 마시고 컵라면을 먹었다. 나도 종종 그와 함께했다. 그는 스니커즈 수집이 취미였고 옷을 잘 입었으며 한 번도 험한 말을 하거나 알바생을 괴롭히지 않았다. 그가 험한 말을 할 때는 오로지 〈타짜〉의 대사를 따라 할 때뿐이었다. "나는 어떻게 여기까지 왔느냐? 잘난 놈 제끼고 못난 놈 보내고…… 안경잽이같이 배신하는 새끼들 다 죽였다……. 고니야? 담배 하나 찔러봐라." 한창 유럽산 예술 영화에 빠져 있던 나에게 〈타짜〉는 그저 그런 영화였다. 영화계는 〈범죄의 재구성〉이 개봉했을 때 이미 천만 감독이 될 최동훈의 잠재력을 알아봤지만 나는 전혀 감을 잡지 못했고 간혹 〈리피피〉 같은 영화가 레퍼런스로 언급되면 "줄스 다신*의 영화를 찾아봐야겠군!"하고 중얼거리며 서치를 했다. 그러다 줄스 다신이 훗날 그리스의 문화부 장관이 되는 배우 멜리나 메르쿠리와 결혼했다는 사실과 그녀가 그리스의 파시스트들과 싸운 용기 있는 배우였다는 사실을 알게 됐으며, 결국 줄스 다신과 멜리나 메르쿠리가 함께한 영화 〈일요일은 참으세요〉에 이르게 되는 이상한 경로를 밟을 뿐이었다.

매니저가 〈타짜〉에서 가장 좋아했던 캐릭터는 '호구'로 간혹 "예림이! 예림이! 내가 잘못했어. 내가 나쁜 놈이야." 같은 대사를 중얼거리기도 했다. 나는 '호구' 캐릭터에 대한 그의 애정을 전혀 이해하지 못했다. 20대 내내 수많은 아르바이트를 전전하며 만나본 최고의 매니저였고 지금까지 가장 좋아하는 사람 중 하나로 남아 있지만(그가 어디선가 이 글을 읽기를) 당시에는 '왜 이렇게 〈타짜〉를 좋아할까?' '뭐가 그리 좋지?'라는 생각뿐이었다. 그런데 웬걸, 〈타짜〉는 개봉 당시의 히트를 넘어 21세기 한국 영화의 새로운 고전으로 등극했

---

*   1911년생 미국 영화감독. 그리스 문화를 사랑하는 대표적인 필헬렌Philhelllene 인사다. 대표작 〈일요일은 참으세요〉로 멜리나 메르쿠리에게 칸영화제 여우주연상을 안겼다.

고 수많은 밈을 낳았으며 거의 모든 캐릭터가 재생산됐다.

그러니까 금정연이 박무석이 어쩌고저쩌고했을 때 나는 매니저가 떠올랐고 2008년 즈음 편의점에서 캔맥주와 컵라면을 먹던 시절이 떠오른 것이다. 비록 우리는 망원동의 카페 테라스에 앉아 아메리카노와 피낭시에를 먹고 있지만 말이다 (솔직히 말하면 나는 박무석이 누군지 몰랐다. 아마 박무석을 아느냐 알지 못하냐에 따라 한국 영화-문화에 대한 친숙도를 평가할 수 있을 것이다. 우선 이를 K-man 지수K-man factor라고 부르자. 당신이 만약 박무석을 알고 박무석이 부른 노래 제목까지 안다면 당신은……).

—그렇죠, 지돈 씨.

금정연은 2주 전 일산으로 이사했고 훨씬 쾌적한 환경에서 육아와 집필을 하게 되었다며, 결국 자신이 말하고자 하는 바는 "시네마의 실행Exercise"이라고 했다.

—크리스티앙 메츠**는 말했죠. 나의 목표는 시네마의 실행이 폭넓은 인류학적 형상들에 뿌리를 내리기 위해 통과하는, 여전히 잘 알려지지 않은 일련의 경로들을 지적하는 것이다.

—오…….

메츠의 이론적 논의에서는 시네마 장치의 정신분석학적

** 1931년생 프랑스 영화 이론가. 영화 기호학의 선구자로서 프랑스와 영국, 그리고 라틴 아메리카와 미국 영화 이론에까지 큰 영향을 미쳤다.

구성이 중요하지만, 우리는 그 부분은 우선 제쳐두기로 했다 (어쩌면 영원히 제쳐둘지도……). 우리가 만들 오버디터미네이션 에세이 필름^{Overdetermination Essay Film} 〈한국 영화에서 길을 잃은 한국 사람들〉에서 중요한 건 "인류학적 형상들"이라는 말이며 우리의 목적은 21세기 한국 영화가 포착하고 실행되어 루핑 작용을 일으킨 계기들을 탐색하여 상상적 테크닉으로서의 인류학 장치인 한국 영화를 수행하는 거라고, 금정연은 말했다.

　　—뭐라고요?

　　—이제부터 저를 K정연이라고 불러주세요.

　　금정연은 Keum정연이고, 그러니까 K정연……. 나는 '정연 K.'가 맞는 거 아닌가, 잠깐 생각했지만 나름 생각이 있겠지…… YS나 DJ처럼 JY로 불러 달라고 하지 않는 게 어디냐고 생각했다. 동시에 20대 중반 일했던 (또 다른) 카페의 사장이 나를 JD라고 불렀던 게 떠올랐고 최근에 지인과 나눴던 대화도 떠올랐다. 지인은 봉준호의 이름이 준호라는 사실이 이상하지 않냐고 말했다. 친구들은 준호라고 부르겠지? 아니, 친구들도 봉이라고 부르지 않을까? 근데 그게 중요해? 이게 무슨 대화야? 우리는 잠시 의문에 빠졌지만 지인은 단호한 태도를 취했다. 이번 〈씨네21〉에서 뽑은 2010년에서 2020년 영화 베스트 10에서 통합 1위를 먹은 영화가 〈기생충〉이야. 그 사실을 기억해.

　　음……. (무슨 상관?)

하지만 호칭은 언제나 중요한 문제다. 특히 영화의 이름에 관한 문제는 사람들을 혼란스럽게 한다. 왜 영화를 무비Movie라고 했다가 시네마Cinema라고 했다가 픽처Picture라고 했다가 필름Film이라고 하는가. 하물며 지금은 필름으로 찍지도 않는데!

넷플릭스의 토크 프로그램 〈사인펠드와 함께 커피 드라이브〉에서 사인펠드와 윌 패럴은 이 문제에 대해 간단히 정의 내린다. (〈사인펠드와 함께 커피 드라이브〉는 억만장자 코미디언인 사인펠드가 고급 클래식카를 타고 명사들을 인터뷰하는 프로그램으로 버락 오바마도 출연했다. 심지어 재임 중에. 버락 오바마는 이렇게 말했다. 세계에는 제정신이 아닌 지도자가 너무 많습니다.)

사인펠드 이 단어들이 얼마나 가식적인지 순위를 매겨 봐요. '필름', '픽처', '무비'.

패럴 가장 가식적인 단어는 픽처예요. 잇츠 어 원더풀 픽처
It's a wonderful Picture.

사인펠드 아주 의식적으로 멋있는 척하는 것 같아요.

패럴 두 번째는 필름이요. 무비가 확실히 덜 가식적이에요.

사인펠드 무비, 필름, 픽처에 나오는 사람들은 왜 자신들이 중요하다고 생각할까요?

패럴 몰라요……. 그래도 저는 영화가 너무 좋아요…….

―존 포드는 자신의 영화를 절대 필름이나 무비라고 하지 않았어요.

K정연이 말했다.

―항상 픽처라고 했지요. 하지만 더 중요한 사실은 이 사람들이 시네마는 언급조차 하지 않는다는 사실입니다.

K정연이 콩고물 피낭시에를 한 입 잘라 먹으며 말했다.

―그러므로 우리는 시네마를 해야 합니다. 비록 제가 가장 사랑하는 영화 톱 텐 중에 〈스탭 브라더스〉가 있지만 말이에요. (참고. 윌 패럴이 주인공을 맡은 〈스탭 브라더스〉는 이혼 가정의 두 백인 극우파 망나니가 중산층 속물 좌파로 개종하는 과정을 그린 유사 가족 로맨스로 지금은 주류 좌파 감독으로 변신한 애덤 맥케이가 연출했다. 혹시 영화가 궁금한 사람은 보지 마시길……)

시네마를 한다는 건 무슨 의미일까. 일반적으로 시네마는 극장과 영화 산업 전반을 모두 아우르는 용어로 정의된다. 가끔 무비와 차별되는 예술 영화를 지칭하는 어휘로 쓰이기도 한다. 그러나 우리가 생각하는 시네마는 그게 아니었고 특히 21세기 한국 영화로 시네마를 수행한다는 건 전혀 다른 문제일 수 있다.

*   1888년생 일본 소설가. 일본 대표 출판사 문예춘추를 창립했으며, 동료 아쿠타가와 류노스케와 나오키 산주고의 죽음을 기리며 아쿠타가와상과 나오키상을 제정했다.

전후 일본에서 활동한 시나리오 작가이자 감독인 하시모토 시노부는 자신의 경험을 담은 책《복안의 영상》을 일본 최초의 영화 주제가 '도쿄행진곡'으로 시작한다.

시네마를 보시겠습니까, 차를 마시겠습니까.
차라리 오다큐선을 타고 도망가시겠습니까.
변해가는 신주쿠…….

〈도쿄행진곡〉은 기쿠치 간*의 장편 소설을 미조구치 겐지가 감독한 것으로, 주제곡의 가사는 프랑스 유학파 출신 상징 시인 사이조 야소가 작사했다. 시네마가 나오는 구절의 가사는 원래 "장발의 마르크스 보이/오늘도 붉은 사랑을 안고"였으나 검열을 두려워한 레코드 회사의 요청으로 바뀌었다고 한다. 마르크스를 시네마가 대체한 것이다. 그러므로 (비약하자면) 시네마는 단순히 영화 한 편이 아니라 삶의 문제다. 시네마를 하는 것, 시네마를 하지 않는 것 모두 생활을 새롭게 조직한다.

　─정연 씨가 〈나랏말싸미〉 대본을 쓴 것처럼요?

　K정연의 표정이 잠깐 어두워졌다.

　─지돈 씨, 지돈 씨는 그 영화 안 봤잖아요. 어떻게 안 볼 수가 있죠?

　내가 그 영화를 극장에서 보지 않은 건 사실이다. 정연 씨에게 여러 번 얘기했지만 마음이 아파 볼 수가 없었다. 왜 마음이 아프냐고? 그건 〈나랏말싸미〉 네이버 평점을 확인하면 알 수 있다……. 아무튼 나는 얼마 전 왓챠로 〈나랏말싸미〉를 봤고 정연 씨에게 당당히 얘기할 수 있었다. 〈나랏말싸미〉는…… 한국 영화입니다. 조선시대가 배경이지만 노래하는 장면도 있고 목욕 장면도 있고. K정연은 잊고 있었다는 듯 중얼거렸다.

　ー송강호가 말하죠. 아픕니다. 아파요……. 그 신 쓰면서 아저씨들이 참 좋아했는데…….

　우리는 성산초등학교에서 망원 유수지에 이르는 골목을 산책하며 한국 영화에 대해 말하는 것의 곤혹스러움에 대해 대화했고ーK정연은 익명의 트윗을 인용했다. "모든 시네필은 자국 영화를 싫어한다, 미국의 시네필만 빼고"ー제3세계의 시네필들은 결국 자국 영화를 발견할 유무형의 의무 또는 압박을 느낀다, 문학이나 미술이 그렇듯 로컬의 역사와 정체성을 드러내지 않으면 세계 시장에서 먹힐 수 없기 때문에, 또는 자신의 존재가 부정당하거나 기반이 사라진다고 여기기 때문에 그렇다, 따위의 이야기를 나눴다.

　산책이 마지막에 이르렀을 즈음, 우리는 우연히 ㅁㅅ출판사의 편집자 H와 마주쳤다. 종종 소식을 주고받는 분으로 감동을 주는 책의 편집자이자 개를 사랑하는 사람이다. 우리는 거리에 서서 출간될 책들과ー알렉산더 클루게, 스베틀라나 보임, 지그프리트 크라카우어 등등 두근거리는 이름들이 언급됐고—사소한 근황을 주고받았다.

　—두 분은 요즘 뭐 하세요?

　—영상자료원에서 연재를 시작했어요.

　—아, 그러고 보니…….

편집자 H가 말했다.

　—영화 평론가 임재철 선생님이 하신 말씀이 생각나네요.

순간 K정연의 표정이 굳었다.

　—무슨 말씀을?

편집자 H에 따르면 최근 임재철 선생님은 서교동과 망원동 일대에 출몰하며 지식을 전파 중이었고 K정연도 잠시나마 숙주가 된 적이 있었다. 나도 한 번에 불과하지만 임 선생님이 주관한 영화 상영회에서 K정연과 함께 장 피에르 고랭*의 〈일상적인 즐거움^Routine Pleasures〉을 봤다. 영화가 끝나고 임 선생님은 고랭과 아네스 바르다, 자크 드미에 대한 차마 여기 적을 수 없는 이야기들을 들려줬다…….

　—임 선생님이 언젠가 정연 씨를 만난 다음 날 저한테 전화를 걸어 정연 씨 얘기를 했어요. 편집자 H가 말했다. 같

---

*　1943년생 프랑스 영화감독. 철학을 전공한 그는 〈르 몽드〉의 편집장으로 일하며 68혁명에 일조했다. 이후 장뤽 고다르와 함께 '정치적 영화를 정치적으로 만들기 위해' 지가 베르토프 그룹을 결성했다.

이 택시를 타고 집으로 가는 길에 금정연과 많은 대화를 나눴다고. 어쩌면 금정연이 자기 후계자가 될지도 모르겠다고 했던가…… 아닌가…….

편집자 H와 헤어지고 난 뒤 나는 K정연에게 물었다.

—정연 씨 대체 임재철 쌤과 무슨 얘기를 나눈 거예요?

K정연이 말했다.

—지돈 씨…… 그건…….

03

금정연

5월 31일 월요일

500미터쯤 걷고 카프성모병원에서 처음으로 멈추었다. 거기서부터 서쪽으로 꺾어 걸어갈 생각이었다. 카카오맵으로 아람누리도서관 방향을 헤아렸다. 이제 어느 쪽으로 가야 할지 알겠다. 오전에 영상자료원 담당자에게 메일이 왔다. 바쁘신 와중에 혹여 (이미 한 번 미룬) 마감일을 잊으셨을까 하여 리마인드 드린다는 내용이었다. 그럴 수 없다, 지금은 안 된다, 이 시점에 한국 영화계가 이런 글을 읽어서는 안 되며 우리는 이 마감을 허락해서는 안 된다, 라고 나는 중얼거렸다. 노트북과 기계식 키보드, 그 외에 필요한 책들을 백팩에 챙겼다. 슬리퍼는 새것이고 푹신해서 충분히 믿을 만했다. 걸어서 가면 어리석은 초고를 돌이킬 수 있는 아이디어가 떠오를 거라는 확신을 품고, 나는 아람누리도서관으로 향하는 최단 거리의 도로를 걷기 시작했다. 그리고 온전히 혼자이기를 원했다.[1]

어제까지 내가 쓴 초고는 왜 우리의 비디오 에세이가 박무석이 곽철용 앞에서 '불나비'를 부르는 〈타짜〉의 장면에서 시작해야 하는지에 대한 나름의 대답이었다.

금정연(V.O.)　저는 늘 최동훈을 한국의 셰익스피어라고 생각해왔어요. 두 가지 이유가 있습니다. 하나. 배역 대신 배우의 이름을 말하는 게 훨씬 자연스러운 다른 많은 영화들과 달리 고니나 아귀 같은 이름은 제게 이아고나 오셀로처럼 대체할 수 없는 고유명으로 느껴집니다. 둘. 영국인들이 셰익스피어를 즐겨 인용하듯 한국인들은 〈타짜〉를 인용할 기회를 호시탐탐 노리고 있습니다, 적어도 저는…….

하지만 그와 별개로 나는 〈타짜〉가 21세기 한국 영화 산업에 대한 은유, 나아가 일종의 선언이라고 생각한다. '흥행＝도박'이라는 오래된 비유. 두 개의 충무로가 있다. 올드 충무로와 새로운 충무로. 올드 충무로는 충무로에 있다. 새로운 충무로는 강남에 있다. 그런데 왜 충무로지…….

최동훈의 영화에서 올드 충무로를 대표하는 건 곽철용이다. 그는 올드 충무로의 큰손으로 박무석 같은 감독들을 고용해서 영화를 찍어내는 제작자다. 새로운 충무로를 대표하는 건 물론 고니다. 그는 신진 제작자 정마담, 동료 감독 겸 시나리오 작가 고광렬과 손잡고 올드 충무로의 아성에 도전한다. 아귀나 짝귀 같은 타짜들이 올드 충무로를 대표하는 게 아니라는 사실을 유념할 필요가 있다. 물론 그들은 올드 충무로의 대표적인 감독들이다. 다만 지나치게 성공한(성공했던) 아웃라이어일 뿐, 제작자 중심 시스템 속의 플레이어들이라는 사실에는 변함이 없다. 고니를 가르친 평경장 역시 타짜지만, 다른 타짜들과 달리 시스템에 한 발만 걸친 일종의 독립영화감독이라고 할까, 상대적으로 인지도는 떨어지는 편이다.

결국 〈타짜〉의 심층 서사는 다음과 같이 요약할 수 있다. 고니가 박무석이 만드는 독립 영화에 우연히 제작부로 참여하며 영화라는 도박판에 발을 들이고, 독립 영화계의 거장인 평경장 밑에서 본격적인 연출을 배우며, 신진 제작자 정마담과 의기투합해 메이저 영화판에 새로운 바람을 몰고 오지만, 정마담 또한 기존의 제작자들과 다를 게 없다는 사실을 깨닫고 손절-홀로서기 하는 이야기, 다시 말해 충무로가 제작자 주도의 영화판에서 감독 주도의 영화판으로 변해가는 과정을 그리는 영화, 혹은 그렇게 되어야 한다고 스스로 '선언하는' 영화다…….

금정연(V.O.)　박무석이 노래하는 장면의 메시지는 분명해요.

43

그는 자기 자신이나 관객이 아닌 사장의 눈치를 봐야 하는 월급 감독입니다. 따라서 박무석은 곽철용에게 망한 흥행은 뒤로 하고, 두 번째 기회를 허락해주기를 구걸하고 있는 거죠. 노래를 통해서. 하지만 단순히 그것만은 아닌 것이, 그가 부르는 노래 가사를 들어보세요. "얼마나 사무치는 그리움이냐~. 밤마다 불을 찾아 헤매는 사연~." 이는 그가 마음속에 아직 도박/영화에 대한 열정을 지니고 있음을 암시합니다. 무엇보다 그가 노래를 부르는 게 정확히 영화의 중간, 정확히 중간점이라는 사실에 주목할 필요가 있어요. 영화의 구조에서 주인공의 결심이나 변화, 커다란 고난이나 가짜 희망 같은 중요한 사건에 할애되어야 할 중간점을 박무석에게 주고 노래를 부르게 한다? 이는 박무석 또한 고니와 같은 꿈을 꾸던 감독이라는 사실을 보여주며, 박무석이 고니와 손잡고 곽철용의 뒤통수를 칠 거라는 복선이잖아요. 더불어 이렇게 말해도 좋다면, 안 좋으셔도 어쩔 순 없지만, 최동훈이 선배 감독들에게 보내는 일종의 윙크라고 할 수도 있겠죠. 그리고 이제 최동훈은 감독인 동시에 스스로 거대한 기업이 되었습니다. 저는 그런 최동훈의 윙크를 전유하고 싶은 겁니다.

정지돈(V.O.) …….

금정연(V.O.) 지돈 씨, 평경장의 죽음을 생각하세요! 정마담의 제작부장인 빨치산에게 하필 '오른팔'을 잘려 '기차'에서 떨어져서 죽음에 이르렀다는 게 과연 우연일까요?

정지돈(V.O.) (대체 무슨 말인지???)

머릿속으로 정지돈과 대화를 나누며 나는 계속 걸었다. 숏/리버스 숏. 그런데 그걸 대화라고 할 수 있나. 아까부터 정지돈은 피곤한 기색이 역력한 얼굴로 아무 말도 하지 않고 있는데…… 모르겠다. 이참에 나는 그를 JD로 부르기로 한다. 불만 있으면 말을 하겠지…….

문득 장 루이 뢰트라*가 《영화의 환상성》에서 소개한 일화가 떠오른다. 앙토냉 아르토**의 장례식에서 알랭 게르브랑***은 퍽 기이한 일을 겪는다. 아르토의 시신을 실은 영구차가 게르브랑의 앞을 막 스쳐 지나가는 순간이었다. 영구차의 운전사가 고개를 돌려 게르브랑을 바라보았고, 그 순간 두 사람의 눈이 마주쳤는데, 그때 운전사의 얼굴이 다름 아닌 죽은 아르토였던 것이다.[2] 그런데 그걸 마주침이라고 할 수 있을까? 그렇다면 우리의 대화도 대화가 아닐 리 없다. 그리고 나는 대화를 멈추지 않을 생각이다. 적어도 우리가 도서관에 도착할 때까지는.

공원 벤치에 앉아 잠시 쉬고 있는데 어디선가 고양이 울

---

* 1941년생 프랑스 영화학자. 파리 3대학의 영화사와 영화미학 교수로 일했다.
** 1896년생 프랑스 시인, 연출가.
*** 1920년생 프랑스 시인, 영화제작자.

음소리가 들렸다. 백일 정도 지났을까, 아직 아기 티를 벗지 못한 작은 고양이 한 마리가 풀숲에 앉아 울고 있었다. 뭐라도 주고 싶었지만 가진 게 없었다. 르네 도말*은 아내에게 보내는 마지막 편지에서 주려고 하면 아무것도 가진 게 없다는 걸 알게 된다고 썼다. 아무것도 가진 게 없다는 걸 알게 되면 손에 무언가 넣으려고 한다, 손에 무언가 넣으려고 하면 자신이 아무것도 아니라는 걸 알게 된다, 자신이 아무것도 아니라는 걸 알게 되면 무언가가 되려고 욕망한다, 무언가가 되려고 욕망하면 그때부터 우리는 살게 된다.

오늘은 5월의 마지막 날이고, 생일을 맞은 영화인들의 목록은 다음과 같다: 클린트 이스트우드, 콜린 패럴, 그리고 JD.

나는 여전히 피곤한 얼굴의 JD를 위해 생일 축하 노래를 부른다.

생일 축하해요, JD.

6월 1일 화요일

영화 보기를 미루는 건 영화 만들기를 미루는 것과 같다. 마

---

*   1908년생 프랑스 초현실주의 작가.

찬가지로, 책 읽기를 미루는 건 책 쓰기를 미루는 것이다. 예전에는 '읽기=쓰기'가 싫어질 때면 영화를 봤다. 그때 내가 보던 것은 농담으로라도 훌륭하다거나 예술적이라고는 말할 수 없는 영화들이었다. 〈나이스 가이즈〉〈털기 아니면 죽기: 제한시간 30분〉〈위험한 패밀리〉〈홀 패스〉〈쥬랜더 리턴즈〉〈베일리 어게인〉〈비트윈 투 펀스: 투어 스페셜〉〈미스터 롱〉〈22 점프 스트리트〉〈기동순찰대〉〈젠틀맨〉 등등…….

도대체 왜 그런 영화를 보면서 인생의 시간을 낭비하는 거죠? 모르겠다……. 영화를 사랑하는 사람들이 입을 모아 좋다고 말하는 영화는 안 보고 쓸데없는 영화만 보는 마음에는 약간 판도라의 상자 비슷한 구석이 있는 것 같다.

(1) 호기심에 이끌려 영화라는 상자를 엶.

(2) 형편없는 영화들의 면면에 화들짝 놀라 상자를 닫음.

(3) 상자 속 깊은 곳에는 미처 빠져나오지 못한 좋은 영화들이 남아 있음.

(4) 세상엔 내가 아직 보지 못한 좋은 영화들이 무척 많다는 사실을 생각하며 거친 현실을 묵묵히 살아갈 용기를 얻음…….

영화를 만들기로 한 다음부터 모든 종류의 영화를 보기가 싫어졌다. 아니, 싫어졌다는 말은 정확하지 않다. 로베르토 볼라뇨의 표현을 빌리면 그리스 선박왕과 그 아내의 관계, 다시 말해 아내를 사랑하는 유부남이지만 아내를 최대한 안 보려는 관계 같다고 할까. 그때 JD가 오만상을 찌푸리는 게 보였다. 그는 소리 없이 입모양만으로 무언가를 말했는데, 아마 '꼰대'라고 하는 것 같았다. 확신할 순 없다. 코로나 이후로 종종 많은 것들이 흐릿하게 보인다. 심지어 내 머릿속에 있는 것들도…… 나는 예전에도 볼라뇨의 저 말을 인용한 적이 있다. 차이가 있다면 그때는 유부남이 아니었지만 지금은 유부남이라는 것. 유부남이 하는 유부남 농담만큼 소름 끼치는 것도 없다. 군필자가 하는 군대 이야기를 제외하면…….

어젯밤에는 아내와 함께 영화 VOD 몇 편을 구매했다. 이사하며 IPTV를 바꾸고 사은품으로 받은 5만 원 쿠폰의 사용 기한이 어제까지였던 것이다. 우리는 일종의 의무감을 가지고 영화를 지독히도 증오하는 사람이 만든 게 분명한 IPTV의 영화 메뉴를 탐색한 끝에 일곱 편의 영화를 선정했다. 〈포드 V 페라리〉 〈더 파더〉 〈스파이의 아내〉 〈노매드 랜드〉 〈테넷〉 〈소울〉 〈자산어보〉. 대여 아닌 영구소장으로. 남은 500원은 가볍게 포기하기로 했다. 나도 아내도 딱히 그 영화들을 보고 또 보고 싶은 건 아니었다. 오히려 반대였다. 영구소장의 매력은 지금 당장 보지 않아도 된다는 것, 그러니까 일석이조인 셈이다. 쿠폰도 쓰고 영화도 안 보고, 원한다면 영원히 보지 않을 수도 있고…….

최근 내가 가장 사고 싶은 책은 크리스티안 키슬리와 제이슨 미텔과 캐더린 그랜트가 함께 쓴《비디오 에세이 만들기The Videographic Essay》다. 출판사는 이모션북스.《The Films of Bong Joon Ho》를 쓴 남 리Nam Lee의 트위터에서 표지 사진과 함께 올라온 출간 소식을 본 게 5월 26일이었는데, 어찌된 일인지 아직까지 어느 서점에도 DB가 등록되지 않았다. 하루에도 몇 번씩 인터넷 서점에서 제목을 검색했다. 그러면서 당장 책을 사지 않으면 안 될 것 같은 간절함도 더해졌다. 이걸 뭐라고 설명하면 좋을까? 1985년 제니 홀저*는 뉴욕 타임스 퀘어의 전광판에 이렇게 썼다. "내가 원하는 것으로부터 나를 보호해줘Protect me from what I want. 그럼 나는 내가 읽고 싶은 것으로부터 나를 보호하기 위해 책을 사려는 걸까?Protect me from what I want to read by buying them?" 그와 함께 기껏 책을 만들어놓고 팔지는 않는 출판사에 대한 의구심도 생겼다. 어쩌면 이건 일종의 복수 같은 게 아닐까? 영화도 출판도 모르는 세상에 대한? 밑도 끝도 없지만 그런 생각까지 들었다. 이모션북스의 대표는 임재철이다.

이사 온 집은 1층, 우리 집 베란다 앞 작은 풀밭에 자리를 잡고 아직 눈곱도 제대로 떨어지지 않은 새끼 세 마리를

---

*   1950년생 미국 신개념주의 예술가. 공공장소에 글귀를 게재하는 것이 주요 작업이다.

키우는 고양이 가족에게 사료와 물을 챙겨주고 집을 나왔다. 작업실에 도착하니 택배 상자가 쌓여 있었다. 일을 할 수 없는 주말에 인터넷 서점을 신경질적으로 뒤지며 헌책 새 책 가리지 않고 산 책들이었다.《르 코르뷔지에: 자연, 기하학 그리고 인간》《보이는 기호학》(제3판)《영화음악의 실제》《그림편지》《나의 할아버지 피카소》《알기 쉬운 현대미술의 개념풀이》《얼트 문화와 록 음악 1》《파운드 푸티지》《소외와 가속》《밀수 이야기》《젊음의 코드, 록》《영화 같은 시간》《매체로서의 영화》《영상 미디어와 보도》《하이퍼 건축》《영화를 어떻게 읽을 것인가》《소프트웨어가 명령한다》《영화 음악의 이해》《예술가로 살아남기》《나의 사랑 씨네마》《할리우드의 영화산업》《데뷔의 순간》《이렇게 살아가도 괜찮은가》《죄수 운동법》등등. 모두 읽지 않아도 되는 책들이다.

책의 단점은 VOD와 달리 눈에 보인다는 것이다. 몇 주 전에는 읽지도 않을 책을 쌓아두기만 하는 삶에서 벗어나기 위해 도서관에서《너는 너의 삶을 바꿔야 한다》라는 책을 대출했는데, 아무것도 바뀌진 않고 연체만 되었다. 정작 책은 읽지도 못했어.

6월 2일 수요일

2016년 가을 나는 지금은 사라진 문지문화원 사이에서 열린 임재철의 6강짜리 강의 '스탠리 카벨의 세계'를 들었다. 어느 날의 강의에서 임재철은 이렇게 말했다. 도서관이 없다고 상상해야 한다. 자기 집 책장에 있는 책들을 가지고 해결해야만 한다. 그렇게 생각하고 일을 할 필요가 있다. 고민하고 준비하고 모으고 계속해서 부족한 부분을 찾으며 시간을 보내다 보면 끝이 없다. 목숨을 건 도약이 필요하다(비평가들이 이 말을 할 때마다 500원씩 받았다면 나는……). 그는 또 예전에는 외국 영화를 볼 수 있는 방법이 없어서 책이나 잡지에 소개된 짧은 글만 보고 영화를 상상해야 했는데 나중에 영화를 보면 십중팔구는 자기가 상상했던 영화가 훨씬 더 재밌었다는 말도 했다.[3]

　　그날 임재철과 함께 택시를 타고 돌아오며 나는 충무로 아저씨들과 함께 시나리오를 썼는데 끔찍한 경험이었다고, 내가 요즘 하고 싶은 일은 "비디오 에세이"를 만드는 건데 잘할 수 있을지 모르겠다고, 하지만 유튜브는 곧 시작할 거라는 등의 말을 두서없이 늘어놓았다. 택시가 밤의 도시를 빠르게 달리고 있었다. 불빛들. 그림자들. 사라지는 시간들. 차창에 비친 임재철의 얼굴이 유령처럼 창백하게 보였다. 그는 내게 언제 유튜브를 시작할 거냐고 물었고, 나는 2023년이라고 대답했다. 그때는 그게 좋은 대답처럼 느껴졌는데, 모르겠다. 그날 이후 나는 많은 것을 잊고 복사꽃을 좋아했던 것만 기억하기로 했다.

오늘도《비디오 에세이 만들기》는 등록되지 않았고, 나는 머릿속에서 나의《비디오 에세이 만들기》를 빠르게 훑어본다. 그리고 JD에게 말한다.

금정연(V.O.)　　그러니까 일종의 '제텔카스텐Zettelkästen' 같은 거예요. 인덱스카드와 펜, 그리고 상자만 있으면 영화를 만들 수 있는 거죠. 자, 인덱스카드의 한쪽 면에 영화 정보를 적어요. 제목, 감독, 배우, 몇 분 몇 초에 나오는 신이다 같은 걸. 그리고 뒷면에는 해당 신에 대한 짤막한 메모를 남기는 거죠. 그런 다음 이걸 레퍼런스 박스에 넣어두는 거예요. 그리고 얼마 지난 다음, 상자를 열어 짤막한 메모를 들여다보면서 생각을 정리해요. 그리고 새로운 상자를 열고 빈 인덱스카드에 방금 레퍼런스 박스의 메모를 보며 떠오른 아이디어, 이런저런 생각들을 적어서 넣는 거죠. 여기서 중요한 건 하나의 카드에 하나의 생각만 적는 거예요. 물론 각각의 카드 한 면엔 레퍼런스가 되는 영화의 신 정보를 적고요. 그리고 거기에 적절한 흐름대로 번호를 매겨서 새로운 상자(영화 메이킹 박스라고 할게요)에 보관해요. 추가할 카드가 생기면 역시 적절한 위치에, 이를테면 97과 98 사이에 넣어야겠다면 97-A라는 식으로 번호를 매겨서 끼워 넣고요. 시간을 들여 같은 일을 반복하다 보면 어느 날

상자가 꽉 차게 되고, 그 안에서 자기들끼리 상호작용하며 부글부글 끓어오르는 거죠. 그러다 적당한 시간이 지난 어느 날 상자를 열고 인덱스카드를 꺼내서 차례대로 늘어놓으면 짜잔, 한 편의 비디오 에세이가 완성되었습니다!

JD는 말없이 고개를 저었다. 쯧쯧, 혀를 차는 것도 같았다. 나는 조금 억울한 기분이 되었다. 《제텔카스텐: 글 쓰는 인간을 위한 두 번째 뇌》는 《죄수 운동법》과 함께 다름 아닌 JD가 내게 권해준 책이었기 때문이다.

—정연 씨, 새로운 육체에 새로운 정신이 필요하지 않으세요?

책을 추천하며 정지돈이 말했다.

—그 책들의 제목을 들으니 문득 조정래가 떠오르네요.

그러자 정지돈이 반문했다.

—조정래……요?

차마 입에 담을 수 없는 무언가를 말한다는 투였다.

—예전에 등단 40주년을 맞아 《황홀한 글감옥》이라는 제목의 자전적 에세이를 냈거든요. 저도 모르게 황홀한 글감옥에서 죄수 운동법으로 운동을 하면서 제텔카스텐으로 글을 쓰는 이미지가 떠올라 버렸네요.

—네…….

정지돈이 한숨을 내쉬듯 대답하더니 덧붙였다.

—조정래랑 정연 씨랑 두 분이 비슷한 연배이신 거죠?

6월 3일 목요일

나는 날씨에 따라 사는 것 같다. 업과 다운을 반복하면서. 맑은 날에는 그늘 찾고 흐린 날이면 짜증난다. 비가 내리는 동안에는 거의 죽어 있다.[4]

우리는 메세나폴리스에서 만났다. 정지돈과 나 그리고 ㅍ출판사의 편집자 S. 만남에 대해서는 할 말이 많지 않다. 나는 비가 와서 반쯤 죽어 있었고, 정지돈은 마감에 치여 반쯤 죽어 있었다는 것 말고는.

S와 헤어지고 정지돈과 둘이 남아 밥을 먹으러 갔다. 우리는 닭콩국수를 먹으며 글쓰기와 인간됨에 대한 이야기를 나누었다. 글을 쓰는 일은 쓰는 사람을 강퍅하게 만들고 주변을 짜증나게 만든다, 물론 우리가 글을 안 쓴다고 더 좋은 사람이 될 것 같지는 않다, 하지만 당장의 작은 마감들이나 이런저런 쪽글들을 줄일 필요는 있다, 그렇게 남는 시간과 체력을 큰 기획이나 한 권의 책에 집중해야 한다, 그런데 쪽글을 안 쓰고 큰 기획이나 한 권의 책에 집중하려면 먼저 큰 기획이나 한 권의 책이 상업적으로 터져줘야 한다, 그러려면 우선 쪽글을 안 쓰고 큰 기획이나 한 권의 책에 집중해야 한다, 그런데……

─예전에는 글을 쓸 때 이 생각에서 저 생각으로 건너뛰거나 비약하거나 반복하거나 스스로의 말을 취소하고 모순된 말을 하는 게 두렵지 않았는데 요즘에는 자꾸 이래도 되나? 하는 생각이 들면서 움츠러들게 돼요. 책임지지 못할 말을 하는 게 아닌가 싶기도 하고.

─정연 씨, 정연 씨가 올해 몇 살이에요?

─서른아홉이요, 만으로…….

─하, 우리 아빠보다 나이 많아!

나는 깜짝 놀라 정지돈을 쳐다봤다. 그는 아무 일도 없었다는 듯 평온한 표정으로 먼 곳을 바라보고 있었다.

─비약이라는 감각은 인식의 너비와 관련되어 있어요. 반복이나 모순도 마찬가지죠. 만약 지적인 거인이 있다면 우리의 어떤 말도 비약이라거나 모순이라고는 느끼지 않을 겁니다.

─문제는 제가 지적인 거인이 아니라는 사실 아닐까요. 뱁새가 황새 쫓아가면 가랑이가 찢어진다는 말 모르세요?

정지돈이 나를 보고 희미하게 웃었다.

─그래도 뭐라도 찢었네요…….

그날 저녁 작업실로 돌아온 나는 〈고양이를 부탁해〉를 봤다. 얼마 전에 올해로 개봉 20주년을 맞았다는 소식을 SNS를 통해 들었다. 시간 참 빠르다는 생각을 하면서 볼 수 있는 곳을 검색했는데 온라인에는 서비스하는 곳이 없었다.

어째서? 나는 이해할 수 없었고, 혹시나 하는 생각으로 작업실을 뒤지다 먼지 쌓인 DVD를 발굴한 것이다.

오프닝. 인천의 만석부두에서 교복을 입고 깔깔 웃으며 함께 사진을 찍는 다섯 명의 친구들. 이제는 일종의 유사 아날로그적인 감성마저 느끼게 하는 지글지글한 저화질의 DVD를 통해 그 장면들을 보는 순간 스무 살의 기억들이 스물스물 피어올랐다. 20년 전에 내가 이 영화를 보며 무슨 생각을 했더라? 모르긴 해도 엄청나게 공감하거나 몰입하면서 봤던 것 같지는 않다. 내 이야기라기보다는 여자친구들의 이야기, 서울 아닌 인천의 이야기라고 생각했겠지. 지금도 그렇지만 그때의 나는 순전히 내가 있는 우물을 통해서만 세상을 보는 사람이었으니까. 그래도 재미있게 봤고, DVD로도 몇 번 더 봤을 것이며, 특히 '모임 별'이 작업한 사운드트랙 CD는 닳도록 들었다.

하지만 중반을 향해가면서 영화는 내게 점점 낯설어졌고, 후반부에 접어들면서부터는 지금까지 한 번도 본 적 없는 새로운 영화처럼 느껴졌다. 예전에는 그냥 흔들리는 청춘? 학교를 졸업하고 사회에 나와 서로 다른 길을 걷게 되는 친구들의 이야기?라고만 생각했는데 다시 보니 계급과 주거에 관한 이야기였고, 그것도 노골적인 계급과 주거에 관한 이야기였어. 특히 지영의 집이 무너지고 경찰의 강압적인 태도에 아무 말도 하지 않기를 선택하며 감옥에 들어가는 부분은 지금-여기의 상황에서도 곱씹어볼 부분이 많을 것 같았다. 내가 곱씹어보기에는 너무 큰 조각처럼 느껴지기는 하지만⋯⋯.

집 앞 고양이 가족들에게 써보고 싶었지만 한 번도 쓰지 못했던 고양이 번역기 어플로 조부모의 장례식장에서 상복을 입은 지영의 품에 안겨 야옹야옹 우는 고양이의 말을 번역해 보았다.

고양이　　기분이 좋지 않아요.

고양이　　엄마 아빠는 어디 있어요?

밤. 아내와 와인을 마시며 TV 보다가 예전에 사놓았지만 당연히 읽지 않은 〈씨네21〉을 충동적으로 펼쳐들었다. '영화를 향한 질문들'이라는 기획으로 유운성과 김소영과 정성일의 글들이 두 호에 걸쳐 실려 있었다. 그중 김소영의 '영화의 피는 응고하지 않아—〈기생충〉을 중심으로 쓴 영화의 (신)물질론'을 읽다가 번쩍! 하나의 아이디어가 떠올랐다. "액체 근대 사회에서는 '사회 같은 것은 없다'라는 마거릿 대처의 악명 높은 구호가 자기실현적 예언이 된다. 기정의 발언, '그 누구도 돌보지 마'가 번개 천둥을 불러왔다면"이라는 구절을 읽는데, 머릿속에 순간 번개 천둥이 쳤다. 움찔하며 놀라는 JD를 뒤로하고, 나는 급히 노트북을 열어 정지돈에게 메일을 쓰기 시작한다.

금정연(V.O.)   저 역시 가끔은 깜짝 놀랄 만한 아이디어가 떠오르고 연결되는 걸 느낍니다. 그것들은 순간이지만 놀라운 형태의 연결성을 보여줍니다. 아니면 단지 제가 취했거나요. 그러나 의식은 그 자체로 소통할 수 없습니다. 연결은 내용에서 일어나지 않으며 내용을 설명하는 것은 핵심을 빼놓는 행위입니다. 텍스트가 매순간 스스로 재현하도록 해야 합니다. 하지만 어떻게?[5] 오늘 지돈 씨를 만나고 돌아온 후 제 머릿속에서는 21세기 첫 20년의 한국 영화사가 새롭게 쓰였습니다. 결론부터 말할게요. 지돈 씨, 박무석과 '불나비'는 잊으세요. 우리의 비디오 에세이는 〈고양이를 부탁해〉에서 시작해 〈기생충〉에서 끝날 것입니다. 네 시작은 미약하였지만 네 나중은 심히 창대하리라. 그렇다면, 나중의 나중은 어떨까요? 이것은 계급과 거주와 그것을 대하는 우리의 인식에 대한 이야기입니다. 집이 없이 떠돌아다니는 길고양이를 자기보다 조금 형편이 나은 친구에게 '부탁'하는 것과 모략으로 다른 사람들의 자리를 차지한 후 "그 누구도 돌보지 마"라고 말하는 것 사이의 거리에 대한 이야기, 김소영이 말하는 〈기생충〉의 '큰 비=도시의 유동성=액체근대'와 '고양이의 액체성=청춘의 유동성'의 이미지를 대비시키는 이야기, 동시에 그것은 어느 소설가가 일간지의 지면을 통해 "나는 속으로 〈공각기동대〉 실사 영화를 다시 찍는다면 세트를 만들 필요 없이 그냥 여기서 촬영하면 될 거 같다고 생각했다. 그리고 우리 부부는 사이버펑크 전사가 아니므로 그 단지에 살면 틀림없이 불행해질 거라고 느꼈다"[6]라는 문장을 아무런 수치도 느끼지 않는 것처럼 쓸 수 있는 사회에 대한 이야기이기도 합니다. 저는 이것이 크리스티앙 메츠가 말한 시네마의 실행, 적어도 실행의 한 시도가 될 수 있다고 느낍니다. 여기, 두 영화에서 생각나는 장면을 급히 쓴 인덱스카드를 스캔한 이미지 파일을 동봉합니다. 지돈 씨의 의견이 궁금합니다. 두서없는 메일 죄송합니다. 저는 지금 무척 살고 싶습니다.

당신의 K정연.

나는 발송 버튼을 누르고, 그리고 기다린다.
정지돈의 답장을
《비디오 에세이 만들기》가 출간되기를
충동구매한 존 그레이의《고양이 철학》이 배송되기를
밝은 미래를
아마겟돈을
핵폭탄을
나는 늘 기다린다
come, come, come, nuclear bomb······[7]

04
정지돈

K정연과 알고 지낸 지 거의 10년이 됐지만 함께 영화를 본 건 손에 꼽는다. 그와 많은 것을 했다. 밥을 먹고 산책을 하고 커피를 마시고 술을 마시고 택시를 타고 비행기를 타고 도쿄에 가서 목욕탕에 가고 한 침대에서 자고 파리에서 햄버거를 먹고 전동킥보드를 타고 전시를 보고 런던의 클럽에서 아마추어 밴드의 저주에 가까운 음악을 듣고…… 그러나 영화를 같이 봤냐고 물으면 기억나는 건 단 한 번뿐이다. 임재철 평론가의 클래스에서 본 장 피에르 고행의 〈일상적인 즐거움〉. 지난번에 말한 바 있는 이 영화를 서너 명의 사람들과 어느 출판사 건물에 딸려 있는 강의실에서 봤다. 밤이었고 출판사에는 사람이 없었고 왜인지 우리가 허락도 받지 않고 몰래 영화를 보는 사람들이라는 생각이 들었다. 더 이상 아무도 상영하

지 않고 보지 않는 영화를 보기 위해 도시를 떠돌며 빈 건물을 일시적으로 점유하는 시네-프레카리아트Cine-Precariat. 《The Cinema of the Precariat》의 서두에 토머스 자니엘로는 이렇게 쓴다. "프레카리아트는 미미한 존재감 때문에 언제든 끝장날 수 있음에도 계속 (영화에 관한) 일을 하는 사람이다. 그것이 그들이 할 수 있는 유일한 일이기 때문에."[1]

〈일상적인 즐거움〉은 장 피에르 고랭의 내레이션으로 시작한다. "두 남자가 작은 역의 벤치에 앉아 기차가 들어오길 기다린다. 한쪽이 자기 인생사를 들려준다. 난 언제나 그런 이야기를 좋아했다. 로저가 이야기를 끝내면 내 이야기를 시작할 것이다." (장면: 살찌고 머리가 벗겨진 중년 남자와 그를 바라보는 장 피에르 고랭 미디엄 투숏)

〈일상적인 즐거움〉의 오프닝 신을 나와 K정연의 모습이라고 말할 수 있을까? 한쪽이 이야기를 끝내면 다른 쪽이 이야기를 시작한다. 어느 쪽이 살찐 아저씨인지는 굳이 말할 필요가 없을 것 같다. 중요한 건 결국 둘 다 말하고 둘 다 듣게 될 거라는 사실이다. 이 과정은 일반적인 대화와는 약간 다르다. 영화와 관객의 관계와 유사하다고 할까? 영향을 주고받지만 실시간적으로 일어나는 교류나 상호작용은 아니다. 한쪽이 끝날 때까지 다른 한쪽은 기다려야 한다. 영화는 인터랙티브 아트가 아니다. 영화가 마주해야 하는 건 즉각적인 응답, 반응, 참여가 아니라 어둠과 침묵 속에서 이어지는 불안정한 기다림이고 불현듯 잉태되고 사라지는 잠재성이다. 조르조 아감벤은 《내용 없는 인간》에서 예술 작품을 바라보는 행위를 시간의 지속성이 단절되고 차단된 느낌, 정신의 바깥, 근원적인 차원에 체류하는 사태로 묘사한다. 이러한 유보를 그리스어로 에포케Epoche라고 한다. "즉 리듬의 에포케라는 바깥으로 떨어져 나오는 행위를 통해 예술가와 관람자는 그들의 본질적인 동맹 관계와 공동의 지반을 다시 발견하게 된다."[2] 이것이 영화라는 매체가 우정을 형성하는 방법이다.

영화는 우정의 한 형식이다. 정성일과 유운성 평론가의 평론집 첫 챕터 제목은 각각 다음과 같다. "지구라는 행성에서 영화 친구를 사귀는 방법에 관한 작은 가이드"[3]. "우정의 이미지들"[4]. 유운성은 세르주 다네를 인용한다. "유대 그리고 우정이라는 말은 아주 아름다운 말이다. 나는 한 번도 우정이라는 관계 이외에 사람들과 다른 어떤 관계를 가질 수 있다고 상상해본 적이 없다."

정말이지 영화만큼 우정을 사랑하고 의미화하는 예술도 없다.

—그런 의미에서 지돈 씨와 제가 10년 동안 같이 본 영화가 한 편이라는 사실이 우리 관계를 증명해주는 것 같네요.

K정연이 말했다.

—뭘 증명하는데요?

—우리가 친구가 아니라는 사실.

영화와 우정에 대한 K정연의 철학에 따르면 만약 우리가 친구였다면 더 많은 영화를 함께 봤을 거란다. 그 태도가 너무 단호해 나는 섭섭함과 함께 왈칵 눈물을 쏟을 뻔했다고 하면 거짓말이고 뭔가 반전이 있겠거니 했다. 예를 들면 우정은 친구 이상의 것, 자신 안에서 타자를 발견하는 탈주체화의 지각이자 게니우스^{Genius}적인 것과 스페키에스^{Species}적인 것과의 관계 맺음이며 극장과 카메라가 사라지거나 감춰진 새로운 미디어 환경에서의 변화한 상호주관적인 행위다, 등등. 그러나 K정연은 그렇게 말하지 않았고 다음과 같이 말했다.

—제가 두 살 많잖아요.

—헉.

—앞으로 형이라고 하세요.

—K정연……!

나는 비명을 지르며 잠에서 깨어났다. 시간을 보니 오후 6시였고 나는 원고를 쓰다 지쳐 컴퓨터 앞에서 깜빡 낮잠이 든 거였다. 메일이 와 있었다. 영상자료원 담당자에게 온 메일로 마감 시한을 고지하는 내용이었다.

나는 K정연에게 전화를 걸었다. 꿈 얘기는 하지 않았고 우리가 써야 할 원고에 대해서, 우리가 만들 에세이 필름에 대해서 이야기를 나눴다. 정연 씨의 이야기를 그대로 받아쓸 테니 어서 앞으로의 계획에 대해, 21세기 한국 영화의 과거와 현재, 미래에 대한 고견을 들려주세요!

K정연이 말했다. 〈고양이를 부탁해〉는 계급과 주거, 프레카리아트에 대한 영화다. K-시네마를 주거와 부동산의 역사로 정리할 수 있을 것 같다. 무주택자의 영화, 다주택자의 영화, 전세 사기꾼의 영화, 메타버스 가상 부동산 업자의 영화…… 홍상수와 김기덕은 홈리스 영화의 대표적인 두 형상이다. 한쪽은 돈이 많아서 집 없이 전국을 떠도는 모텔-호텔 생활자, 다른 한쪽은 돈이 없어서 강바닥과 절을 떠도는 (검열)…… 등등. K정연은 이사를 한 뒤 부동산에 대한 관심이 많아졌다고 했다. 나는 동료 소설가인 오한기도 부쩍 부동산에 관심이 많아졌다고 말했다.

　—왜 사람들은 집에 관심이 많은 거예요?

　—지돈 씨도 결혼하고 애 낳으면 알 거예요.

　—K정연…….

　—네?

　—아니에요.

　모든 한국의 연극영화과가 그런지는 모르겠지만 내가 다녔던 학교에는 이상한 문화가 있었다. 선배를 무조건 형이나 누나, 언니 또는 오빠라고 불러야 했다. 선배를 선배라고 하면 하극상으로 끌려가서 얼차려를 받았다. 자신보다 어린 선배를 선배라고 하면 기강이 해이해진다는 이유였다. 형, 누나야말로 윗사람을 대하는 진정한 호칭이란다(설명을 들어도 이해가 되지 않는다면 당신은 정상……).

이것 말고도 학교에는 이상한 문화가 많았지만 이 자리에서 다 얘기할 필요는 없을 것 같다. 나는 선배들을 피해 다녔다. 형, 누나 호칭이 입에 붙지 않아서였다. 외동으로 자란 탓일까? 사람들은 왜 형이나 누나, 오빠, 언니라는 호칭을 좋아할까. 나는 생각했다. 내가 영화를 찍지 않는다면 바로 이것 때문이라고, 유사 가족 문화권에서는 진정한 시네마가 태어날 수 없다고. 가족은 우정이 아니라 혈연이고 K-시네마의 혈연은 가부장제와 연결되며 가부장제는 남성연대와 여성혐오로 이어지고 결국 신자유주의적 가치 체계를 내면화한 청년 남성으로 과대표화된 담론과 정치를 불러오기 때문이다.

—그래서 제가 지금, 바로, 이 순간에 〈고양이를 부탁해〉를 다시 보자고 한 거예요.

K정연이 말했다.

—영화야말로 젠더를 생산하고 그 성격을 결정짓는 "젠더 테크놀로지"[5]입니다.

솔직히 고백하면 나는 〈고양이를 부탁해〉를 보지 않았다. 영화 개봉 당시 생물학적 여성인 친구들이 너무 좋다고 말하며 등장인물들의 대화와 행동을 흉내 내고 논평했던 게 기억나지만, 나는 보지 않았다. 그건 단지 우연이었을까, 아니면 내가 컴퓨터 스크린으로 혼자 영화를 보는 것만을 유일한 낙으로 생각한 웹친화형 K-시네필이었기 때문일까. 〈고양이를 부탁해〉를 검색했다가 잊고 있었던 단어를 발견했다. "와라나고". 와라나고는 수작이지만 블록버스터에 밀려 극장에서 제대로 상영 못 한 영화를 네티즌이 발굴해낸 영화 다시 보기 캠페인이었다. 〈와이키키 브라더스〉〈라이방〉〈나비〉〈고양이를 부탁해〉. 문득 기억 속에 묻어두었던 영화들이 생각났지만, 다시 한번 솔직히 고백하면 나는 와라나고 캠페인에 속한 어떤 영화도 보지 않았다. 이런 내가 21세기 한국 영화에 대한 에세이 필름을 만들 자격이 있을까. 이렇게 영화를 안 보는데? 학교 선배들이 왕가위와 이와이 슌지, 미야자키 하야오를 보지 않는다고 훈계를 했던 해묵은 일도 기억났다. 어떻게 〈스왈로우테일 버터플라이〉를 안 볼 수가 있어? 〈화양연화〉도 안 봤다고? 제정신이니? 넌 영화과라고 할 수가 없구나.

과거가 떠올라서일까, 아니면 단지 원고를 쓰고 에세이 필름을 만드는 일의 어려움과 지속불가능성, 때때로 급습하는 이게 다 무슨 소용인가 하는 회의와 공포 때문일까. 나는 K정연에게 다음 문장으로 끝나는 긴 메일을 보냈다. "……건강하고 밝은 사람으로 살고 싶은데 그건 무리겠죠? 격일로라도 밝게 살았으면 좋겠다."

다음 날, K정연에게 전화가 왔다.
—지돈 씨.

그가 상냥한 목소리로 말했다.

—제가 왜 K정연인지 알았어요.

—왜요?

—키아누 리브스가 〈뉴욕타임스〉 비평가 선정 21세기 가장 위대한 배우 4위인 거 아시죠? 키아누 리브스 생일이 9월 2일이거든요. 그리고 제 생일도 9월 2일. 지난 원고에 이 이야기를 쓴다는 걸 깜박했네요.

—그걸 왜 써요…….

—오늘은 오전에 나윤이(K정연과 박지은 사이에 태어난 딸을 뜻함) 문화센터에 데려다주고 작업실로 가는 버스를 탔거든요. 버스에서 상우 씨가(이상우 소설가를 뜻함) 추천해준 젠하이저 이어폰을 끼고 넷플릭스로 〈키드 디텍티브〉를 보며 응암으로 가는데 문득 기분이 이상한 거예요. 세 줄 뒤에 앉은 덩치 큰 중년 남자가 저를 쳐다보는 것 같더라고요. 그게 누군지 아세요?

—키아누 리브스?

—유운성 평론가.

—헉. 그래서요?

—그래서…….

K정연이 말했다.

—그래서…….

05

금정연

경기도로 이사한 후 내가 가장 많이 들은 말은 한번 서울 밖으로 나가면 다시는 돌아오지 못한다는 말이었다. 나는 서울 서대문구에서 태어났고, 마포구에서 학창 시절을 보냈으며, 독립한 후에는 줄곧 은평구에 살았다. 부산 금정구 금정경찰서에서 보낸 군 생활을 제외하면 서울의 서북 3구, 그 안에서도 반경 10킬로미터가 넘지 않는 좁은 장소에서 평생을 산 셈이다. 개굴개굴. 그런 내게 사람들의 말은 토머스 울프와 이문열을 떠올리게 할 뿐이다. 두 작가에게는 두 가지 공통점이 있다. 하나는 그들 모두 《그대 다시는 고향에 가지 못하리》라는 제목의 소설을 썼다는 것, 다른 하나는 그래서 어쩌라고? 하는 생각이 든다는 것…….

경기도에 사는 시간이 길어질수록 서울로 돌아가고 싶

기는커녕 오히려 꼭 서울에 살아야 하나? 하는 의문이 들지만 그건 내가 (갈 곳 없는) 프리랜서이고, 이사를 통해 아내의 출퇴근길은 (조금이나마) 편해졌으며, 아내와 나 모두 문화생활(정확히 말하면 외출)을 즐기지 않는 성격이고, 아이의 학군이나 사교육 같은 걸 신경 쓸 필요가 (아직은) 없는 데다가, 가족 중에 (정기적으로) 병원을 다녀야 하는 사람도 없기 때문이라는 걸 안다. 그렇지만 전보다 적은 주거비용으로 삶의 질은 비교할 수 없을 만큼 높아졌고, 그것이 우리에게 무척 중요한 변화라는 사실에는 변함이 없다.

　—그게 요즘 제가 부동산에 꽂힌 이유예요.

　—그래서 이제 부동산 투자라도 하실 건가요.

　—아직은요. 대신 아내와 함께 일요일마다 〈구해줘! 홈즈〉를 챙겨보고 있어요.

　—그게 뭐지? 드라마예요? 〈셜록〉 같은?

　—이사를 계획 중인 시청자가 사연을 보내면 연예인들이 대신 예산과 조건에 맞는 집을 보러 다니는 예능이에요. 열심히 보고 공부해서 부동산 전문가로 거듭나려고요. 지돈 씨도 나중에 이사 생각 있으면 말해요, 제가 잘해드릴게요.

　—……그건 마치 영화감독이 되기 위해 〈출발! 비디오 여행〉을 꼭 챙겨본다는 말처럼 들리는데요.

　—지돈 씨, 저는 〈출발! 비디오 여행〉 같은 건 보지 않아요.

나는 잠시 말을 멈추고 JD를 바라보았다.

─영화감독이 되겠다는 꿈을 접은 후로는요.

조셉 맨키위즈의 영화 〈유령과 뮈어 부인〉과 마르그리트 뒤라스와 도미니크 노게즈의 대담집 《말의 색채》는 모두 부동산 이야기에서 출발한다는 공통점이 있다.

영화의 시작과 함께 루시 뮈어는 독립을 선언한다. 시어머니와 시누이가 1년 전에 죽은 남편까지 들먹이며 만류하지만 뮈어 부인의 의지를 꺾진 못한다. 부동산을 찾은 루시는 수상할 정도로 저렴한 바닷가 저택을 발견하고, 중개업자의 만류에도 불구하고 임대 계약을 맺는다. 그런데 그곳에는 성격 더러운 전 주인의 유령이 그녀를 기다리고 있다.

뒤라스는 대뜸 자신을 매혹시켜 〈나탈리 그랑제〉를 만들게 한 집에 대한 이야기로 대담을 연다. 생애 처음 소유한 집. 정원에 창고까지 딸린 집은 당시 그녀의 주머니 사정을 생각하면 매우 비쌌지만, 《태평양을 막는 제방》으로 벌어들인 수입으로 겨우 살 수 있었다고. 그러면서 대수롭지 않게 덧붙인다. "내 책을 각색한 영화들이 너무 좋지 않아서 내가 직접 해도 그 정도는 만들 수 있거나 그보다 더 잘 만들 수 있을 것이라고 생각했거든요."[1]

두 가지 교훈이 있다. 하나. 싸고 좋은 매물은 없고 집과 사람, 사람과 유령 사이에도 궁합은 있다. 둘. 혹시라도 문필 활동으로 생계를 꾸릴 생각이라면 최소한 프랑스에서는 태어났어야 한다, 그것도 100년쯤 전에, 되도록이면 마르그리트 뒤라스로…….

한국에도 부동산을 다룬 작품은 많지만 부동산 이야기로 시작하는 작품은 많지 않다. 일단 떠오르는 건 이윤기 감독의 2008년 영화 〈멋진 하루〉다. 검은 화면 위로 오프닝 크레디트가 흐르면, 두 사람의 대화가 들린다.

희수(전도연 분) 마석? 그게 어디야?

병운(하정우 분) 춘천 가는 길 어디라나 뭐라나? 아무튼 뭐 사
자마자 두 배쯤 올랐대. 지금은 한 평당 70이라
던대.

희수 그럼 얼마나 번 건데? 걔는?

병운 40에 샀다니까 30에 100해서…… 3천? 그쯤
되겠네.

희수 3천? (…) 3천…….

병운 한 방에. 봐봐, 얘 몇 주째 안 보이잖아. 전화도
잘 안 받아.

나는 구글에 '마석 땅값'을 검색한다. 가장 처음에 나오는 2019년 6월의 기사("'드디어 호재 터졌다!' 남양주 마석역 일대 땅값 후끈")에 따르면 GTX 건설과 지하철 6호선 연장 계획이 동시에 발표되면서 마석역 인근 평당 평균 가격은 2017년

250만 원, 2018년 350만 원이었던 것이 2019년에는 450만 원으로 치솟았다고 한다. 그렇다면 2020년과 2021년에는……? (알기 싫음.)

담배를 나눠 피우며 이야기를 나누던 그들이 향하는 곳은 스크린 경마장이다. 그러니까 이 영화는 부동산과 경마, 그리고 1년 전 350만 원을 빌리고 잠적한 남자에게 빚을 받아내기 위해 경마장을 찾은 여자에서 시작하는 영화인 셈이다. 과연 미국발 서브프라임 모기지론 사태로 촉발된 전 세계적인 경제위기의 한복판에 개봉한 영화답다고 할까.

돈이 없다며 느물느물하게 잡아떼던 남자는 돈을 받기 전까지는 가지 않겠다는 여자에게 오늘 안으로 어떻게든 해결하겠다고 큰소리친다. 어떻게? 다른 여자들의 돈을 빌려서…… 남자를 믿을 수 없는 여자는 남자와 동행하기로 하고, 카메라는 그런 둘을 따라간다. 옛 연인에게 돈을 갚기 위해 다른 여자들에게 돈을 빌려야 하는데도 어째선지 무사태평하기만 한 남자와 옛 연인에게 빌려준 돈을 받는데 어쩐지 본인이 직접 운전까지 하며 돈을 꾸러 다니는 것만 같은 기분에 자꾸 울컥하는 여자의 하루.

그런데 나는 왜 여기서 영화 줄거리를 꼬치꼬치 늘어놓고 있는 걸까? 서평가로 활동하던 시절의 버릇이 아직도 남아 있는 모양이다. 분량을 채우는 좋은 방법이기도 하고…….

내가 하고 싶은 말은 이 영화가 캐릭터 무비라는 것, 그러면 안 될 것 같은 상황에서도 대책 없이 낙관적이고 유연한 성격의 남자와 안 그래도 될 것 같은 상황에서도 이유 없이 예민하고 불안한 성격의 여자가 티격태격 하면서도 그들에게 주어진 미션을 완료하고 헤어져 다시 각자의 길을 걸어가지만 함께했던 짧은 시간의 영향으로 그들 모두 그전보다 더 나은 사람이 되었을 거라는 여운을 남기는 종류의 영화라는 것이다. 정확히 말하면, 변화하는 사람은 여자 한 명뿐이라고 해야겠지만. 이렇게 말해도 좋다면《그리스인 조르바》의 주인공을 남녀로 바꾼 다음 긴 이야기를 단 하루로 압축한 것 같은 이야기, '한국남자 조병운(하정우)' 같은 느낌으로……

영화가 중간을 지날 무렵, 경마장을 나설 때부터 남자가 들고 있던 커다란 가방의 비밀이 밝혀진다. 남자는 돈이 없어 전세금을 빼고 가방 하나에 살림을 넣은 채 친구 집을 전전하며 떠돌이 생활을 하고 있었던 것. 그렇다면 이 영화를 사업이 망하고 이혼까지 한 속편한 무주택자와 파혼하고 새로운 직장을 구하지 못해 언제 길바닥으로 나앉을지 몰라 전전긍긍하는 하위 중산층의 영화라고 말할 수 있을까? 그런데 단지 그렇게 말하는 것에 무슨 의미가 있나? 한마디로, 이게 다 무슨 소용인가?

이런 종류의 문제는 아무리 생각해도 답을 찾을 수 없고, 혹은 내겐 이런 문제를 해결할 수 있을 만한 시간이 허락

되지 않았고, 어쩌면 이 문제는 인생보다 큰지도 몰라. 나는 머리도 식힐 겸 〈멋진 하루〉가 담고 있는 2008년 서울의 이 곳저곳—개발 이전의 용산과 잠수교와 종로 뒷골목과 이태원 언덕길과 서소문 아파트와 연희동 사러가마트 등—을 직접 둘러보면서 시간 속에 잠시 존재했던 어떤 것을 영원에 가깝게 붙잡아 고정시키는 이미지의 유령적인 성격에 대해 생각하며 그것이 우리의 에세이 필름에 어떻게 적용될 수 있을지 찬찬히 고민해봐야겠다고 마음을 다잡고 서울로 향하는 9701번 버스에 몸을 싣고 있었던 것이다. 그곳에서 익숙한 얼굴을 마주치게 될 거라고는 꿈에도 생각하지 못한 채…….

서평을 쓰지 않는 서평가 K정연은 마감공포증 때문에 지금까지 그가 추구해오던 약간의 재치 있는 문필 활동을 그만두고 정지돈과 함께 한국 영화에 대한 에세이 필름을 만들기로 한다. 어느 날 그는 9701번 버스를 타고 서오릉을 지나던 중 같은 버스에 타고 있던 영화 평론가 유운성을 우연히 마주친다. 구산역에서 내리는 유운성을 따라 충동적으로 버스에서 내리는 K정연. 구산동 도서관 마을에서 봉산의 이름 없는 묘지로, 맘스터치에서 불광천으로 향하는 유운성의 행보를 쫓는 그의 머릿속에 어떤 목소리가 들린다.

의문의 목소리(V.O.) 희망 없이 말하는 것보다 침묵하는 편이 낫다. 희망 없이 수다를 떠는 데서도 즐거움을 누릴 수 있다고 생각하는 것이야말로 전형적인 냉소주의자의 태도다. 다만, 희망을 낙관과 혼동해서는 안 된다. 낙관이란 지금 처해 있는 상황을 둘러싼 요인들로 미루어볼 때 얼마간 바람직한 미래가 가능하다고 진단하는 일에 지나지 않는다. 이를테면, 주식시장이 낙관적이라거나 부동산 시장이 안정화될 것이라고 전망하는 경제 전문가의 발언 따위를 떠올려보라. 희망은 여건에 비추어 미래를 낙관하는 일이 아니라 전적으로 바람직한 미래를 위한 가능성의 조건 자체를 응시하는 일이다. 희망은 낙관이라고 하는 타협을 용인하지 않으면서 미래를 긍정하는 일이다. 주식시장이나 부동산 시장에 대한 전망을 내놓기보다는 그것들을 없애버리자고 요구하는 것이 희망이다……[2]

창백해진 얼굴로 가쁜 숨을 몰아쉬는 K정연. 떨리는 손으로 힘겹게 문자 메시지 보낸다.

K정연   JD, 당신은 시네마가 인생을 대체할 수 있다고 믿나요?

쏘옥, 문자가 발송되는 소리와 함께 K정연 쓰러지면 손에서 미끄러지는 핸드폰. 띵 하는 메시지 수신음과 함께 JD의 문자가 액정에 표시된다.

JD   ???

시간 흐르면 비 내리는 밤의 불광천. 헤드랜턴을 쓴 JD가 수풀 사이를 뒤지고 있다. "아!" 탄성을 지르는 JD. 정신을 잃은 채 반쯤 개천에 잠긴 K정연의 모습이 보인다.

JD   도대체 무슨 일이 있었던 거예요?

담요를 뒤집어쓰고 코코아를 마시던 K정연이 대답한다.

K정연   유운성 선생님을 만났어요.
JD   유운성 쌤이요? 유운성 쌤은 어디 갔는데요?
K정연   모르겠어요. 천변의 벤치에 앉더니, 저 멀리 레인보우 브리지를 바라보고 있었어요. 있잖아요, 과거의 문 같은 거. 움

직이지도 않고 한참을 앉아 있더군요. 저는 가야 했어요. 마감이 있었기 때문에. 그런데 마감을 생각하자마자 갑자기 어지러워지더니 모든 게 깜깜해졌어요. 이렇게 말하는 지금도…….

병원 진료실. 의사가 K정연에게 말한다.

의사　　치료가 필요할 정도로 심각한 마감공포증입니다.

K정연　선생님, 담당 편집자에게 제가 입원을 해야 해서 원고를 마감할 수 없다고 전화 한 통만 해주시겠어요?

어딘지 알 수 없는 공간에서 끊임없이 중얼거리며 키보드를 두드리는 K정연.

K정연　일만 하고 놀지 않으면 멍청이가 된다, 일만 하고 놀지 않으면 멍청이가 된다, 일만 하고 놀지 않으면 멍청이가 된다, 일만 하고 놀지 않으면 멍청이가 된다, 일만 하고 놀지 않으면 멍청이가 된다, 일만 하고 놀지 않으면 멍청이가 된다, 일만 하고 놀지 않으면…… 그런데 놀지도 않고 일도 안 한다면?

빠르게 교차편집되는 장면들. 다양한 시간, 다양한 날씨 아래 거리에 있는 K정연. 불안한 듯 고개를 돌리면 시선 끝에 걸리는 빨간 체크무늬 남방을 입은 남성의 흐릿한 모습. 유운성이다. 쫓아가보지만 매번 잡히지 않고 사라지는 유운성. 절규하는 K정연.

　캄캄한 공간. 푸른 조명이 켜지면 수백 수천 개로 보이는 K정연의 모습. 거울 방이다. 잠시 후 붉은 조명과 함께 거울 속 K정연의 모습이 유운성의 뒷모습으로 바뀐다.

　다시 장면 바뀌면 다양한 시대, 다양한 공장을 나서는 퇴근하는 노동자들의 모습. 그런데 모두 유운성의 얼굴을 하고 있다. 그중 한 명의 유운성을 뒤쫓는 K정연. 정확한 시대도 장소도 알수 없는 구불구불한 골목을 따라가다 마침내 유운성을 막다른 골목으로 몰아넣는 데 성공한다! 벽을 보고 선 유운성에게 다가가는 K정연. 조심스럽게 손을 뻗어 유운성의 셔츠를 쥐는데 순간 흔적도 없이 사라지는 유운성. K정연이 쥐었던 손을 펴면 손바닥 위에 놓여 있는 USB.

K정연　　루시!!!

　비명을 지르며 깨어난 K정연을 걱정스러운 눈빛으로 바라보는 JD. 서럽게 우는 K정연에게 묻는다.

JD　　무서운 꿈을 꾸었나요.

K정연　　아니요.

JD　　슬픈 꿈을 꾸었나요.

K정연　　아니요.

JD	그럼…… .
K정연	하룬 해도 파로키 하지 않는 꿈이었습니다…… .

지는 해를 바라보며 JD에게 속마음을 털어놓는 K정연.

K정연	지돈 씨, 저는 제가 무엇을 하는 사람인지 도무지 모르겠어요. 가끔은, 실은 자주, 너무 지겹다는 생각도 듭니다. 그러니까 이 모든 것이요.
JD	세상에는 두 부류의 평론가가 있습니다. 진과 성. 진 쪽의 평론가에는 이동진과 김영진이 있고, 성 쪽의 평론가에는 정성일과 유운성이 있는 식으로요.
K정연	그건 성명학인가요.
JD	분류학이라고 해두죠.
K정연	하지만 저는 진도 아니고 성도 아닌걸요.
JD	그런 사람들을 위한 자리도 있는 법이죠. 이를테면, 진과 성의 사이 같은 곳이.
K정연	?
JD	진과 성의 사이에 있는 정. 그게 바로 정연 씨의 자리랍니다. 자, 저를 따라 해보세요. 진! 정! 성!
K정연	진 정 성……?
JD	바로 그겁니다! 진정성!!!

K정연이 JD에게 손을 내민다. 손바닥 위에 놓인 USB. 겉면

에는 "cinema, 2004"라는 글씨가 흐릿하게 보인다.

JD   이건⋯⋯?

K정연   꿈속에서⋯⋯ 제게⋯⋯.

JD   2004년이라면, 라브 디아즈^{Lav Diaz}의 〈필리핀 가족의 진화〉*

            일까요?

K정연   글쎄요⋯⋯.

JD   리산드로 알론소의 〈죽은 사람들〉일 수도 있겠네요. 아니면

            구로사와 기요시의 〈도플갱어〉? 그건 2003년이지. 그럼 〈밝

            은 미래〉? 아냐 그건 2002년이고. 아니면 홍상수의 〈여자는

            남자의 미래다〉일 수도 있지 않을까요?

K정연   ⋯⋯보면 알겠죠.

조심스럽게 노트북에 USB를 꽂는 K정연. 곧바로 자동 재생
으로 영화가 재생된다.

---

*   필리핀 감독 라브 디아즈의 실험 영화. 총 643분으로 역대 가장 긴 영화 중 한
       편이다.

주인공이 불분명한 예식장안 풍경.

예식이 끝난 듯 신부의 부케를 받으려 한쪽으로 몰려서는 여자들.

신부가 등 뒤로 부케를 던지고

날아오르는 부케를 향해 손을 뻗는 여자들.

부케가 첫 번째 손을 튕겨서 다음 손을 거쳐서 통통 튕겨나가고

이 손 저 손을 차례로 튕겨나가다가 허공을 뱅그르르 돌던 부케가 웬 막대사탕을 들고 있는 손안으로 쏙— 들어간다.

카메라 빠지면 겨드랑이에 목발을 끼고선 이빨이 빠진 여자아이가 방긋하고 웃는다.

여자아이 손에 들린 부케를 놀란 눈으로 보는 여자들.

그 위로 타이틀.

"어린신부"[3]

06
정지돈

**나는 어떻게 할리우드에서 백편의 영화를 만들고
한 푼도 잃지 않았는가**

연재를 시작한 지 반년 가까이 지났지만 우리가 만들 에세이
필름의 제작비는 한 푼도 모이지 않았다. 투자자나 제작자 역
시 나타나지 않았다. 시작할 때 상상했던 것과 너무 다른 전
개에 아연실색한 정연 씨는 실망한 목소리로 내게 전화를 걸
었다.

　—지돈 씨, 어쩌죠.

　게다가 연재 조회 수는 매 회마다 정확히 반 토막이 났
고 이렇게 계속 쪼개진다면 쿼크 입자 수준까지 내려갈 지경
이었다.

—정연 씨, 꼭 돈이 있어야 영화를 만들 수 있다는 생각을 버려요.

내가 말했다. 로저 코먼이나 로버트 로드리게즈를 떠올려봐요. 나는 로저 코먼이 첫 영화를 어떻게 만들었는지 상기시켰다. 로저 코먼은 본인이 제작한 첫 영화 〈해저에서 온 괴물〉을 찍기 위해 지인들에게 투자금 개념으로 돈을 받아냈다. 조건은 성공하면 러닝개런티까지 더해서 돌려주겠다는 거였다. 심지어 시나리오 작가와 감독에게도 임금을 주기는 커녕 돈을 받았다.

로저 코먼이 와이어트 바니에게 물었다.

—바니. 자네 전에 시나리오 팔아서 얼마 받았나?

—4천 달러요.

—좋아! 그럼 2천 달러만 투자하게. 감독으로 데뷔시켜줄게.

그러니까 영화는 주식 투자와 다를 바 없다. "투기 시대의 피투자자 정치Investee Politics in a Speculative Age"인 거죠. 금정연이 손 따옴표를 그리며 말했다. 지돈 씨가 제게 영감을 줬네요.

금정연에 의하면 벨기에의 철학자 미셸 페르Michel Feher는 이렇게 말했다. 금융화된 "에이전시"의 노동자 주체는 신자유주의의 주체와는 다르게 행동해야 한다. 신자유주의의 주체가 임금을 받고 이윤을 추구하는 게 목적이라면 동시대의 주체는 자산을 평가받기 위해 포트폴리오를 관리해야 한다. 아마존이나 우버 같은 기업을 보라. 지금 당장은 이윤이 낮거나 손해를 봐도 주가는 치솟는다. 핵심은 상품 판매를 통한 이윤이 아니라 낙관적인 미래를 생산하는 프로젝트의 실행이다.

　—바로 이게 모든 예술-창작의 원리지요. 특히 영화. 그런 의미에서 미래의 자본주의가 유희 자본주의화 될 거라는 건 불 보듯 뻔한 사실입니다.

　아……?

　—이제 우리의 포트폴리오-연재를 관리해야 할 때가 왔네요.

포트폴리오

혹시 잊은 사람들이 있을까 봐 말하면 이 연재는 에세이 필름을 제작하기 위한 시나리오 또는 트리트먼트다. 단지 "에세이"라거나 칼럼, 아니면 영화에 대한 수다 정도로 생각해선 곤란하다. 우리는 21세기 한국 영화가 어쩌면 갈 수도 있었을 상상의 경로를 민속지적 관점에서 기억하고 복원하는 오디오-비주얼-에세이 필름을 제작하려는 원대한 목표를 갖고 있고 이 영화의 감독은 금정연이 될 예정이다.

한국 영화에서 길을 잃은 한국 사람들

Lost Korean in Korean Cinema

감독	금정연
시나리오	금정연
목소리	금정연
제작	금정연
편집	금정연

......

...

...

Special Thanks to
정지돈

이게 내가 (미셸 페르의 용어로 말하면) 추측하고Speculative 투기하는Speculative 미래다. 문제는 금정연이 영화감독을 할 생각이 없다는 사실이다. 처음 상업 영화의 시나리오를 쓰게 됐을 때 나를 비롯한 친구들은 금정연이 영화감독까지 탄탄대로를 밟을 거라고 생각했고 그렇게 되면 우리랑 연락 끊지 마요, 정연 씨, VIP 시사회에서 강동원 옆에 앉혀줘요, 정연 씨, 라고 말하곤 했다. 그럴 때마다 금정연은 고개를 저었다.

—지돈 씨, 저는 영화감독이 될 생각이 없어요.

—왜요, 왜요. 정연 씨가 아니면 누가 감독해요?

—누군가 하지 않을까요…….

어느 글에서 쓴 적 있지만 금정연은 야심이 없는 사람이었다. 그는 기다리는 유형의 사람이지 쟁취하거나 애쓰는 사람이 아니다. 어쩌다 보니 서평가가 됐고 어쩌다 보니 편집위원이 됐으며 어쩌다보니 시나리오 작가도……. 그렇지만 영화감독은 어쩌다 될 수 있는 직업이 아니다. 감독이 되기 위해선 질적 도약이 필요하다.

—이제 우리도 감독의 인성에 대한 걱정 없이 영화를 봐야 하지 않을까요?

직업으로서의 영화감독은 도달하기 힘들 뿐 아니라 유지하기도 힘들다. 어떤 감독들은 이 과정에서 종종 맛이 가기도 하고(이에 관한 내용은《위대한 영화감독들의 기상천외한 인생 이야기》를 참고할 것) 맛이 간 상태로 영화를 만들어 세계에 거대한 똥을 안겨주기도 한다. 이게 바로 내가 금정연이라는 장외 주식에 내기를 건 이유다. 미셸 페르는 말했다. 투기자본주의 시대에는 노동조합과 다른 종류의 저항이 필요하다. 그것은 투자를 미래를 저당잡히는 행위로 비판하는 것이 아니라, 피투자자들의 힘을 거대하게 조직해 그들에게 투자하지 않고서는 체제가 유지될 수 없게 만드는 거라고……. 다시 말해 〈나랏말싸미〉가 잘 되기만 하면……. 그러나 영화 개봉과 거의 동시에 우리는 증권거래소의 통보를 받았다.

상장 폐지.

우리 중에 유일하게 주식을 하는 소설가 오한기는 내 이야기를 듣고 고개를 저었다.

—잡주에 투자하지 말라고 했잖아요.

—잡주? 금정……?

참고로 한기 씨는 공격적인 주식 투자로 한 푼도 벌지 못했고, 요즘은 일론 머스크가 나오는 시나리오를 쓰고 있다. 내용은 다음과 같다. 설치류를 닮은 어느 공무원이 도지코인에 투자했다가 전 재산을 잃고…… 일론 머스크에게 돈을 받아내기 위해 그가 탄 스페이스 X의 민간 우주선에 숨어들었다가 화성에서 온 외계인을 만나 출생의 비밀을 알게 되는데…….

Secret Lives of Great Filmmakers

영화계의 전설에 따르면 금정연이 처음 감독으로 경력을 시작한 것은 영화 평론가 겸 영화감독 정성일의 눈에 띄었기 때문이다. 당시 정성일은 한국영상자료원에서 연재 중이던 금정연의 '한국 영화에서 길을 잃은 한국 사람들'을 눈여겨봤다가 신인 감독의 등용문이라고 할 수 있는 넷플릭스 오리지널에 추천했다. "금정연에게 맡겨봐. 마감을 칼같이 지켜."

얼굴들

—감독의 얼굴이 아니야.

금정연이 〈한국 영화에서 길을 잃은 한국 사람들〉을 찍을 예정이라는 이야기를 들은 친구가 말했다.

—왜?

—봐봐. 친구가 금정연의 이름을 구글에 검색했다.

그리고 한국 영화감독들의 이름을 검색창에 차례로 입력했다. 박XX, 김XX, 이XX······.

—차이를 모르겠어?

—무슨 차이?

—금정연과 한국 영화감독들의 관상 차이.

．．．．．．．

나는 금정연에게 전화를 걸어 이 소식을 전했다.

—정연 씨, 정연 씨는 영화감독 관상이 아니래요.

농담으로 한 말이었는데 정연 씨는 그 말을 듣고 심각해
졌다.

—그러면 우리의 프로젝트는 어쩌죠? 제 남은 인생은
어떡하고요. 우리 나윤이의 앞날은……?

나 역시 심각해진 건 마찬가지였다. 영화에 대한 애정과
금정연의 미래에 대한 낙관으로 호기롭게 시작했는데 생각지
도 못한 관상 문제가 터진 것이다. 관상이라니, 21세기 메타
버스 시대에 무슨 전근대적인 사고방식이란 말인가. 그러나
나와 정연 씨는 우리가 이 문제를 심각하게 받아들인 이유를

알게 되었다. 관상의 문제는 얼굴의 문제이며 얼굴은 언어와 함께 영화의 핵심이자 동시에 제거되어야 할 형상, 다시 말해 자본주의적 스펙터클이라는 사실을 말이다.

—옵시스!

정연 씨가 핸드폰에 대고 소리를 질렀다.

—그게 뭐예요?

—미메시스!

—그건 또 왜……?

—지돈 씨, 아직도 모르겠어요? 우리가 필립 라쿠-라바르트와 롤랑 바르트, 고든 크레이머의 위버 마리오네트와 로베르 브레송의 모델론을 거쳐 영화의 형상을 재구성할 수 있다는 사실을요.

—무슨 말인지?

—인간의 뇌에서 얼굴 인식 매커니즘은 가장 고등한 기능 중 하나예요. 영장류의 뇌 하측두엽에는 얼굴에만 반응하는 영역 여섯 곳이 있습니다. 이를 페이스 패치Face Patch라고 해요. 각 패치들은 부분 기반 관점과 전체론적인 게슈탈트 원리를 결합해서 얼굴을 검출하고 구성하고 식별합니다. 어떤 패치는 얼굴의 방향에 반응하고 어떤 패치는 모양에 반응해요. 더 흥미로운 건 내측두엽에는 사람의 이미지에만 반응하는 신경세포 집합이 있다는 사실입니다. 이중 한 세포는 유명 인사의 얼굴에만 반응해요!

—예를 들면…….

—일론 머스크! 중요한 건 영화가 일종의 얼굴 패치라는 사실입니다. 재현이 중심이 된 영화 속의 얼굴은 특정 문화권의 얼굴을 뇌에 업데이트한다는 거죠. 패치를 설치한 것처럼요. 연재 초기에 했던 이야기 기억나세요? 모든 시네필은 자국 영화를 좋아하지 않는다. 처음에는 그 이유가 자국어 때문이라고 생각했어요. 언어는 영화에 이질적인 요소니까, 모든 감독들이 무성 영화를 그리워하는 것처럼요. 그러나 그것만으로는 부족합니다. 영화라는 예술의 핵심처럼 여겨진 얼굴 역시 사실은 영화에 이질적인 요소예요. 특히 스펙터클로서 재현된 얼굴은 더욱 그렇죠. 제가 라쿠-라바르트와 롤랑 바르트, 고든 크레이그와 브레송을 말한 이유를 이제 알겠죠?

필립 라쿠-라바르트의 개념을 간단히 정리하면 다음과 같다. 그는 연극에서 무대 장치라고 할 수 있는 스펙터클을 모두 제거해야 한다고 주장한다. 극은 오직 목소리, 낭독만으로 전달할 수 있다. 라쿠-라바르트에게 미메시스란 어떤 장면의 모사 또는 재현이 아니라 현시다. 복제품을 만드는 것이 아니라 현재형으로 만드는 것. 이러한 실천을 위해서 형상을 제거해야 하는 것이다. 롤랑 바르트 역시 다음과 같이 말한다. "재현이란 욕망의 의미가 아닌, 다른 의미들로 붐비는 거추장스러운 형상화이다. 즉 그것은 알리바이의 공간이다." 형상화가 재현이 아닌 즐거움으로서의 욕망이 되기 위해서는 "모방적 구조가 아닌 도표적 구조"로 드러나야 한다. 영화는 그럴 때에 진정 형상적인 것이 된다. 20세기 영국의 배우이자 연극연출가 고든 크레이그는 연극이 사회를 반영하는 게 아니라 사회를 창조하는 예술이 되어야 한다고 주장했다. 실천 방안은 다음과 같다. ① 배우의 움직임은 상징적인 동작만으로 제한되고 ② 얼굴에 가면을 씌우며 ③ 종국에는 배우를 인형으로 대체할 것. 로베르 브레송. "모델들. 그들은 겉으로는 기계적이 되었지만, 내적으로는 변한 것 하나 없이 순진무구하다."

그러므로 비약하면, 정연 씨가 말했다.

─우리의 에세이 필름은 영원히 지금-여기서 써져야 합니다. 기록, 확인, 재현, 묘사의 조작이 아니라 언어학자들이 수행동사라고 부르는 것, 정확히 말해 발화하는 행위 외에 어떤 언표도 가지지 아니하는 그런 진귀한 언술적인 형태. 삶은 영화를 모방할 뿐이며, 그리고 이 영화 자체도 기호들의 짜임, 상실되고 무한히 지연된 모방일 뿐입니다. 이른바 포스트-얼굴Post-Ulgul!

─응?

─지돈 씨 대략 이런 내용으로 이번 연재는 마무리해주세요.

─음…… 더 자세히 설명해야 되지 않을까요?

—모르겠어요?

—알 듯 말 듯…….

—그럼 제가 다음에 보충할게요.

—정말요?

—어쩌면…….

07
금정연

1.

······지돈 씨, 이 시대는 이상한 시기이고, 이상한 일들이 일어나고 있습니다. 끊임없이 팽창하나 경련적인 변화의 물결의 시대입니다. 이와 같은 변화가 모순적 효과를 동시적으로 확대합니다. 빠르게 움직이는 변화의 시대가 권력관계의 잔인함을 지워내지는 않고, 오히려 다양한 방식들로 권력관계들을 강화하면서 내파의 지점으로 이끕니다······[1]

연재를 시작한 지 반년 가까이 지났지만 우리가 만들 에세이 필름의 제작비는 한 푼도 모이지 않았다. 투자자나 제작자 역시 나타나지 않았다. 게다가 연재 조회 수는 매 회마다 정확히 반 토막이 났고 이렇게 계속 쪼개진다면 쿼크 입자 수준까지 내려갈 지경이었다, 라는 말로 JD가 지난 회를 시작한 지 벌써 한 달 가까이 지났지만 달라진 건 아무것도 없다. 조회 수가 반 토막을 넘어 3분의 1 토막이 났다는 사실을 제외한다면……

지난 반년 동안 우리의 연재를 읽고 뭐라도 반응을 보여준 사람은 셋뿐이었는데, 공교롭게도 모두 영화 평론가들이다.

임재철 아니 한국 영화에서 길을 잃었다는데 무슨 길을 잃었냐고. 내가 보기엔 한국 영화에 들어간 적도 없는데, 안 그래? (직접 들음)

유운성 제가 문근영 배우를 좋아하긴 하죠, 하하. 집에 사인도 있고……. (전해 들음)

오진우 연재된 글들을 보고 웃어본 적은 없지만 응원합니다. (인스타그램에서 봄)

세 분 평론가에게 마음속 깊은 감사와 우정을 전한다. 영화라는 우정. 하지만 지금 JD와 내게 필요한 건 일반적인 우정이 아니다. 영화라는 우정을 가능하게 하는 우정이라고 할까? 그건 만들어진 영화를 통해서야 비로소 가능한 우정이고, 영화를 만드는 데 필수적인 물적 조건(=돈)과 뗄 수 없는 우정이다. 물론 모든 우정이 영화가 될 필요는 없다. 모든 영화가 우정이 되는 것도 아니다. 그러니 그냥 이렇게 말해야겠다. 영화라는 우정은 우정이 아니다, 아무리 생각해도…….

DMZ국제다큐멘터리영화제 온라인 상영관을 통해 〈초국지소지천황〉을 봤다. 1971년, 감독 하라 마사토와 일군의 배우들은 《고지키》로 알려진 역사와 신화에 관한 오래된 책을 바탕으로 이 16밀리 영화를 촬영했다. 하라는 당시 촬영을 끝내지 못했다. 그리고 1년 후, 그는 혼자 슈퍼8 카메라로 촬영을 재개했다. 그 과정에서 그는 자신의 아이디어를 돌아보고, 신화는 외부 세계 어디에서도 찾아볼 수 없으며 물리적인 의미로는 촬영될 수 없지만, 영화 그 자체 혹은 영화 만들기 과정에 깃드는 것이라는 깨달음을 얻었다.[2]

몇 번의 재편집을 거쳐 현재의 형태로 만들어진 〈초국지소지천황〉은 완성되지 못한 16밀리 푸티지와 촬영지에서 촬영지로 움직이는 일인칭 시점의 8밀리 촬영본으로 이루어져 있다. 의식의 흐름에 따라 움직이는 이미지들이 흘러가는 동안 하라는 마음속에 떠오르는 생각들을 두서없이 떠들고, 때로는 직접 노래를 하기도 한다. 일종의 로드무비이자 영화 일기, 에세이 필름, 바르트가 말한 글쓰기-의지scripturire에 빗대자면 순전한 응시-의지로 이루어진 영화라고 할까. 뷰파인더를 바라보는 동시에 렌즈를 바라보는 하라는 말한다. "생각해보면 나는 영화를 위해 희생한 과거도, 바칠 현재도 갖고 있지 않다. 아무것도 갖고 있지 않다. 하지만 모든 걸 갖고 있다."

나도 20대 초반의 촉망받는 영화감독이라면 그렇게 말할 수 있을 텐데. 나는 마흔을 넘긴 서평가이지만 서평은 쓰지 않고, 영화를 만들겠다고 나섰지만 영화도 좋아하지 않는다(내가 쓴 《담배와 영화》라는 책의 부제는 '나는 어떻게 흡연을 멈추고 영화를 증오하게 되었나'다). 우정을 싫어하진 않지만 우정이라는 말을 남발하는 건 싫다(진정한 우정은 우정이란 말을 필요로 하지 않는다는 식의 고색창연한 로맨티시즘의 발로일 수 있다). 영화를 위해 희생한 과거도 바칠 현재도 갖고 있지 않으며 그건 우정에 대해서도 마찬가지다. 하라 마사토의 시대와는 비교도 할 수 없는 성능의 카메라와 편집 프로그램에 얼마든지 접근할 수 있지만, 그럼에도 불구하고 아무것도 갖고 있지 않다고 느낀다(심지어 여기엔 '하지만'도 없다). 그리고 우리는 영화를 만들어야 한다.

2.

"얼굴에서, 얼굴에서! 얼굴은 얼간이들을 위해 만들어졌군!"[3]

얼굴은 보편적이 아니라고 들뢰즈는 말했어요, 라고 JD는 말했다.

—그건 백인 그 자체이고, 그리스도이며, 유럽인이고, 에즈라 파운드가 뭔가 관능적인 인간이라 부른 것, 요컨대 평범한 색정광^{érotomanie}이며, 보편적인 것이 아니라 모든 보편적인 것의 얼굴, 한마디로 지저스 크라이스트 슈퍼스타라는 거죠.[4]

JD는 계속해서 말한다.

—얼굴은 우리를 비인간성으로 이끄는 일종의 정치와도 같은 것, 따라서 인간이 운명을 조종할 수 있다는 것은 얼굴로부터 도망칠 수 있다는 것을 의미합니다.

다시 말해, 기표화와 주관화로 작동하는 기계이자, 인종차별주의 및 민족중심주의를 산출하고 강화시키며 얼굴의 선별에 이용되는 기계인 얼굴성이라는 추상적 기계로부터 도망치는 거라나 뭐라나……[5]

밤이었고, 우리는 대전에서 서울로 올라오는 KTX 066호 열차를 타고 있었다. 긴 하루였다. 정지돈과 박솔뫼, 그리고 나는 삼요소라는 이름의 서점에서 오후 1시부터 밤 9시까지 독자들과 함께 하는 세 개의 세션을 진행하고 돌아오는 길이었다. 박솔뫼가 예매한 기차는 15분 먼저 출발했고, 둘만 남아작은 소리로 소곤소곤 대화를 나누었다. 창작과 비평에 대해서, 문학과 사회에 대해서, 문학이라는 동네에 대해서, 자음과모음에 대해서는 이야기를 나누지 않고, 우리가 처한 상황과그 속에서 우리가 할 수 있는 것들, 해야 하지만 하지 못한 것들, 그리고 절대 할 수 없는 것들에 관한 이야기들이었다.

우리는 최근 DMZ국제다큐멘터리영화제 온라인 상영관을 통해 본 두 편의 영화, 하라 마사토의 〈초국지소지천황〉과 크리스 페티와 이안 싱클레어의 〈런던 순환도로〉에 대해서도 이야기했는데, 〈런던 순환도로〉는 크리스 페티와 이안 싱클레어가 세계에서 가장 큰 바이패스인 M25 외곽순환도로에 관해 만든 작품으로 일종의 로드무비이자, 사회학적인 비평, 한 세기 전의 미래파 문학 속으로의 영화적인 여행이고, 작가이자 영화감독인 두 인물 사이의 영화적 대화이다.[6]

두 영화는 여러모로 겹치는 부분이 많다. 일단 듀얼 스크린이라고 하나? 독립된 두 개의 화면이 동시에 흐르며 내레이션을 통해 진행된다는 점, 일종의 로드무비이자 영화에 대한 영화라고 할 수 있다는 부분 등이 그렇다. 물론 다른 점은 더 많다. 하나는 사회(학)적-비평적-대화-외부를 향하는 영화(〈런던 순환도로〉)고 다른 하나는 신화적-시적-독백-내부를 향하는 영화(〈초국지소지천황〉)라는 점. 그중에서도 내가 생각하는 가장 결정적인 차이는 하라는 카메라를 바라보지만 페티와 싱클레어는 그렇게 하지 않는다는 사실이다.

—사람들은 열이면 열 〈초국지소지천황〉을 더 예술적이라고 말할 거예요.

—왜죠?

—일종의 진정성일까요. 〈런던 순환도로〉는 정치적, 사회적, 경제적, 문학적인 일화들을 다양한 레퍼런스들을 통해

배열하고 보여주는데 그걸 하나로 묶어주는 건 런던 순환도로죠. 따라서 이건 나와 관계없는 이야기, 일종의 교양 다큐 같은 걸로 받아들이게 되는 거예요. 반면 〈초국지소지천황〉의 모든 이미지와 이야기를 묶어주는 건 결국 하라 마사토라는 개인이에요. 실제로 감독은 카메라를 바라보며 시네마와 내 얼굴을 마주하겠다, 대적하겠다, 내 얼굴을 보여주겠다, 뭐 이런 다짐을 몇 차례 반복하잖아요. 그런 감독의 행위가, 정확히 말하면 그런 감독의 얼굴이 영화에 진정성을 주입하는 거죠.

　—저는 사실 그 부분이 싫더라고요.

　—진정성을 주입하는 부분이요?

　—카메라로 자기 얼굴을 찍는 부분이요.

　코로나19가 유행한 이후 나는 내가 얼굴을 싫어한다는 사실을 깨달았다. 영화에 나오는 얼굴만 그런 게 아니다. 거리를 지나는 사람들의 얼굴. 상점에서 만나는 사람들의 얼굴. 거울에 비친 내 얼굴. 얼굴이 발산하는 정보가 너무 많아 종종 현기증이 날 지경이다. 말 그대로 TMI^{Too Much Information}. 언젠가부터 길을 걷고 마트에 가고 대중교통을 이용하는 일상적인 행위들이 훨씬 수월해졌는데, 그건 물론 마스크 때문이다.

　얼굴, 얼마나 소름끼치는가. 들뢰즈는 말한다. 자연스럽게도 얼굴은 모공들, 평평한 부분들, 뿌연 부분들, 빛나는 부분들, 하얀 부분들, 구멍들을 가진 달의 풍경이다. 얼굴을 비

인간화하기 위해 그것을 클로즈업할 필요가 없다. 그것은 커다란 판Gros Plan이며, 자연스럽게 비인간적이며, 괴물적인 복면이다.[7] 영화의 일반적 얼굴은 바로 제국주의의 얼굴이며, 자본주의에 의해 집요하게 그리고 참을성 있게 구축된 세계적 질서의 얼굴이지 않은가?[8]

—그래서 우리 연재가 자본주의가 구축한 세계적 질서를 유지하기 위해 완벽하게 정교한 얼굴 가면을 계속해서 바꾸어 쓰는 요원들이 등장하는 〈미션 임파서블〉에서 시작했던 거군요. 소름…….

그러므로 비약하면, JD가 말했다.

—우리의 에세이 필름은 영원히 지금-여기서 써져야 합니다. 기록, 확인, 재현, 묘사의 조작이 아니라 언어학자들이 수행동사라고 부르는 것, 정확히 말해 발화하는 행위 외에 어떤 언표도 가지지 아니하는 그런 진귀한 언술적인 형태. 삶은 영화를 모방할 뿐이며, 그리고 이 영화 자체도 기호들의 짜임, 상실되고 무한히 지연된 모방일 뿐입니다. 이른바 포스트-얼굴!

하지만 나는 그의 말을 이해할 수 없었다. 나도 모르게 천천히 눈이 감겼다. 강연 준비를 하느라 밤을 꼴딱 샌 탓이다. 우리 열차는 곧 광명역에 도착할 예정입니다, 내리실 때는 잊으신 물건이 없는지 확인하시고…… 꺼져가는 의식 속에서 안내 방송을 들으며 나는 생각했다. 부디 우리의 영화에도 광명^{光明}이 있기를, 가능하면 우리의 삶에도, 지저스 크라이스트……

3.

……지돈 씨, 저는 오늘 계획을 세웠습니다. 근본적인 계획입니다. 돈을 벌겠습니다. 아주 많이. 예술, 세계, 미래 다 좋지만 일단 돈부터 벌겠습니다. 돈을 벌면 세트부터 짓겠습니다. 촬영 들어가는 날에는 저는 감독 의자에 앉아 있을게요. 햇살이 워낙 좋으니까요. 지돈 씨는 그냥 계단만 올라오시면 됩니다……[9]

JD가 어느 글에서 쓴 것처럼 나는 불확신의 픽션을 가진 사람, 약간 될 대로 되라는 식으로 살며, 뭔가를 이루겠다는 욕심이나 기분 같은 게 없어서 주도적으로 무슨 일을 하는 경우가 거의 없고, 다만 어쩌다 보니 무언가를 하고 있는,[10] 말하자면 세상에 무릎을 꿇은 자세로 구원이든 종말이든 그저 일어나기를 기다리는 사람이었다. 이제는 아니다. 내가 무릎을 꿇었던 건 추진력을 얻기 위함이었다. 스스로의 운명을 조종하고 얼굴로부터 도망갈 수 있도록. 그게 가능하다면 말이지만……

박솔뫼와 정지돈과 내가 대전의 삼요소에서 진행한 세션 중 하나는 독자들과 함께 즉석에서 소설을 쓰는 것이었다. 세 명의 작가와 아홉 명의 오프라인 참가자 그리고 열 명 남짓한 온라인 참가자가 함께 '대전만세!'라는 제목의 소설을 썼다. 대전에 관한 소설을 써달라는 대전관광공사의 의뢰를 받고 대전에 도착한 금정연이 원고료가 든 서류가방을 들고 영화를 보러 대전아트시네마에 갔다가 엉뚱한 사건에 휘말리면서 홍콩과 마카오, 런던과 대천 해수욕장을 오가며 벌어지는 환상적인 이야기인데, 그중 내가 가장 좋아하는 장면은 극장 앞자리에 앉아 있던 양조위가 금정연에게 손을 내밀며 이렇게 말하는 장면이다. "도망가자." 그러니까 가능하다면 그런 방식으로 도망가면 좋겠다는 말이다…….

우리가 얻는 가장 단순한 아이디어 중 하나는 누군가 울고 있을 때 얻게 되는 아이디어다, 라고 존 케이지는 썼다. "뒤샹은 흔들의자에 앉아 있었다. 나는 울고 있었다. 몇 년 후 같은 도시의 같은 지역에서, 거의 같은 이유로, 라우센버그*는 울고 있었다."[11] 그래서 얻게 된 아이디어가 무엇인지 존 케이지는 쓰지 않는다. 존 케이지가 늘 그렇듯이.

나도 울고 있었다. 집이었고 평범한 저녁이었다. 아이를

---

* 로버트 라우센버그. 1925년생 미국 화가. 공산품과 쓰레기를 화폭에 옮기는 콜라주 기법으로 잘 알려져 있다.

목욕시키고 옷을 입히려는데 커튼 뒤에 숨어서 나오질 않았다. 우리 아가가 없어졌네, 어디 갔지, 엉엉. 내가 우는 시늉을 하자 아이가 얼굴을 내밀고 물었다. 아빠 우는 거야? 응, 우는 거야. 그 모습을 유심히 보던 아이가 말했다. 내가 여기에 숨을 테니까 아빠 울어. 알겠다고 하고 계속 우는 시늉을 하는데 어디선가 중얼거리는 소리가 들렸다. 아이가 커튼 뒤에 숨어 혼잣말을 하고 있었다. "무슨 소리지, 왜 우는 거지……."

―우리 아이가 없어져서 울고 있었지.

약간 뻘쭘한 기분으로 내가 말했다.

―나는 이빨이 튼튼한 아기 상어 포클레인인데.

―이빨이 튼튼한 아기 상어 포클레인이구나. 이빨이 튼튼한 아기 상어 포클레인 어디 있어?

―여기 숨어 있어.

―거기 있었구나! 이빨이 튼튼한 아기 상어 포클레인, 이리 와서 옷 입자.

그러자 아이가 말했다.

―나는 엄청 빠른 소방차 뽀로론데?

―아, 엄청 빠른 소방차 뽀로로구나…….

그 나이대의 아이들이 다 그런 것처럼 우리 아이 역시 변신의 귀재다. 하루에도 수십 번씩 전혀 다른 존재가 되어 쓰레기를 줍거나(청소차) 호스로 불을 끄는 시늉을 하거나(소방차) 폴짝폴짝 뛰면서 개굴개굴 울거나(개구리) 인상을 쓴 채

거실을 빠른 속도로 빙글빙글 돌며(돛새치 혹은 중장비차) 논다. 그렇담, 나는 생각했다. 나도 이것저것 따지고 재며 생각할 것 없이 그냥 감독이 되면 되는 거 아닌가?

로지 브라이도티는 《변신: 되기의 유물론을 향해》에서 이렇게 말한다. 요점은 우리가 누구인지를 아는 것이 아니라, 즉 고전적 양태로 존재하기^Being보다 오히려 결국에 우리가 돌연변이, 변화, 변형을 어떻게 재현하고 무엇이 되기를 원하는가를 아는 것입니다. 또는 로리 앤더슨*이 현명하게 말했듯, 요즘에는 분위기^moods가 존재의 방식^modes보다 훨씬 중요합니다. 그것은 변화를 창출하고 즐기기 위해 노력하는 사람들에게 분명한 이점이며, 그렇지 않은 사람들에게는 커다란 불안감의 원천입니다.[12]

4.

……마지막으로 르네 도말이 아내에게 보낸 편지를 한 번 더 인용하겠습니다. "주려고 하면 아무것도 가진 게 없다는 걸 알게 된다. 아무것도 가진 게 없다는 걸 알게 되면 손에 무언가

---

*   1947년생 미국 아방가르드 예술가. 음악, 미술, 연극, 오페라, 영화, 과학 등 다양한 분야를 융합하여 새롭고 실험적인 예술을 선보이고 있다.

넣으려고 한다. 손에 무언가 넣으려고 하면 자신이 아무것도 아니라는 걸 알게 된다. 자신이 아무것도 아니라는 걸 알게 되면 무언가가 되려고 욕망한다. 무언가가 되려고 욕망하면 그때부터 우리는 살게 된다." 지돈 씨, 저는 살고 싶습니다.

그래서 나는 홍상수의 영화들을 보기 시작했다. 홍상수가 내가 되고 싶은 감독의 이상형에 가까웠기 때문은 아니고, 때마침 개봉을 앞둔 홍상수의 신작 제목이 〈당신 얼굴 앞에서〉였기 때문이다.

　─우연은 중요하죠. 저희 어머니는 정의당의 이정미 대선 경선후보를 지지하는데, 저희 어머니 성함도 이정미거든요.

　─고마워요, 지돈 씨. 언제나 적절한 예를 들어주시네요…….

　우연은 또 있다. 로지 브라이도티의 책에서 다음과 같은 문장을 발견했던 것이다. 오늘날 세계에서 유일한 상수는 변화지만, 그것은 단순한 과정도 아니고 단선적인 과정도 아니다…….[13]

　─근데 정말 브라이도티 말이 맞더라고요.

　─뭐가요, 상수는 변한다고요?

　─네, 그리고 그건 단순한 과정도 아니고 단선적인 과정도 아니던데요.

내가 마지막으로 본 홍상수 영화는 〈자유의 언덕〉과 〈지금은맞고그때는틀리다〉였는데, 그때 나는 홍상수 영화의 반복되는 어떤 정서, 느낌, 분위기에 조금은 질려 있었던 것 같다. 이를테면 김민희와 정재영이 함께 술을 마시는 장면 같은 것. 그런데 지금은…….

—먼저 〈풀잎들〉이 넷플릭스에 있어서 봤는데, 완전 트위터를 영화로 옮겨놓은 것 같더라고요. 카페가 트위터고 각각의 테이블마다 멘션을 주고받는 사람들이 있는데, 구석에 앉은 김민희가 사람들이 하는 말들을 가만히 지켜보면서 일방적으로 혼자 비계 인용 달고, 그러다 갓생 사는 동생 커플 만나서 괜히 화내고, 다시 돌아와서 밤늦게까지 떠들고 있는 사람들이랑 멘션을 섞고 결국 트친 되고…….

—그게 그런 내용이었어요?

—그리고 〈도망친 여자〉도 봤는데 처음엔 경기도 외곽의 빌라에 사는 지인의 집을 방문하고 북촌에 있는 아는 언니 집을 방문하는데 두 집의 분위기가 너무 달라서 〈구해줘! 홈즈〉 극장판 같은 건가? 아니면 각각의 집을 방문한 한국 남자들에 대한 일종의 생태학? 그런데 마지막에 들른 극장에서 우연히 친구를 만나고 영화를 보는 장면을 보면서 깨달았죠. 아, 이건 시네필들을 풍자하는 영화구나. 김민희=도망친 여자=시네필이구나.

—네???

—지돈 씨, 생각해보세요. 첫 번째로 방문한 경기도 빌라에서 김민희는 CCTV를 통해 이웃집 여자를 만나는 지인을 훔쳐봅니다. 두 번째로 방문한 북촌의 빌라에서는 도어록 모니터를 통해 스토킹하는 시인을 훔쳐보고요. 세 번째로 방문한 극장에서 일하는 대학 친구를 우연히 만나고, 한때 김민희의 연인이었으나 지금은 대학 친구의 남편이 된 작가를 마주치고 찝찝한 이야기를 나눈 후에 도망치듯 극장에 들어가 영화를 보잖아요. 모르시겠어요?

—(대체 무슨 소린지???)

—그렇지만 제일 좋았던 건 〈클레어의 카메라〉였는데요, 저는 그것이 우리가 만들려고 하는 영화에 어떤 힌트가 될 거라고 생각합니다. 그 이유는…….

08
정지돈

2021년 10월 15일

정연 씨에게,

정연 씨, 한국 영화를 싫어하는 이유가 무엇이냐고 얼마 전 물으셨지요. 평소 그랬듯 무슨 대답을 드려야 할지 모르겠더군요. 한편으로는 설명하기 싫었고, 다른 한편으로는 싫은 까닭을 설명하려면 밝힐 일이 너무 많아 말로는 도저히 정리할 수 없었던 탓입니다. 그래서 글로 대답을 드리려 하지만, 이것도 매우 어중간한 대답으로 그칠 것 같습니다. 글을 쓰는 동안에도 싫음과 그 여파가 한국 영화와 제 사이를 가로막고 있고, 이 주제의 중대성이 제 기억과 이해력의 범위를 훨씬

넘어서기 때문입니다.[1]

그렇습니다, 정연 씨. 제가 지금 정연 씨에게 쓰고 있는 건 편지입니다. 공교롭게도 정연 씨에게 처음 편지를 쓴 날이 2015년 10월 15일이더군요. 기억하시나요? 정확히 7년 만에 다시 펜을 들게 되었습니다.

7년 동안 많은 것이 변했습니다. 너무 많은 것이 변해 그 전과 지금을 같은 세계라고 할 수 없을 정도지만 솔직히 말하면 변하지 않은 것들도 많습니다. 조금도 변하지 않은 것 같다는 생각도 듭니다.

정연 씨는 그동안 아기를 낳고 일산으로 이사 갔으며 네 권의 책을 내고 한 편의 시나리오를 쓰고 백스물두 번의 토크 사회를 봤으며 담배를 끊고 살이 쪘지만 여전히 브릿팝을 듣습니다. 달라진 게 있다면 LP판으로 브릿팝을 듣는다는 사실이겠지요.

정연 씨가 휴대용 턴테이블을 문보영 시인에게 선물받았다는 소식을 들었습니다. 무슨 연유로 정연 씨는 그렇게 아름다운 선물을 받은 걸까요. 문보영 씨의 인상적인 에세이《일기시대》에는 MBTI에 대한 이야기가 나옵니다. 보영 씨의 성격 유형은 INFP로 '열정적인 중재자'였는데 어느 날 INFJ '선의의 옹호자'로 바뀌었다고 합니다. 정연 씨는 INTP '논리적인 사색가'이지요. 두 유형은 서로에게 부족한 점을 채워줘서 잘 맞는다고 합니다. 특히 비즈니스 파트너로 찰떡궁합이라는군요(참고로 저는 MBTI를 한 번도 해보지 않았습니다. 너무 오만해서일까요, 너무 겁쟁이라서일까요. 어쩌면 이 둘은 같은 거 아닐까요).

아무튼, 정연 씨는 턴테이블이 아까우니 LP를 들어야겠다 생각하고 시험 삼아 LP를 샀다지요. 그리고 깨달았습니다. 수십 년간 들어온 브릿팝이 이렇게 다를 수 있다는 사실을. 제프 베조스는 정연 씨가 주문한 뉴오더New Order의 LP판 네 장 중 두 장을 찌그러지고 우그러진 상태로 배송했지요. 그럼에도 당신의 못 말리는 구매욕은 사그라들지 않았습니다. 도이치그라모폰에서 발매한 자비스 코커와 칠리 곤잘레스의 〈ROOM29〉를 주문했으니까요. 〈ROOM29〉는 선셋대로의 전설적인 호텔 샤또 마몽에서 영감을 받아 제작된 앨범이라고 하더군요. 자비스 코커는 인터뷰에서 이렇게 말했습니다. "이 레코드는 영화가 인간 존재에 끼친 영향에 대한 것입니다. 저는 그 지점에 완전 푹 빠져 있어요."[2]

자비스와 칠리가 2017년에 런던 바비칸센터에서 공연을 했다는 사실을 아시나요? 정연 씨, 상우 씨와 바비칸센터를 걷던 2019년의 어느 가을날이 생각납니다. 두 사람은 점심 대신 칠리 페퍼 아이스크림을 먹었지요. 〈ROO29〉에도 이런 제목의 곡이 있네요. "Ice Cream as Main Course." 우연의 일치일까요? 이 모든 것이 예견된 일이었다는 생각이 듭니다. 어쩌면 우리의 인생 전체가 말이지요.

사태를 다음과 같이 요약해보겠습니다.

좋아하는 음악	브릿팝(25년째)
좋아하는 뮤지션	뉴오더(25년째)
기록 시스템	미니 컴포넌트 → CD 플레이어 → 아이팟 →
	스포티파이 → 턴테이블

본질은 그대로인데 실존만 바뀌었다고 할 수 있을지도 모르겠습니다. 턴테이블로까지 브릿팝을 듣는 정연 씨가 조금 지긋지긋하기도 하지만, 어쩌면 사람들이 영화를 향유하는 것도 크게 다르지 않은 듯합니다. 스트리밍 사이트에서 하는 시즌제 드라마가 저에게는 루이 푀이야드Louis Feuillade* 같은 감독의 연속영화Serial Film를 연상시키기도 하니까요.

참고로 정종화 연구원은 연속영화를 이렇게 설명하고 있습니다. "장편 극영화가 정착되기 이전인 1910년대 초반부터 프랑스, 미국 등지에서 제작되고 유행했다. 주로 활극적인 내용을 2권(롤) 1편으로 구성하고 그 편의 마지막에 위기일발의 장면Cliffhanger을 넣어, 최종편이 끝나는 12, 13주부터 24, 25주 동안 관객들이 매주 영화관을 다니도록 만드는 형태다."[3] 어쩐지 욕하면서도 〈오징어 게임〉 다음 화를 클릭하는 제 친구를 떠올리게 하는 설명입니다. 물론 그때와 지금은 많은 것이 다

---

* 1873년생 프랑스 영화감독. 무성 시대에 활동했으며 범죄 연작을 주로 작업하였다.

르겠지만요. 하지만 정말 다를까요? 뭐가, 얼마나?

　우리 몸의 모든 세포가 완전히 새로운 것으로 바뀌는 데 걸리는 시간은 1년도 되지 않는다고 합니다. 그럼에도 우리가 동일한 신체를 유지하고 있는 건 시스템의 동적평형 때문이지요. 일본의 생물학자 후쿠오카 신이치는 이렇게 말합니다. 엔트로피 증대의 법칙에 항거할 수 있는 유일한 방법은 시스템의 내구성과 구조를 강화하는 것이 아니라, 오히려 그 시스템 자체를 흐름에 맡기는 것이다. 변화란 어쩌면 이런 것 아닐까요. 질서는 유지되기 위해 끊임없이 파괴되지 않으면 안 된다.[4]

　여기 질서/파괴와 관련된 또 하나의 사실이 있습니다. 우리가 편지를 주고받았던 2015년 10월, 저는 고다르가 남가주대학에서 토론 중 한 말을 인용하며 편지의 끝을 맺었습니다. 2015년 10월 31일에 보낸 편지였지요.

　그리고 7년이 지난 2021년 10월 30일, 정연 씨와 저는 강릉영화제에서 '한국 영화에서 길을 잃은 한국 사람들'을 주제로 토크를 할 예정이지요. 정연 씨가 보내온 대본 초안에는 다음과 같은 내용이 있더군요.

지돈　　그러나 사람들은 한 편의 영화를 보기 위해 극장에 오지 않나요?

정연　　그런 점을 바꾸고 싶다. 나는 사람들이 다른 영화들을 보러 올 때와 마찬가지 방식으로 우리 에세이 필름을 보러 오는 것을 원하지 않는다. 이것은 바뀌어야 한다. (자리에서 일어선다) 그것이 우리가 할 수 있는 가장 중요한 일이다. (무대를 가로지르며) 그것은 단지 영화를 만드는 일에만 국한되는 것은 아니다.

지돈   관객을 바꾸려고 한다는 말이에요?!

정연   (관객을 바라보며) 세계를 바꾸려고 하고 있다. 그렇다.[5]

저는 정연 씨의 이 대본이 진담인지 농담인지, 과거에 우리가 나눈 원고-편지에 대한 단순한 패러디인지 진의를 파악하지 못했습니다.

게다가 저희에게는 몇 가지 논쟁점이 더 있지요. 정연 씨는 최근 홍상수의 영화에 빠졌고 21세기 한국 영화는 홍상수다, 라고 주장하는 꿈을 종종 꾸기도 합니다. 저로 말할 거 같으면, 한국 영화에서 길을 잃은 가장 큰 이유가 바로 홍상수(또는 김기덕)이며 그를 생각할 때면 마음이 이루 말할 수 없이 복잡해집니다. 제가 한국 영화로 진입한 첫 번째 입구였던 봉준호와 박찬욱이 지금까지 든든한 이정표가 되었다면 아마 저는 길을 잃지 않았을 것입니다. 밤하늘에 빛나는 별자리를 보며 길을 찾을 수 있는 시대의 사람이 될 수 있었겠지요. 하지만 어떤 별은 너무 환하게 불타 쳐다볼 수 없을 정도고 어떤 별은 블랙홀에 흡수됐으며 어떤 별은 낙하해서 코앞을 스쳐 지나기도 합니다. 길을 알려주기는커녕 우리의 행성을 박살내려는 양 말입니다. 바로 그것이 홍상수고 그러므로 저와 정연 씨가 10월 말에 강릉에 가는 건 우연이 아닙니다. 홍상수의 영화에서 강릉이 어떤 장소인지 기억하시나요? 〈강원도의 힘〉이 20세기 영화라는 이유로 우리의 에세이 필름에서 제외하려는 생각은 하지 마시길. 〈밤의 해변에서 혼자〉에도 강릉이 나오니까요. 저는 정연 씨 때문에, 울며 겨자 먹기로, 스트리밍 사이트에 있는 모든 홍상수 영화를 봤습니다. 영화에서 송선미 분이 김민희 분에게 좋은 책을 고르는 방법을 설명하네요.

"꼭 읽을 책을 사. 그래서 그 책을 깊이 만나. 정말 싸우듯이 그렇게 만나야 돼, 책하고."

알겠죠, 정연 씨? 꼭 읽을 책을 사세요. 샀던 책은 그만 사시고요.

2021년 10월 24일

정연 씨에게,

어제 정연 씨와 리들리 스콧의 신작 〈라스트 듀얼〉 GV를 끝내고 돌아오는 길은 쓸쓸하기만 했습니다. 가을이라서 그런 걸까요? 지나치게 일찍 찾아온 추위 때문에 온몸이 떨려서 그런 걸까요? 저는 오늘 검색을 통해 그 이유를 알았습니다.

> "좋은 작품에 비해 GV는 좀 아쉽더군요."
> "오른쪽에 계신 작가님이 이야기를 벌여놓으면 왼쪽에 계신 평론가님이 수습하고 정리하는 진행이 다소 매끄럽지 않아 그렇지, 전 꽤 유익하고 좋았습니다!"
> ― 네이버 영화 카페 및 익스트림무비 자유게시판에서 발췌

보시다시피 정연 씨가 또 한 번 저를 구원했습니다. 정연 씨가 아니었다면 GV는 수렁에 빠졌을 게 분명합니다. 저희가 처음 했던 GV 기억하시나요? 빔 벤더스의 영화 〈에브리띵 윌 비 파인〉이었죠. 저희의 GV는 어느 네티즌에 의해 "올해 최악의 GV"로 선정되었습니다. 이후 더 이상의 GV 섭외는 없었죠(때늦은 감이 없지 않지만 지금이라도 영화 관계자 분들에게 심심한 사과의 말씀을 전합니다).

그로부터 7년이 지난 지금, 저희는 운 좋게 GV계로 다시 돌아왔습니다. 그동안 정연 씨는 과거의 오욕을 극복하고 이동진-되기를 달성한 것처럼 보입니다. 흔들림 없는 눈빛과 감미로운 목소리, 아담 드라이버의 잘생김 연기와 리들리 스콧의 의사-페미니즘에 대한 시의적절한 논평……. 거리두기

로 인해 구 아이맥스 관이었던 용산 CGV 4관의 거대한 스크린으로 접한 정연 씨의 모습은 새로운 평론가의 탄생을 보는 듯했다고, 어느 관객은 말했습니다.

그러나 여기 또 한 번 놀라운 우연의 일치가 있습니다. 2015년 10월을 가로질렀던 저희의 편지에도 리들리 스콧의 이름이 있다는 사실입니다. 그것도 오늘과 같은 날인 10월 24일, 제가 정연 씨에게 보내는 편지에 말입니다. 저는 〈마션〉을 보고 난 뒤 이렇게 씁니다.

〈마션〉을 보니 리들리 스콧은 하수라는 저의 심증이 확증으로 굳어졌습니다. 그는 쓸개 빠진 곰처럼 굴더군요. 꼬리를 흔드는 곰이란!

과거란 대체 무엇인가요. 정연 씨. GV에서 차마 말하지 못했지만, 제 마음속에 울리는 말은 그때나 지금이나 여전합니다. 그리고 과거에 일어난 일은 언제나 지금도 일어납니다. 그 일치가 너무 놀라워서 손에 쥔 상상 속의 펜을 바닥에 떨어뜨릴 지경입니다.

아무래도 편지 따위를 쓰지 말았어야 했나 봅니다. 자기 자신한테서 벗어나질 못하니 말입니다. 사실 저는 편지를 혐오합니다. 과거의 편지에서도 내내 투덜대더군요. 편지는 21세기 최대의 가식이다, 편지를 쓰느니 돼지를 잡겠다……

(이건 앨프리드 테니슨*의 말입니다).

그러나 가끔 편지가 위대해지는 순간이 있습니다. 유령 작가 리 이스라엘의 예를 들겠습니다. 그녀는 1967년 캐서린 헵번과 스펜서 트레이시를 다룬 〈에스콰이어〉지 기사로 경력을 시작했습니다. 비타협적이고 시니컬한 브루클린 출신 유대계 레즈비언이었던 리 이스라엘은 이후 털룰라 뱅크헤드와 도로시 킬갈렌 같은 여성들의 전기를 쓰며 베스트셀러 작가가 됩니다. 그러나 운은 오래 가지 않습니다. 그녀가 작업한 화장품 업계의 대부 에스티 로더의 책이 처참한 평가를 받게 되거든요. 그녀는 이후 긴 슬럼프와 가난, 정신적인 궁핍에 시달리게 됩니다.

그런 리 이스라엘을 구한 건 편지였습니다. 1990년대까지만 해도 유명인들의 편지는 비싼 값에 거래되는 고서적 같은 물품이었습니다. 뉴욕의 서점들은 낡은 서랍에서 나온 편지를 구매하고 수집가들에게 되팔았지요. 리 이스라엘은 편지를 위조하기 시작했습니다. 빛바랜 종이와 오래된 타자기를 사용해 작가나 코미디언, 배우의 문체를 흉내 낸 편지를 썼습니다. 편지의 끝에 어설프게 위조한 서명만 하면 작업 끝! 아무도 그녀의 위조 편지를 의심하지 않았습니다. 대부분의 사람들은 이렇게 말할 뿐이었죠. "도로시 파커는 역시 너

---

*   1809년생 영국 시인.

무 유머러스해! 그녀의 성격이 편지에 묻어나네요." 그러나 결국 리 이스라엘의 사기 행각은 FBI에게 적발됩니다.

리 이스라엘은 죽는 날까지 반성하지 않았습니다. 그녀는 자서전을 썼고 그 이야기는 영화화가 되었지요. 자서전과 영화 모두에서 그녀의 목소리가 생생히 울립니다. "편지는 내 최고 걸작이고 나는 내가 뭘 잘못했는지 모르겠다."

리 이스라엘의 편지 쓰기를 로지 브라이도티의 "변신: 되기"의 개념으로 생각할 수 있을까요? 저는 리 이스라엘이 도로시 파커나 헤밍웨이, 노엘 카워드가 되었다고 생각하지 않습니다. 그들의 편지가 되었지요. 이른바 편지-되기. 그리고 그녀의 편지는 수신자에게 배달되지 않습니다. 편지 속의 수신자는 처음부터 위조된, 가짜 수신자일 뿐이지요. 진짜 수신자는 익명의 군중이며 이 편지는 시작부터 오배의 가능성 위에서 쓰였습니다. 아즈마 히로키는 《존재론적, 우편적》에서 썼지요. "'유령'은 우리가 생각하기에 모든 시니피앙에 필연적으로 따라다니는 확률적 오배 가능성, 오배될 가능성(약속)과 오배되었을지 모르는 가능성의 조합에 다름 아니다."[6] 리 이스라엘이 고스트라이터였다는 사실이 단순한 우연의 일치일까요?

제가 한국 영화와 아무런 관련 없는 이야기를 하고 있다고 생각하실지도 모르겠습니다. 우리의 에세이 필름과도 관련이 없고요. 그러나 저는 여기서 아주 간명한 하나의 방법을 배웁니다. 우리가 한국 영화의 얼굴과 언어와 불화하면서도 앞으로 계속 나아가려면, "나"를 대체해야 한다는 사실입니다. 이번에는 로지 브라이도티를 인용할 차례입니다.

"되기들은 외부의 다른 타자들과 끊임없이 마주치면서, 주체를 그 자신의 한계까지 밀어붙인다. 비통일적 실재로서의 유목 주체는 자기 추진적인 동시에 이질적으로 정의되거나 외부를 향한다. 모든 되기는 소수자로, 다시 말해 그들은 필연적으로 그리고 필수적으로 고전적인 이원론의 '타자들' 방향으로 움직인다. 즉, 그 과정에서 이 타자들을 대체하고 재영토화하지만 항상 일시적인 기준으로만 그렇게 한다."[7]

김홍준의 〈나의 한국 영화〉를 보라고 했던 제 말을 기억하시나요? 임재철 평론가는 폴 발레리가 "비평이 대상에 대한 것이 아닌 자기 자신에 대한 것"이라는 사실을 처음 인식한 사람이라고 말했지요. 우리의 에세이 필름은 더 나아가야 합니다. 나와 자기 자신 너머로, 포스트-미$^{Post-Me}$, 포스트-(내)얼굴……. 임재철 평론가가 마지막으로 한 말이 떠오르네요. "금정연은 영화감독을 해야 돼. 근데 마스크를 써. 얼굴을 가려. 너무 착해 보이잖아."

부디 무사히 강릉에서 뵙길 바라며.

09

금정연

전생하고 보니 크툴루

이 어두운 세계에서 희망 가득한 긍정의 말로 이 글을 시작하는 걸 허락해 주시기 바랍니다. 한국 영화의 현재는 참으로 좋지요! 이보다 좋을 수 없습니다! 최상이죠!

그런데 내 생각보다 더 좋다면 어떡한다.

하지만 호들갑 떨진 맙시다. 그것도 좋지만 누구도 심장 마비를 걱정할 필요는 없어요. 쇼크받을 만한 건 아무것도 없으니.

매체가 우리의 상황을 결정한다

그럼에도 불구하고 혹은 그렇기 때문에 그 상황을 자세히 설명할 필요가 있다. 요즘 내가 LP를 자주 듣는 건 사실이다. 하지만 브릿팝을 듣지는 않는다. 어떻게 보더라도 뉴오더는 전혀 브릿팝이라고 할 수 없다. 1993년에 나온 여섯 번째 스튜디오 앨범 〈Republic〉을 제외한다면, 아마도…….

브릿팝은 1990년대 영국에서 유행했던 다소 복고적인 기타 팝을 가리키는 다소 두루뭉술한 용어다. 전설적인 1960년대에서 패션과 태도, 분위기와 멜로디를 빌려온 브릿팝은 그런지로 대표되던 미국의 얼터너티브 록에 정면으로 맞서면서 브리티시 인베이전 이후 20년 넘도록 과거의 영광을 그리워하며 차게 식은 차를 후후 불어 마시던 영국인들의 자존감을 채워주었다. 1997년 신노동당을 표방하며 18년 만의 정권교체를 이룬 토니 블레어 정부는 브릿팝의 흥행을 등에 업고 쿨 브리타니아^{Cool Britannia}라는 이름으로 음악과 영화, 패션과 축구를 아우르는 일종의 문화 캠페인을 벌인다. 실제로 아마추어 기타리스트이기도 했던 블레어는 하원 파티에 브릿팝 밴드들을 부르며 힙한 모습을 과시하기를 즐겼다.

하지만 훗날 펭귄북스에서 세 권으로 출간된 대변인 알래스테어 캠벨의 일기에 따르면, 다우닝가에서 열린 총리 취임 기념 연회에 비비안 웨스트우드, 랄프 파인즈와 함께 오아시스의 노엘 갤러거가 참석할 거라는 소식을 전달받은 TB(토니 블레어)는 사색이 된 얼굴로 이렇게 말했다고 한다. "누가 그를 초대한 건지 모르겠군. 그는 분명히 미친 록큰롤 같은 소동을 일으킬 거고 나는 전설적인 사건의 희생양이 되겠지. 앨런 맥기*에게 전화를 걸어야겠어. 노엘이 문제를 일으키지 않을 거라는 다짐을 받아내야 해." 맥기는 떨고 있는 총리에게 아무것도 걱정할 필요 없다고, 노엘은 괜찮을 거라고, 오아시스의 다른 반쪽(리엄 갤러거)을 초대하지 않은 게 천만다행이라고 말했다. 연회 당일, 아내를 대동한 노엘이 맥기와 맥기의 여자친구와 함께 총리 관저에 도착했다. 영국에서 가장 유명한 기타리스트를 마주한 블레어가의 아이들은 너무 놀란 나머지 하얗게 굳어버렸다. 노엘은 블레어의 성공을 축하했고, 블레어는 노엘의 성공을 축하했다. 그리고 둘은 결혼생활에 대해 이야기했다. 자세한 내용은 알고 싶지 않다…….

그날 노엘은 술을 진탕 마셨고, 별다른 문제는 일으키지 않았으며, TB와 쿨 브리타니아의 열렬한 지지자가 되었다. 물론 영원한 적은 없고 영원한 친구도 없다. 아편전쟁 당시 영국 수상을 지낸 제3대 파머스턴 자작 헨리 존 템플의 말이다. 1997년은 브릿팝이 이미 프로파간다로서의 동력을 잃어가고 있던 해였다. 오아시스와 함께 브릿팝 전쟁의 당사자

---

*   오아시스를 발굴한 크리에이션 레코즈의 사장.

였던 블러가 브릿팝의 죽음을 선언하며 미국적인 향취로 가득한 다섯 번째 앨범 〈blur〉를 발표했고, 80퍼센트에 달했던 블레어의 지지율은 어느새 52퍼센트로 급락했다. 1999년 노엘은 대학을 갓 졸업하고 〈옵저버〉에 입사한 햇병아리 기자였던 닉 패튼 월시에게 신노동당은 변장한 토리에 지나지 않는다며 불평을 쏟아냈다. "아무 것도 바뀐 게 없어, 그렇잖아? 똑같은 똥들이 있는 다른 날들일 뿐이지. 그 뭐야, '우리는 이제 모두 중산층입니다We're all middle-class now'? 그건 정말 모욕적이었어. 중산층이 된다는 건 좀 있으면 자살할 거라는 말이잖아. 내가 상상할 수 있는 가장 지루한 일이 바로 중산층이 되는 거라고!" 그럼 애초에 총리가 주최한 파티에는 왜 참석한 거냐는 신참 기자의 질문에 노엘은 조금 방어적으로 대답했다. "난 그냥 이렇게 생각했지. 영국 총리가 나를 만나고 싶어한다고? 젠장, 내가 빌어먹을 괴짜라도 된 것 같군. 나는 그날 밤에 기사 작위라도 받으려는 모양이라고 확신했어. 누구나 살아가고 그러면서 배우는 거잖아, 안 그래?"

　—한마디로 하면 이거죠. 배우고 때때로 익히면 즐겁지 아니한가. 학이시습지불역열호.

　—……정연 씨, 하고 싶은 말이 뭐예요?

　—이 이야기를 들으니 뭔가 떠오르지 않나요, 지돈 씨? 90년대 영국의 브릿팝과 쿨 브리타니아 캠페인이 케이팝으로

시작해서 〈기생충〉과 〈오징어 게임〉으로 그리고 다시 BTS와 청와대로 이어지는 일련의 흐름이랑 놀랍도록 유사하다는 걸 느끼지 못하겠어요?

JD는 한동안 나를 물끄러미 쳐다보더니 이렇게 말했다.

—글쎄요, 그보다는 딸기와 퍼지로 코팅된 쇼트브레드가 들어간 바닐라 아이스크림이 떠오르는군요. 먹고 싶다 벤앤제리스.

—아니, 저기요. 과거에서 배운다는 말도 있잖아요. 그러니까 전 세계가 K-문화에 열광하는 지금…….

그때 어디선가 익숙한 피아노 선율이 들려온다. 자비스 코커와 칠리 곤잘레스의 'Ice Cream as Main Course' 전주다. 갑자기? 나는 주위를 둘러보고, 다시 JD를 바라본다. 어느새 피아노 앞에 앉아 핀 조명을 받으며 건반을 두드리고 있던 JD가 나를 향해 고개를 끄덕인다. 나는 침을 꿀꺽 삼키고 자리에서 일어난다. 주먹을 꼭 쥔 채 노래를 부르기 시작한다.

♪ 우리는 이 길을 닦은 사람들입니다

♪ 쓰레기로 가득한 오늘날의 거리 말예요

♪ 타투 바와 스포츠 바들

♪ 당신은 당신이 하는 생각을 들을 수 없죠

♪ 그것들이 가라앉으며 내는 잘랑잘랑잘랑 소리뿐

♪ 에너지 드링크를 섞은 보드카 한 잔 더

♪ 그치만 옛날로 돌아가면

♪ 우리도 쿨했었는데

♪ 할리우드의 무소앤프랭크스^{Musso and Frank's}에서

♪ 우리는 메인 코스로 아이스크림을 시켰죠

♪ 실크로 된 터번을 쓰고

♪ 초코 우유를 마시면서

♪ 물론 럼주 한 잔은 옆에 두고서

♪ …

♪ …

♪ ……

노래는 그 후로도 한참이나 이어졌다. 우리는 후렴을 함께 소리 높여 합창했고, 아마 어느 부분에서는 눈까지 감았던 것 같다. 〈어바웃 어 보이〉에서 휴 그랜트가 그랬던 것처럼.

정말이지 나는 뮤지컬 영화를 이해할 수가 없다. 아마 앞으로도 영원히 그럴 것 같다.

하지만 슬프게도

극장에서 영화를 볼 때 나는 영화를 보는 게 아니라 콜라를 본다, 라고 정지돈은 《영화와 시》에서 말했다. 마찬가지로 집

에서 영화를 소비할 때는 배스킨라빈스나 벤앤제리스를 보는 거라나 뭐라나. 나는 다른 많은 이름들처럼 벤앤제리스라는 이름도 정지돈을 통해 처음 알게 되었다. 벤앤제리스는 뉴욕주 롱아일랜드 출신의 두 친구 벤 코헨과 제리 그린필드가 1978년 설립한 회사다. 2000년 다국적 기업 유니레버에 매각되었지만 독립적인 운영 방침을 여전히 유지하고 있다. 벤과 제리는 민주당 대선 경선에 출마한 샌더스를 위해 2016년과 2020년 두 차례에 걸쳐 '버니의 열망Bernie's Yearning'이라는 한정판 아이스크림을 출시했다. "민트향 아이스크림을 덮고 있는 얇은 초콜릿 막을 숟가락으로 깨부수고 마구 뒤섞음으로써 상위 1퍼센트가 소유한 부를 99퍼센트에게 골고루 돌려준다는 의미가 있다고 할까요?" 벤은 곧바로 이렇게 덧붙였다. "이 아이스크림의 맛을 표현하자면 참여Participatory의 맛이 난다고 하고 싶군요. 참여하시겠습니까?"

깔끔한 폰트와 배색이 돋보이는 벤앤제리스의 홈페이지에는 맛의 무덤이라는 섹션이 있다. 그곳에는 '화석 연료Fossil Fuel'(초콜릿 쿠키 조각, 공룡 퍼지 및 퍼지가 물결무늬로 스월링된 스위트크림 아이스크림), '거북이 수프Turtle Soup'(퍼지로 코팅한 캐러멜 캐슈너트과 물결무늬로 스월링된 바닐라 아이스크림), '둔감한 신성Bovinity Divinity'(밀크 초콜릿 아이스크림과 화이트 퍼지 우유가 스월링된 화이트 초콜릿 아이스크림 그리고 다크 퍼지 우유), '도시의 혼돈Urban Jumble'(코코넛 아몬드 퍼지 칩과 뉴욕의 슈퍼 퍼지 덩어리가 스월링된 초콜릿 아이스크림의 만남 그리고 코코넛 아이스크림과 화이트 및 다크 초콜릿 덩어리, 피칸과 구운 아몬드의 조화), '악랄한 조합Dastardly Mash'(피칸, 아몬드, 건포도와 초콜릿 칩이 들어간 초콜릿 아이스크림) 같은 은퇴한 아이스크림들의 묘비가 전시되어 있는데, 그중에는 쿨 브리타니아의 것도 있다.

쿨 브리타니아

딸기와 퍼지로 코팅된 쇼트브레드가 들어간
바닐라 아이스크림
이 맛은 엄청난 강타자였지만─
파울로 아웃되었습니다.
딸기 앤 쇼트브레드─
독실한 사랑의 조합
하지만 슬프게도 마땅히 누려야 할
명성을 누리지 못했습니다.
사람들이 즐기기엔
너무 영국스러웠나 봅니다.

1989~1990

말라버린 강둑의 죽어가는 물고기처럼

블러의 베이시스트이자 '알렉스 제임스 제공Alex James Presents', '좋은 웨일스 공녀 모드Good Queen Maude', 그리고 뉴오더의 노래 제목을 딴 '블루 먼데이Blue Monday' 등 빛나는 수상 경력을 자랑하는 다수의 치즈를 생산하는 농장을 경영하고 있는 성공적인 영농기업인 알렉스 제임스는 브릿팝이라는 단어를 들으면 어떤 생각이 드냐는 다큐멘터리 제작진의 질문에 이렇게 대답했다. "브릿팝이라는 단어를 들을 때마다 제 일부가 죽어요."

이런 식의 사카즘은 영국의 전통문화라고 할 수 있는데, 조너선 스위프트에서 로렌스 스턴, 토머스 드 퀸시, 오스카 와일드, 조지 버나드 쇼, G.K. 체스터턴 등으로 이어지는 두터운 계보(절반 이상이 아일랜드계로 이루어졌다는 게 특히 영국적이다)에 당당히 한 자리를 차지하고 있는 모리세이Morrissey는 자신이 이끌었던 전설적인 밴드 더 스미스의 재결합을 묻는 기자에게 이렇게 대꾸한 바 있다. "스미스라고? 그 이름은 내게 말라버린 강둑에서 죽어가는 물고기를 연상시킬 뿐인데?"

브릿팝이요? 그건 그냥 똥처럼 들리는 소리죠. 펄프와 프로젝트 밴드 JARV IS...의 리더이자 최근 웨스 앤더슨의 영화 〈프렌치 디스패치〉와 함께하는Companion 상송 커버 앨범을 발표하며 뜨뜻미지근한 솔로 커리어를 이어가고 있는 또 한 명의 영국 전통 사카즘 전수자 자비스 코커는 2017년 〈피치

포크〉와의 인터뷰에서 이렇게 말했다. 나는 그런 민족주의적인 아이디어를 좋아하지 않습니다. 그건 깃발을 흔드는 음악 같은 게 아니었어요. 브릿팝이라고 불렸을 때는 정말로 불쾌했습니다. 왜냐하면 누군가 어떤 대안적인 문화를 전용해서 거기에 유니온잭을 꽂고 크레디트를 모두 가져가려는 것처럼 느껴졌기 때문입니다. 두 번째 세 번째 네 번째 심지어 다섯 번째 회고록을 출간한 유명인들이 득실득실한 영국의 문화에서는 보기 드물게도 코커의 첫 번째 회고록은 2023년에야 출간될 예정으로 책 소개에 따르면, 이것은 자비스의 독특한 삶, 펄프, 20세기 대중문화, 좋았던 시절과 그가 차라리 잊고 싶은 실수라고 말하는 것을 보여주는 확실한 증거다, 일생 동안 축적된 파편들은 글쓰기와 뮤지션십, 퍼포먼스와 야망, 스타일과 연출 기법 등 그의 창작 과정을 보여준다, 이건 인생 이야기Life Story가 아니다, 다락방 이야기Loft Story다. 회고록의 제목은 《좋은 팝, 나쁜 팝Good Pop, Bad Pop》이라니, 세상에.

혼톨로지, 혹은 지나간 미래/도래할 과거의 유령

그러니까 문제는 책이고 음반이고 영화다. 닉 혼비의 소설(책)을 각색한 〈사랑도 리콜이 되나요?〉(영화)에서 챔피언십 바이닐이라는 이름의 레코드점(음반)을 운영하는 존 쿠색은 말한다. 정말 중요한 건 당신이 어떤 사람이냐가 아니라 당신이 무엇을 좋아하느냐다. 책들, 음반들, 영화들—이런 것들이 중요하다. 날 얄팍하다고 해도 좋다, 하지만 이것이 빌어먹을 진실이다. 블라블라블라.

어디선가 자비스 코커의 목소리가 다시금 들려온다.

♪ 나는 내가 깊다고 말한 적 없어, 나는 아주 깊게 얄팍하지

♪ 내 지식의 부재는 광대하고, 내 지평은 좁아

♪ 난 내가 크다고 말한 적 없어, 똑똑하다고 말한 적도 없지

♪ 만약 네가 내 마음 속에서 무슨 일이 일어나고 있는지 찾기를 기다리고 있다면 영원히 기다려야 할 거야

♪ 여어엉원히 말이야

—책들, 음반들, 영화들은 중요하죠. 하지만 우리가 그것을 좋아하는지의 여부와는 아무런 관계도 없어요.

잠시 무언가를 생각하던 JD가 이어 말했다.

—음, 이렇게 말할 수도 있겠네요. 책들, 음반들, 영화들이 중요한 건 우리가 그것들을 좋아할 수밖에 없기 때문이라고요.

—같은 말 아닌가요?

—아니요. 존 쿠색의 말을 생각하세요. 같은 영화에서 쿠색은 화면을 바라보며 이렇게 묻죠. 불행하기 때문에 음악

을 듣는 걸까, 음악을 듣기 때문에 불행한 걸까? 그 둘은 전혀 같지 않습니다.

정지돈에 따르면 그것들이 우리를 매혹하는 이유는 죽음을 담고 있기 때문이다.

—매체는 늘 심령 현상을 전달해왔다고 키틀러는 말했습니다. 라캉에 의하면, 실재계에서는 시체라는 단어조차도 완곡어법이기 때문입니다.

정지돈은 계속해서 키틀러를 인용했다.

—1837년 모스 부호가 발명된 후, 영매 강령술자들의 '노크를 하는 영혼들'이 망자의 영역에서부터 각자의 메시지를 가지고 즉각 뒤이어 등장했습니다. 또한 사진 건판들이 영혼이나 유령의 모상들을 지체 없이 전달하기 시작했고요. 1878년 에디슨이 〈북아메리카 리뷰North American Review〉에 자신이 최근에 발명한 축음기가 어디에 사용될 수 있을지를 예견했을 때, 그 열 가지 목록 중 하나는 "죽어가는 자의 마지막 말"을 기록할 수 있다는 것이었습니다. 루이 뤼미에르는 영화를 가리켜 죽은 이들의 목소리를 기록하는 도구에 불과하며 미래 없는 발명품이라고 말하기도 했습니다. 책은 어떨까요? 스토아학파의 철학자 제논이 델포이 신전에서 무엇이 가장 훌륭한 삶인가에 대해 신탁을 청했을 때, 그가 받은 대답은 죽은 이들과 교미하라는 것이었습니다. 그는 필로소피아라기보다는 네크로필리아에 더 가까운 신탁을 듣자마자 고대

인의 글을 읽으라는 뜻이라고 이해했다고 합니다. 따라서 우리는 컴퓨터로 편집한 자료와 샘플을 구식 신시사이저 음색이나 어쿠스틱 악기와 뒤섞고, 라이브러리 음악과 영화음악에서 영감받아 만들거나 통째로 훔친 모티프를 인더스트리얼 드론과 추상적 노이즈에 엮으며 낭송이나 습득한 소리를 신비한 뮈지크 콩크레트/라디오 드라마풍으로 삽입해서 음악을 만드는 혼톨로지의 전략이 이미 고대에도 존재했다고 생각할 수 있습니다. 편집과 전유, 샘플링과 빙의, 그리고 아카이빙은 최근에야 발명된 게 아니라 기록 그 자체에 이미 전제되어 있는 조건이라는 거죠. 물론 이렇게 말하는 건 사태를 명료하게 만드는 데 아무런 도움도 되지 않지만요. 제가 하고 싶은 말은 이런 거예요. 우리의 영화에도 혼톨로지의 전략을 적극적으로 이용…… 과거를 새롭게 상상하는 동시에 미래를 새롭게 기억…… 다중적인 시간 축을 동시에 나열…… 일종의 피드백 루프를 통해…….

어째서일까? 그의 말은 마치 달콤한 자장가처럼 들렸고, 나는 다시 한번 눈을 감았다. 이번에는 꽤나 길게…….

꿈에서

우리는 나이가 들수록 죽은 존재들의 무언의 호소에 민감해지는 게 아닐까, 우리는 나이가 들수록 자신의 미래가 과거의 미래, 곧 역사라는 것을 깨달아가는 게 아닐까, 하고 나는 가끔 생각한다.

이론적으로 순수한 선행 기억상실

모든 것은 시간 문제다. 요즘 나는 종종 그런 생각을 한다. 원고를 마감하는 것도 시간 문제고, 밀린 책을 쓰는 것도 시간 문제다. 시간만 충분하다면 얼마든지 할 수 있다. 우리의 영화도 마찬가지다. 돈? 물론 중요하지. 그렇지만 시간이 해결해 줄 것이다. 그러니까 시간이 있기만 하다면. 시간과 관련된 가장 큰 문제는 시간이 없다는 것이다…….

시간과 관련된 문제는 또 있다. 뭘 보고 듣고 읽고 생각하건 약간의 시간만 흘러도 까맣게 잊힌다는 사실이다. 정지돈이 말하는 몇몇 고유명사들은 나도 익히 아는 것들이었다. 나는 프리드리히 키틀러의 《축음기, 영화, 타자기》를 읽었을 뿐만 아니라 역자 유현주 선생을 모시고 출간 기념 북토크를 진행하기도 했다. 하지만 그가 말하는 내용은 내게 전혀 새롭게 들렸다. 혼톨로지? 물론 알지. 사이먼 레이놀즈의 《레트로마니아》와 마크 피셔의 《자본주의 리얼리즘》(물론 혼톨로지를 본격적으로 다루는 책은 아니지만)을 두어 번은 읽었으니까. 데리다의《마르크스의 유령들》도 읽었다. 반쯤. 나원영과 강덕구가 번역한 마크 피셔의 글들도 읽었고, 큰 상관은 없지만 베리얼^{Burial}의 첫 두 앨범을 최근 LP로 구입하기도 했다. 그런데 어째서 이것들은 내게 매번 새롭게만 느껴지는 걸까?

내게 아주 많은 시간이 있다면 책상 앞에 앉아 이것들을 찬찬히 다시 읽어볼 텐데. 하지만 나는 시간이 없다 그리고 나는 마감을 해야 한다. 마치 나는 입이 없고, 그리고 비명을 질러야 하는 것처럼!

그럴 때면 늘 그렇게 하는 것처럼 몇 가지 키워드를 가지고 구글링을 하던 나는 시간에 쫓겨 흔들리는 눈으로 검색 결과들을 빠르게 훑어보다가, 내가 찾는 줄도 모르고 절박하게 찾고 있던 것을 발견한다. 유레카. 나는 정지돈에게 전화를 걸어 소식을 전한다.

—자, 들어보세요 지돈 씨. 혼톨로지 음악 경향의 창작 방식에는 작곡, 연주, 녹음 과정이 생략되어 있고 타인의 음반을 샘플링한 후 이를 편집하고 아날로그 음반의 노이즈를 증폭 혹은 삽입시키는 식으로 창작이 이루어진다. 이와 같은 창작 과정은 작곡은 쓰는 것의 문제가 아니라 자신을 빙의되게끔 허용하는 것의 문제라는 트리키의 말과 일맥상통한다. 실제로 〈맥신퀘이^{Maxinquaye}〉는 정해진 구조 없이 트리키 본인의 맘에 든 몇몇 단편적 소리들을 토대로 만들어졌고…… 생략…… 또 생략…… 이음매에서 어긋난 시간 속에 마구잡이

로 뒤섞인다……. 어때요, 제가 여기서 어떤 아이디어를 차용했는지 알겠어요?

　—빙의라도 하시려는 건가요? 홍상수에?

　—아니요, 근데 좋은 아이디어이긴 하네요. 그건 일단 키핑해둘게요. 제가 꽂힌 구절은 이거예요. '정해진 구조 없이' '본인의 맘에 든 몇몇 단편적 소리들을 토대로' '이음매에서 어긋난 시간 속에 마구잡이로 뒤섞인다'……. 저는 이게 이번 원고뿐만 아니라 우리 영화의 방법론이 될 수 있다고 생각해요. 아무것도 설명하지 않고, 구태여 매끈하게 만들려고 애쓰지도 않고, 우리가 좋아하는 단편들로만 채우는 거죠. 장면들, 인물들, 대사들, 장소들, 소리들, 작은 이야기들. 그러니까 고다르가 언젠가 자신의 영화에서 한 인물이 단순히 여기에서 저기로 이동하고 있다는 걸 보여주기 위해 길을 걷는 장면을 찍고 싶지는 않다고 말한 것처럼요. 대신 우리는 그걸 다른 사람들의 작업에서 가져오는 거고요.

　—그게 뭐지? 어떤 건지 잘 와닿지 않는데요.

　—그러니까 이렇게 하는 거예요.

　—어떻게요?

　—이렇게 하는 거라니까요.

　—???

　—바로 이렇게요!

10

정지돈

전 남자들을 좋아하지 않아요. 전 여자들을 좋아하지 않아요.
전 아이들을 좋아하지 않아요. 전 사람들이 마음에 들지 않아
요. 저라면 이 행성에 빵점을 주겠어요.

—레나타 리트비노바Renata Litvinova

나와 금정연, 임재철 평론가는 2021년 어느 겨울 낮, 은평구
갈현동의 만포면옥에서 물냉면과 설렁탕, 눈꽃 만두를 먹고
있었다. 우리가 왜 만난 건지는 알 수 없었다. 평소처럼 금정
연이 연락을 해 그분이 보자고 합니다, 라고 말했을 뿐이다.
나는 그분이 금정연을 만나고 싶은데 둘이 보기 뻘쭘하니까
나도 같이 보자고 한 건지, 아니면 금정연이 둘이 만나기 싫
어서 그분 몰래 나를 끼워 넣은 건지 의심스러웠고 갈현동까

지 가는 길을 생각하면 눈물이 차올랐지만, 연재를 생각하며 꾹 참았다. 원고를 위한 작은 소스라도 얻겠지 하는 심정이었다. 모든 연재가 그렇듯 이번 연재도 매 원고가 위기였다. 시나리오 작법서로 베스트셀러 작가가 된 시드 필드에 따르면 시나리오는 시작, 대립, 해소의 3막으로 구성된다. 반면 우리 에세이(필름)의 원고(대본)는 시작, 시작, 시작이라고 할 수 있었다.

　—왜 이렇게 되어버린 걸까요. 1년을 연재했는데 도무지 앞으로 나아가지 않네요.

　금정연이 말했다. 지난 원고도 2주나 넘겨 마감한 정연 씨는 안 본 사이에 더 늙은 모습이었다. 더 희미해지고 하얘졌달까. 그러나 동안인 건 여전했다. 금정연을 본 사람이라면 별다른 설명 없이 이해할 수 있을 것이다. 소설가 박솔뫼는 정연 씨를 보고 이렇게 말했다. 늙은 아기.

　—상업 영화나 드라마 시나리오도 보통 2, 3년은 걸린대요. 너무 걱정 마세요.

　나는 정연 씨를 위로했지만 사실 걱정되긴 마찬가지였다. 나름 호기롭게 시작한 연재였고 쓰는 동안 괜찮은 호응을 얻기도 했다. 한 인터넷 게시판에는 다음과 같은 글이 올라왔다.

한국 영화 커뮤니티가 격변하는 시점 두 가지

하나는 엠파이어가 MoMa로부터 가져온 16밀리 필름으로 상영되는 날이고 다른 하나는 정지돈 금정연이 오디오비주얼필름크리틱을 완성하는 날

금정연이 게시물을 쓸쓸한 눈으로 바라보며 말했다.

─그날이 올까요?

반면 임재철 평론가(이하 LJ)는 우리의 걱정 따윈 안중에도 없었다.

─야, 지난번 원고도 쓰기 싫은 티가 너무 나더만. 으하하하.

금정연과 나의 인상이 동시에 구겨졌지만 우리는 아무런 대응도 하지 않았다. LJ에겐 어떤 대응도 불가능하다는 사실을 알기 때문이다. 일설에 따르면 LJ는 무적의 비평가였다. 저널리스트의 객관성과 독학자의 주관성을 두루 갖춘 비평계의 전무후무한 존재. 놀라운 건 이 사실을 LJ에게 직접 들었다는 사실이다. "나, LJ, 무적의 비평가." 그러나 이와 같은 발언을 오만함이나 과대망상, 자기 현시 등으로 생각해서는 안 된다. LJ는 특정한 시공의 열림 속에서 어느 순간 가장 정확한 비평가가 되기도 했다. 그러니 중요한 건 언제 어느 때 그러한 시공이 열리는지, 그 조건을 포착하는 데 있다. 마찬가지로 금정연 역시 때때로 무적이 된다. LJ와 그가 다른 점이

있다면 금정연은 스스로를 무적의 비평가로 칭하지 않는다는 사실이다. 심지어 비평가/평론가라고 말하지도 않는다.

　―그럼 정연 씨는 뭐예요?

언젠가 나는 정연 씨에 물었고 정연 씨는 이렇게 대답했다.

　―서평가죠. 서평을 쓰지 않는…….

　―그게 뭐야.

　―글쎄요. 전 뭘까요, 지돈 씨?

　―자꾸 쓸데없는 말만 하지 말고 영화나 만들어.

LJ가 말했다. 두 세대 어린 영알못들의 감상주의 따위는 아랑곳하지 않는 투였다. 그의 앞에 놓인 설렁탕은 이미 싹 비워져 있었다. 만포면옥은 백년식당으로 선정된 냉면 맛집이었고(소설가 김훈은 "인생관을 바꾸는 맛"이라고 극찬했다) 나와 금정연은 물냉을 주문했지만 LJ는 설렁탕을 시켰다. 동시대에 기자로 활동했던 김훈에 대한 질투였을까? 내가 묻자 LJ는 김훈 정도는 기자로 쳐주지도 않는다는 듯 콧방귀를 꼈다. "걔는 기사도 소설처럼 썼어."(물론 칭찬이 아니다.)

LJ의 말은 늘 과격했지만 가끔 우리를 뜨끔하게 했다. 이를테면 "원고 쓰기 싫은 티" 같은 말 말이다. 익명의 블로거는 금정연의 《아무튼 택시》를 읽고 이렇게 글쓰기 싫어하는 저자는 처음 봤다며 책값이 아깝다고 화를 냈다. 반면 또 다른 블로거는 책 전반에서 느껴지는 쓰기 싫음, 일하기 싫음 때문에 저자가 좋아졌다고 말했다.

만약 글 쓰는 걸 진심으로 싫어했다면 이렇게 상반된 감상이 나오지 않을 것이다(애초에 책을 내지 않거나 에밀 시오랑 마냥 아포리즘을 끄적대며 거만을 떨거나). 우리의 태도는 냉소나 시니컬함으로 해석되기도 하고, 너스레나 솔직함으로 여겨지기도 한다. 어느 쪽일까? 양쪽 다인 걸까 둘 모두 아닌 걸까.

정연 씨의 글 대부분은 진심으로 무언가를 믿고 실천하는 것의 어려움, 어딘가를 향해 가는 게 아니라 부유하는 것에 대한 이야기다. 지난 원고에서도 그는 이렇게 말했다. "아무것도 설명하지 않고 구태여 매끈하게 만들려고 애쓰지도 않고 좋아하는 단편들로만 채우기."

어쩌면 이것은 우리 세대의 "시대적 정신질환" 아닐까. 진심으로 문학을 믿고, 영화를 믿고 작업을 체계적으로 완성하고 싶지만 마음대로 되지 않는다. 그런 생각을 할수록 무기력해지고 거부감이 솟구쳐 한 글자도 쓸 수 없는 상태에 빠진다. 이건 새로운 세기의 집필자장애Writer's Block일지도 모른다. 미국정신의학협회의 〈진단과 통계요람(DSM)〉 6판에 해리성 장애의 하위 병 중 하나로 포함될 것이다. 이른바 K-Writer's Disorder.

과학철학자인 이언 해킹은 19세기 말 유행한 특이한 정신질환에 대한 책《미치광이 여행자》에서 시대적 정신질환을 특정한 시대, 특정한 장소, 특정 사회계급이나 젠더에서 선택적으로 나타나는 정신질환이라고 말한다. 시대적 정실질환은 그것이 실재하는 것인지 사회적으로 구성된 것인지 논쟁을 불러일으키지만 이언 해킹은 그런 식의 이분법을 거부한다. 왜냐하면 실재성 역시 "인간의 삶과 언어의 변화에 따라 그 개념을 재조정하는 끝없는 과정에서 찾아지는 것이기" 때문이다. 그가 중요하게 생각한 것은 정신질환을 번성하게 하는 환경인 생태학적 틈새다. 이 틈새를 만들어낸 벡터의 방향이 달라지면 틈새는 흩어진다. 다시 말해 이 틈새 속에서 정신질환은 잠시 동안 실재가 된다.

잠깐 옆길로 샜는데, 그러니까 내가 하고 싶은 말은 우리가 시작만 하고 아이디어만 낼 뿐 믿음, 역량, 진심 또는 그 무언가의 부재로 실천하지 못하고 매듭짓지 못한다면, 그렇게 만드는 어떤 벡터들이 있는 것 아닐까, 하는 의문이 든다는 것이다. 그러한 벡터가 우리를 한국 영화에서 길을 잃게 만든 걸지도 모른다.

우리의 에세이 필름이 벡터들의 교차로 만들어진 생태학적 틈새를 가시화한다고 생각하면 어떨. 이런 실천은 일반적인 의미에서의 완성이나 구성과 다르며 개봉이나 배급, 출판의 과정도 조금 다를 것이다. 어떻게 다른지는 아직 잘 모르겠지만 말이다.

그때였다. 금정연과 나의 핸드폰이 동시에 우웅— 하고 울린 것은. 확인해보니 영상자료원의 연재 담당자가 우리에

146

게 보낸 메일이었다. 다음 원고 마감일을 고지하는 내용 아래 다음과 같은 문장이 있었다.

혹시 작가님들이 여력이 되신다면 연재를 내년 12월까지 연장하면 어떨까요?

연재 연장? 1년 더? ……. 금정연과 나는 누가 먼저라고 할 것 없이 서로를 바라보았다.

투숏? 숏, 리버스숏?

루이 말, 〈앙드레와의 저녁식사〉(1981)

애덤 맥케이, 〈스텝 브라더스〉(2008)

영화학자 미하일 얌폴스키에 따르면, 현대 영화언어 구조의 가장 본질적 형상은 리버스 앵글이다. "현대 영화는 볼거리의 두 가지 (재현적) 체계로 이루어진 하나의 체계로서 기능한다. 관객은 끊임없이 어떤 때는 목격자가, 어떤 때는 주인공이 된다. 여기서 세계는 언제나 다중시점으로 보인다." 다시 한번 정신의학적 은유를 빌리면 영화는 처음부터 해리성장애를 수행하는 매체였다. 눈에서 흐르는 눈물이 내 눈물인지 금정연의 눈물인지 알 수 없었던 건 그래서일까. 이것은 기쁨의 눈물일까 고통의 눈물일까. 우리에게 1년의 시간이 더 주어진 것일까, 1년의 시간을 더 빼앗긴 것일까. 우리를 보던 LJ가 담담히 말했다.

— 고다르와 나도 통하는 게 있었지.

— 뭔데요?

— 우리 둘 다…… 군대를 가기 싫어했어. 그래서 고다르는 브라질로 갔고 나는 아르헨티나로 가려고 했지…….

2022
연재 예고

WE ARE TRULY FUCKED:

Everyone Is Making AI-Generated Fake Porn Now

김희천의 VR 〈사랑과 영혼〉에 대한 비평과 앙드레 바쟁의 완
전영화의 신화, 미하일 얌폴스키의 카이로스의 시간과 딥페이
크와 리얼리즘의 시대의 MBTI로 보는 한국 영화 유형학과 완
전 자동 (한국)영화, 마동석, 마블 유니버스, 마크 피셔로 연
결되는 자본주의 익스텐디드 리얼리즘에 관한 비평적 연대
기…… (어쩌면) Coming Soon…….

2022

시네마의
실행

11
금정연

그래서 우리는 유튜브 라이브를 하기로 했다. 이번이 처음은 아니었다. 2020년 5월에는 정지돈의 《농담을 싫어하는 사람들》 출간 기념 라이브 북토크를 했고(촬영하던 아이패드 배터리가 중간에 떨어지는 바람에 강제 종료됐다), 2021년 5월에는 오한기의 《인간만세》 출간 기념으로 셋이서 라이브 북토크를 했다(오한기가 화장실에 가야겠다며 도중에 자리를 박차고 나갔다). 인스타그램, 페이스북, 줌을 통해 진행했던 것까지 포함하면 라이브 경험은 더 많다. 우리가 연예인도 아니고 무슨 라이브냐고, 너무 민망하다고, 식은땀 흘리며 새하얘진 머리로 아무 말이나 하던 시절은 이제 지나갔다(이제 멀쩡한 정신으로 차분하게 아무 말이나 한다). 그렇지만 이런 적은 처음이다. 정말로…….

(하나, 둘, 셋—)

(심호흡)

23 아이덴티티

—안녕하세요? 우리는 한영한사! 지금부터 '한국 영화에서 길을 잃은 한국 사람들' 신년 특집 유튜브 라이브를 시작하겠습니다. 저는 K정연이고요, 제 옆에는—

—안녕하세요 JD입니다.

—처음 연재 제안받고 서교동 카페에 둘이 마주보고 앉아서 도대체 뭘 써야 하나 하던 게 엊그제 같은데 벌써 해가 바뀌었어요. 신년인데 어떻게 지내시나요? 근황부터 좀.

—네, 저는 요즘 누워 있는데요. 누워서 책도 보고 누워서 소설도 쓰고 밥도 누워서 먹고 지금도 사실 누워 있어요.

—세상에, 지금 라이브 스트리밍 중이잖아요! 어떻게 그럴 수 있죠? 독자들을 기만하시는 건가요? How dare?

—어차피 안 보이잖아······. 근데 꼭 이렇게까지 해야 해요? 이게 뭐야 진짜.

그러게. 오해를 피하기 위해 말하자면 이건 장난이 아니다. 오늘을 위해 나는 유튜브 채널까지 만들었다. 이름은 레코드 디스코드(검색해도 안 나옴), (일단은) 오디오비주얼 전문 채널이다. 계획은 이랬다. 영상자료원에 미리 양해를 구해서 라이브 시작과 동시에 유튜브가 임베드 된 연재 페이지를 올린다, 스페셜 게스트들과 함께 두 시간 남짓? 지난 10화 동안의 연재를 돌아보고 21세기 한국 영화에 대한 솔직한 이야기를 나누며 앞으로 남은 11화 동안 나아갈 길을 모색하는 시간을 갖는다. 라이브가 끝난 다음에는 AI 노트 어플을 통해 자동으로 푼 녹취를 연재 페이지에 추가한다. 클립 일부를 NFT로 판매해서 에세이 필름 제작비를 확보하고 남는 돈은 사회에 환원한다……. 다시 봐도 완벽한 계획이다. 단 하나, 유튜브에서 라이브 스트리밍을 하려면 구독자가 1천 명을 넘어야 한다는 사실을 제외한다면.

— 지금 구독자가 몇 명이죠?

— 사실 좀 아까워요. 딱 23명이……

— 23명이 모자라다고요?

— 딱 23명이라고요.

— 그게 뭐가 아까워요?

— 그럼 안 아까워요?

— ???

그는 사막에 서서 인생의 순간들을 세고 있다

1954년 12월 10일 요나스 메카스는 절망적인 소식을 듣는다. 동생 아돌파스 메카스와 뉴욕 언더그라운드 영화계의 다른 백수들과 함께 전설적인(그때는 아니었지만) 영화 잡지 〈필름 컬처〉를 창간했지만, 그들에게 돌아온 돈이라고는 고작

120달러가 전부라는 소식이었다. 다음 호를 만들기 위해 필요한 돈은 700달러. 메카스는 심플한 해결책을 떠올린다. 편집위원들에게 100달러씩 갹출하는 방법이었다. 참고로 초등학교 시절 나의 꿈은 전 국민에게 100원씩 받아서 놀고먹는 것이었다. 물론 그런 일은 일어나지 않는다: 조지는 남미 여행을 준비하느라 빈털터리 신세였다. 루이스는 잡지를 위해서라면 뭐든지 줄 수 있다고 했다("돈만 빼고"). 메카스 형제는 원래 돈이 없었다. 고든은 돈이 있다, 하지만 돈을 낼 수는 없다, 그건 신념의 문제다, 라고 말했다. 왜? 엘비스 프레슬리 모창 가수와 동명이인이자 훗날 에드워드 마이브리지, 토머스 에이킨스, 미국 영화의 기원에 대한 책을 출간하게 될 고든 헨드릭스가 메카스를 쏘아붙였다. 왜 돈도 없으면서 잡지를 시작한 거야? 최소한 3호나 4호 정도 낼 돈은 쥐고 있었어야 하는 거 아냐?

만약 우리들이 전부 그렇게 생각했다면 〈필름 컬처〉를 시작하기 위해 22세기까지 기다려야 했을 것이다. 메카스는 말했다. 세상에는 돈도 있고 사업 수완도 있는 수많은 사람들이 있다, 하지만 이건 돈도 없고 사업 수완도 없는 우리가 해야만 하는 일이었다, 신은 잔인하다……. 무거운 마음으로 집에 돌아온 메카스는 일기장을 펼쳤다. 그리고 이렇게 썼다: 오늘 아침 법원에서 소환장이 날아왔다는 얘기는 차마 꺼내지도 못함. 인쇄비를 주지 않았다며 인쇄소에서 우리를 고소

했다. 783달러 91센트를 갚아야 한다, 일주일 안에……

　　—제가 하고 싶은 말이 이거예요.

　　—돈도 없고 구독자도 없지만 우리가 해야만 하는 일이라고요?

　　—신은 잔인하다고요.

볼륨을 높여라!

최근 나는 오디오와 LP에 빠져 8개월 할부(그 이상은 무이자가 안 됨)로 너무 많은 것을 샀다. 최소한 3/4분기까지는 뭘 사기는커녕 마리모처럼 꼼짝없이(움직이면 돈이니까) 누워 지내야 할 판이다. 마감은 늘 밀려 있고 시간은 부족하고 의욕적으로 시작한 유튜브 채널의 구독자는 23명이다(아마 다 아는 사람이지 싶다).

　　그렇지만 최근 몇 년 중에 가장 의욕이 넘치고 동시에 홀가분한 마음이기도 하다. 인생, 우주, 그리고 모든 것에 대한 궁극적인 질문의 답인 42(더글러스 애덤스의 《은하수를 여행하는 히치하이커를 위한 안내서》 참고)살이 되어서 그런가? 마치 《기나긴 이별》이라고 이름 붙인 장편소설의 초고를 끝낸 레이먼드 챈들러 같은 기분이다. 1952년 5월 14일 담당 편집자에게 보내는 편지를 챈들러는 이렇게 썼다. "나는 이것을 내가 원하던 대로 썼습니다. 왜냐하면 이제 그럴 수 있게 됐으니까요."

물론 나는 챈들러가 아니다. 일기나 트윗, 심지어 메모조차 내가 원하는 대로 쓰지는 못한다. 영상이라면 조금 다를지도 모르지만, 영상을 다룰 줄도 모르고 다루는 법을 배울 여유도 없다. 하지만 내게는 이미 이중의 우회로가 마련되어 있다.

(1) 이건 글이 아니라 유튜브 라이브임.

(2) 유튜브 라이브지만 글을 통해서 송출되는 라이브임.

말하자면 누구의 눈치도 볼 필요 없는 일종의 회색지대가 있고, 그곳에서 나는 중력의 존재를 모르기 때문에 중력의 영향을 받지 않는 사람처럼 굴 준비가 되어 있다. 개연성과 물리법칙을 가볍게 무시한 채 라이브 스트리밍 도중에 보이스-오버 내레이션을 하기도 하고(이렇게), 중간중간 의미 없고 지루한 부분을 빠르게 건너뛰며 플래시 포워드를 하기도 할 것이다(저렇게).

서두르자. 어쨌거나 밤은 짧을 것이고 우리에겐 아직 많은 이야기가 남아 있다.

비카인드 리와인드

—21세기 한국 영화가 〈박하사탕〉과 함께 시작했다는 거 알고 있었어요?

—아니요?

—2000년 1월 1일이 딱 되자마자 개봉했대요. 자정에, 특별 이벤트로. 새로운 천년의 시작을 나 다시 돌아갈래! 하는 절규와 함께 시작한 셈이죠. How ironic?

—2000년 1월이면 20세기잖아요. 21세기는 2001년부터고요.

—……넷플릭스에 있길래 다시 봤는데 저희가 그동안 연재를 통해 이야기했던 한국 영화의 특질들, 그러니까 목욕탕이니 노래방이니 화면을 가득 채운 K-얼굴의 스펙터클 같은 것들이 전부 나오더라고요. 종합 선물 세트처럼요. 정말이지 깜짝 놀랐지 뭐예요. 우리가 더듬더듬 어떻게든 길을 찾아가고 있구나, 하는 생각도 들어버렸고요. 하핫.

—저기요?

—그럼 이쯤에서 이런 질문을 던지지 않을 수 없을 것 같은데요. 이창동 감독은, 그 전직 문화부장관은, 아니 미래의 문화부장관은 과연 〈박하사탕〉을 통해 어디로 돌아가고자 했던 걸까요?

—K정연? 제 말 안 들려요?

─설경구가 기차선로에 서서 문제의 대사를 외쳤다는 사실을 주목할 필요가 있어요. 설경구와 충돌한 기차는 뒤로 가기 시작하고요. 1994년 여름으로, 1987년 봄으로, 1984년 가을로, 1980년 5월로, 1979년 가을로, 그리고…….

─야.

물론 〈박하사탕〉은 회귀물이다. 그리고 이창동은 21세기 한국 대중서사의 우세종이 된 웹툰과 웹소설의 트렌드를 선취했다. 혹은 이렇게 말할 수도 있다. 〈박하사탕〉은 한국 현대사의 외상적인 사건들을 통해 재구성한 '60년생 김영호'(아마도 그의 생일은 4월 19일일 것이다)의 이야기다. 그렇다고 이창동이 《82년생 김지영》의 성취를 선취했다고 말할 수는 없다. 이창동의 영화가 거대한 역사의 흐름에 떠밀리다가 흐름 그 자체가 되는 문제적-남성-개인의 픽션을 보여준다면, 조남주의 소설은 거대 서사 속에서 매번 남자 주인공의 아내(김여진)로, 정부(서정)로, 작부(고서희)로, 첫사랑(문소리)으로 주변화되고 대상화되는 여성들의 삶-이야기들을 통계와 기사를 재료로 픽션의 형태로 재구성한 것이다. 아주 가까스로 (소설이 지영을 진료한 남의사의 진술을 통해 성립된다는 사실을 기억할 것. 그것이 바로 소설이라는 근대적 양식의 본질이다). 둘의 차이에 대해 이야기하려면 또 다른 자리가 필요하다.

20년의 시간을 회귀해 스무 살의 천변으로 돌아간 김영호는 첫사랑 순임을 다시-처음 만난다. 손으로 뷰파인더를 만들어 주위를 둘러보며 나중에 사진을 찍고 싶다고, 사진기를 메고서 이런 이름 없는 꽃들을 찍고 다니고 싶다던 영호는 순임에게 말한다.

> **영호**   이상해요. 여기 내가 한 번도 와본 적이 없거든요? 근데 옛날에 한 번 와본 데 같아요. 저 철교랑 강이랑 다 낯익어요. 여긴 내가 너무나 잘 아는 데거든요?
>
> **순임**   그럴 때가 있어요. 그런 건요, 꿈에서 본 거래요.
>
> **영호**   정말 꿈이었을까요?
>
> **순임**   영호 씨, 그 꿈이요. 좋은 꿈이었으면 좋겠어요.

그렇지만 그 꿈은 좋은 꿈이 아니고 악몽이고 그 속에서 영호는 스스로 다른 이들이 꾸는 악몽의 주재자가 된다. 그렇기에 그는 손뼉을 치며 '나 어떡해' 노래를 부르다가도 홀로 무리에서 떨어져 나와 돌바닥에 누워 철교를 올려다보며 조용히 눈물 흘리는 것이다: 그는 그것이 꿈이 아니라는 것을 안다. 혹은, 그것이 꿈이라는 걸 알지만 그 꿈에서 깰 수 없다는 것도 안다. 아무리 역사의 열차를 뒤로 가게 만든다고 하더라도 궤도 밖으로 나갈 수는 없다. 따라서 이건 회귀물이라기보다는 루프물이다("나 '다시' 돌아갈래!"). 정해진 루트를 반복해서 달리는 열차의 운동이 그런 것처럼.

그런데 만약 충분히 많이 되돌린다면 어떨까? 20년

이 아니라 아예 100년쯤을 되돌린다면? 처음으로, 1895년 12월 28일 파리의 그랑 카페에 뤼미에르 형제의 열차가 도착하던 때로 되돌아갈 수 있다면? 세계 규모의 전쟁이나 유대인 문제에 대한 최종 해결책은 감히 상상조차 하지 못했고 크툴루의 부름은 아직 들려오지 않았으며 원한다면 누구나 아무 거리낌 없이 이름 없는 꽃을 찍고 서정시를 쓸 수 있었던 시대로. 그땐 어쩌면 좋은 꿈을 꿀 수 있을지 모른다. 최소한 더 길고 다채로운 꿈이라도. 그리하여 영호(와)의 악몽이 조금이나마 희석될 수 있도록. 물론 이것은 비약이다. 왜 아니겠는가?

　―차라리 저는 이렇게 말하고 싶네요. 〈박하사탕〉의 회귀(루프)는 가리봉 봉우회에서 야유회를 갔던 천변에서 시작하고 또 끝나지만, 21세기 한국 영화는 설경구의 외침과 함께 과거(트라우마적)―현재(망가진)의 무한 루프를 벗어나 대과거(기원)로의 동반 회귀를 감행했다고요.

　―요즘 웹소설을 너무 많이 읽은 거 아니에요?

　―그곳에서 한국 영화는 현실을 바꿀 수는 없지만 최소한 현실이 아직-도래하지-않은-척은 할 수 있다는 사실을 깨닫게 됩니다. 따라서 한국 영화는 '정치적인 것'을 생산해내기를 멈추고, '정치'를 서사 내부에 가둔 채 극의 논리에 따라 자체적으로 소멸되고 해소될 수 있는 스펙터클을 더 잘 만드는 Well-Made 일에 매달리기 시작했지요. 그것 말고는 달리 할

수 있는 게 없으니까요. 마크 피셔를 따라 말하자면 21세기 첫 20년 동안 한국 영화의 장르는 단 하나, 바로 자본주의 리얼리즘입니다!

—그만! 저는 여기서 나가야겠어요.

—한국 최초의 천만 영화가 실화를 바탕으로 한 강우석의 〈실미도〉라는 사실을 기억하세요. 물론 그 영화는 웰메이드가 아니지만요. 거기서 설경구는 1971년으로 돌아갔습니다. 그리고 이렇게 말하죠. 비겁한 변명입니다…….

노 홈 무비

2000년 1월 1일 〈박하사탕〉과 함께 시작한 21세기 한국 영화의 첫 20년은 2019년 12월 26일 지각 개봉한 허진호의 〈천문: 하늘에 묻는다〉와 함께 끝난다. 혹은 그보다 조금 이른 7월 24일에 개봉한 송강호 박해일 주연의 〈나랏말싸미〉와 함께 끝났다고 해도 좋다. 둘 다 세종대왕을 내세우고 있다는 게 지금 생각하면 무척 묘하게 느껴진다.

하지만 진정한 끝은 2019년 12월 31일 당시에는 아무도 주목하지 않았던 신문 기사와 함께 왔다(뉴시스, "中 우한서 원인 불명 폐렴 환자 집단 발병…당국 긴장"). 돌아보면 21세기 첫 20년의 한국 영화는 대규모 물량 공세와 와이드 릴리즈를 통해 누가 천만이라는 깃발을 가져갈 것인가를 두고 다투는 '극장전 劇場戰'에 지나지 않았다는 생각이 든다. 충무로의 토착자본이 CJ나 롯데 같은 대기업의 자본으로 재편된 21세기 한국 영화가 돌아가고자 했던 곳은 어쩌면 스튜디오 제작 체계가 확립되던 무렵의 할리우드, 황금기라고 불리는 시절의 할리우드였는지도 모른다. 그리고 그것이 더는 불가능해진 지금 한국 영화는 모두가 알고 있는 것처럼, 그러나 그게 정확히 무엇인지는 누구도 모르는 것처럼, 새로운 시기에 접어들었다.

덩달아 내 인생도 새로운 시기에 접어들었다. 다들 그렇듯 나 역시 종종 새로운 인생을 꿈꾸긴 했다. 회귀나 빙의나 이세계 같은 황당무계한 상상을 하기도 했다. 그러나 결코 이런 식은 아니었다. 지금 같은 삶은 아니었다. 한동안 내가 그렸던 미래는……. 우리 가족이 살 수도 있었을 그것은…….

솔직히 나는 〈나랏말싸미〉가 천만 영화가 될 줄 알았다…….

내 차 봤냐?

― 요즘에도 극장 자주 가세요?

― 요즘에도 극장 안 가세요?

― 작년에는 한 번 갔던 것 같아요. 같이 갔잖아요, 〈라스

트 듀얼〉 GV 하러. 아, GV 전에 미리 보느라 시사회도 갔었으니까 두 번이죠. 아내가 시간 나면 지돈 씨랑 같이 영화나 보라고 유효기간이 12월 31일까지인 라이카 시네마 초대권 두 장 줬는데 결국 그건 못 갔네요. 아쉬워라.

　—정말…… 너무 아쉬워서 눈물이 날 것 같네요…….

　그래도 올해는 벌써 한 번 다녀왔다. 3시간짜리 영화였으니 1.5번이라고 해야 하나? 맞다, 하마구치 류스케의 〈드라이브 마이 카〉 이야기다. 타임라인에 쏟아지는 트네필들의 기립박수에 보지 않을 수가 없었다. 과연. 영화는 재밌었다. 중간중간 지루할 법도 한데 3시간짜리 영화라고는 느껴지지 않았다. 한 2시간 26분 정도로 느껴졌달까? 물론 엉덩이는 거짓말을 하지 않는다. 나는 욱신욱신 쑤시는 꼬리뼈와 함께 도서관에 갔고, 무라카미 하루키의 원작 소설을 읽었다. 그리고 집으로 돌아와 어정쩡한 자세로 의자에 걸터앉아 일기장을 열었다. 그리고 이렇게 썼다.

새삼 느낀 하루키의 인기 비결　그건 그가 통속성을 다루는 방식에 있는 것 같다. 하루키의 소설은 일종의 제로-콜라다. 통속적인 멜로드라마를 다른 방식으로 보여주기보다는, 통속적인 멜로드라마에서 결정적인 'X'를 제거한 채 그것에 조금 미달하는 방식으로 보여주는 것이다. 반면 하마구치 류스케는 다르다. 내 생각에, 그건 이 영화가 탐구하는 핵심적인 질문이 통속성을 어떻게 대할 것이냐, 라는 문제이기 때문인 것 같다. 혹은 이 영화가 탐구하는 핵심적인 질문은 인생을 어떻게 대할 것이냐 라는 문제인데, 하마구치 류스케는 인생이 통속성 그 자체라고 생각하는 것 같다. (······ 중략 ······)

다시 말해보자. 주인공 가후쿠에게는 맹점이 있다. 아내가 살아 있을 때 발견된 맹점은 아내가 죽은 후 더 커지지도 줄어들지도 않은 채 그 상태 그대로 거기에 있다. 그것이 커지지 않은 이유는 가후쿠가 때마다 안약을 넣기 때문이다. 즉, 가후쿠가 눈물을 흘리기 때문이다!

그는 무엇을 보려 하지 않는가? 그건 바로 통속성이다. 정확히 말하면, 통속성 자체가 바로 맹점이다. 통속성이란 어떤 것들을 설명하는 가장 간편한 방식인 동시에 아무것도 말하지 않는 방식이기 때문이다······.

─그럼 결국 주인공의 녹내장은 나은 건가요?

─의사는 정확한 원인을 알지 못하기 때문에 완치가 불가능하다고 말했잖아요. 그럼 정확한 원인을 알게 되면 완치할 수 있다는 이야기 아닐까요? 물론 이건 제 생각일 뿐이지만요. 진료는 의사에게 약은 약사에게.

─저도 재밌고 잘 찍은 영화라고 생각하는데, 몇몇 장면은 도저히 못 참겠더라고요. 특히 마지막 눈밭에서 연설하는 부분. 보면서 진짜 와 저래도 돼? Really?

—엄청 뻔뻔하죠. 저도 그 부분 보면서 좀 그랬는데, 이 영화를 좋아하는 분들도 아마 그 부분까지 좋아하는 건 아닐 것 같아요. 다만 뭐랄까, 그 부분이 있기 때문에 영화를 더 좋아할 수는 있겠죠. 어떤 결정적인 작은 흠이 전체를 더 매력적으로 느껴지게 하고, 나아가 옹호해주고 싶게 만드는 것처럼요. 그러니 우리도 좋은 이야기만 하죠.

—저는 운전하는 장면들이 좋았어요.

—저는 담배 피우는 장면들이 좋았어요.

—저는 니시지마 히데토시가 너무 잘생겨서 깜짝 놀랐어요. 원래 이렇게 잘생겼나? 얼굴을 좀 고쳤나?

—잠깐, 왜 우리가 〈드라이브 마이 카〉 이야기를 이렇게 길게 하고 있는 거죠? 지금? 한국 영화에 대해서만 이야기하기에도 모자랄 판에.

아버지의 이름으로

—그런데 한국 영화가 도대체 뭘까요? 이제 와서 새삼 묻는 것도 우습지만, 연재가 지속될수록 한국 영화가 뭔지 모르겠다는 생각이 자꾸 들어요.

—언젠가 이승훈 시인(하늘에서 평안하시기를)은 시가 무엇인가를 안다면 우리는 시를 쓸 필요가 없다고 말했어요. 한

국 영화가 무엇인가를 안다면 우리는 한국 영화에 대한 에세이 필름을 만들 필요도 없겠죠. 이런 글을 쓰고 있을 이유도요.

　―한국 영화를 새롭게 발견하려 하고 있다는 말인가요?

　―내 인생을 새롭게 발견하려 하고 있다. 그렇다.

　― ??? 왜 갑자기 반말……?

　―정신 차리세요! 지금 우리에게는 격식이나 따지고 있을 시간이 없습니다! 틱톡틱톡! 단도직입적으로 물을게요. 〈드라이브 마이 카〉에는 한국 배우들이 셋이나 출연하고 한국말도 자주 나오죠. 한국인 스태프들도 여럿 참여했고요. 에필로그 같은 마지막 장면의 배경이 부산이기도 한데요, 그럼 〈드라이브 마이 카〉는 한국 영화일까요 아닐까요? (A) 한국 영화라면 그 이유는? (B) 한국 영화가 아니라면 그 이유는?

　―갑자기 그런…….

　―그만! 대답하지 마세요. 어차피 시간도 없으니까! 결론부터 말하겠습니다. 중요한 건 〈드라이브 마이 카〉가 한국 영화냐 한국 영화가 아니냐가 아니에요. 〈드라이브 마이 카〉를 한국 영화로 받아들일 것인가 받아들이지 않을 것인가가 문제인 거죠.

　―받아들인다고요?

　―아카데미 위원회가 21세기의 새로운 20년을 맞아 〈기생충〉을 미국 영화로 받아들인 것처럼요.

―도대체 누가 〈드라이브 마이 카〉를 한국 영화로 받아들인다는 건데요? 무슨 자격으로요?

　―그건…….

　그때 갑자기 화면 멈추고, 멈춘 화면 위에 빨간 자막이 뜬다.

K-시네필의 이름으로

In The Name of The K-Cinephilé

12

정지돈

어제는 제20대 대통령 선거일이었고 나는 오후 1시 즈음 코인세탁소에 이불 빨래를 돌리고 성원초등학교에 들러 투표를 했다. 어느 때보다 경쟁이 치열하고 향방을 알 수 없는 선거라지만 투표에 어려움은 없었다. 나는 약 20년 정도 되는 투표의 나날 동안 일관되게 한 당과 그 당의 후보에 표를 줬고 이번에도 마찬가지였다. 덕분에 선거 때마다 같은 말을 듣는다. 사표를 만들지 말아 달라, 이번에는 어떤 후보가 되는 걸 막아야 돼, 네 고집만 지켜서 될 일이 아니야 등등. NL 출신 금정연 씨(42세)의 사정은 어떨까. 그와 나는 정치 이야기를 거의 나누지 않는다. 정치에 냉소적이거나 무관심해서가 아니라 할 말이 없기 때문이다. 왜 할 말이 없냐면 우리가 할 수 있는 일이 없기 때문에, 말을 하기 시작하면 생각이 시작되고 생각이 시작되면 행동을 꿈꾸게 되는데 그 일이 우리를 막다른 곳으로 몰고 가기 때문에. 그러나 이번은 다르고 이제는 다르다(는 생각도 든다). 세상은 변하지 않지만 어느새 세상이 달라졌다는 생각이 들기도 하는 것이다. 징징대는 건 이제 그만. 그래서일까. 금정연은 정치 트윗을 리트윗하고 세태/세대에 대한 담론에 관심을 기울인다.

그리고 우리는 어쩌면 이것이 한국 영화에서 길을 잃은 한국 사람들이 길을 찾는 방법일지도 모른다고 생각한다.

나는 선거일을 기념해 데이비드 포스터 월리스DFW의 정치 에세이 〈기운내, 심바: 안티 후보의 트레일에서 보낸 일주일〉을 읽었다. 〈롤링스톤〉의 특파원 신분으로 2000년 공화당 대선 경선 후보 존 매케인의 캠프를 밀착 취재한 기사인데, 솔직히 말하면 나는 이 글을 삐딱한 자세로 읽기 시작했다. 공화당 후보를 옹호하는 기사를 쓰다니 제정신이 아니군, 생각했던 것이다. 역시 DFW는 근본주의자야(여기서 근본주의자는 문화적인 측면에서 실천은 급진적이지만 신념은 보수적인 일군의 사람들을 지칭하는 나만의 용어로 구체적인 설명은 글의 방향과 어긋나니 나중으로 미루겠다. 그럼에도 부연하는 까닭은 1. 근본주의자라는 용어에 대한 오해를 피하고 2. 근본주의자들이 특정 장에 끼치는 영향이 상당하다는 사실을 강조하기 위해서다). 그러나 기사는 충분히 흥미로웠다. 고귀한 보수의 상징인 존 매케인(버락 오바마와 대선에서 맞붙었을 당시 네거티브를 요구하는 언론과 지지자들에게 매케인은 오바마는 훌륭한 시민이며 우리는 의견이 다를 뿐이다, 라고 대답했다. 물론 그는 대선에서 패했다)의 인품에 대해 다시 생각하게 되어서가 아니라 특정 현상에 대해서, 그리고 그 현상을 경험하는 것에 대해서 생각하게 되었기 때문이다. DFW는 "이 글은 어떤 인상적인 인물의 선거운동을 다룬다기보다는 밀레니얼 세대의 정치와 그 모든 포장과 홍보와 전략과 미디어와 여론 조작과 만연한 부패가 우리 미국인 유권자로 하여금 실제로 어떻게 느끼게 하는지에 대해" 다룬다고 쓴다. 여기서 인물과 선거운동 따위를 작품이나 영화 등으로 바꾸면 어떨까. 그러니까 '한영한사'가 진짜 다루고 싶은 건 어떤 작품이 왜, 어떻게 좋으냐가 아니라, 작품과 그 작품을 둘러싼 환경을 우리가 실제로 어떻게 느끼고 경험하고 재생산하는가, 라고 말이다.

한편, 정연 씨는 꿈을 꿨다고 했다. 대통령 선거를 하루 앞둔 밤이었고 매일같이 악몽으로 시달리던 한 주였기 때문에 꿈을 꿨다는 사실 자체는 특별할 게 없을지도 모른다. 하지만 이 꿈은 달랐다. 정연 씨는 한국의 영화제 시상식에 있었다. 부산국제영화제인지 대종상인지 청룡영화상인지는 알 수 없다. 그게 그건가 싶기도 하고, 셋 모두 보지 않는 정연 씨로서는 구분할 방도가 없었던 탓이다. 그러나 한국의 영화 시상식임은 분명했다. 사회자는 왜인지 박솔뫼였고(또는 박솔뫼 역할을 하는 김혜수) 시상자로는 소설가 김연수가 나왔다. 다만 정연 씨의 꿈에서 김연수는 소설가가 아니라 영화감독이었고("아마 홍상수 영화에서 맡은 배역 탓이겠죠." 정연 씨가 말했다) 얼굴은 허진호와 닮아 있었다. 그러면 정연 씨는 어떻게 김연수가 김연수라는 사실을 알았을까. 외모도 직업도 다른데 김연수가 맞긴 한 걸까. 김연수를 규정하는 영혼의 징표라도 존재하는 걸까. 내가 정연 씨에게 말하자 정연 씨는 그게 꿈의 신기한 점이라고 했다. "꿈에서는 우리를 구성하는 물질적 요소나 과거와 같은 전기적 사실보다 생각이 현실을 규정하니까요." 정연 씨는 칼 융의 공시성을 생각해보라고 했다. 우리가 우연의 일치라고 생각하는 것들이 사실 정신의 작용이라면, "정신이 물질과 상호작용한다는 사실이 정신과 물질을 가르는 경계가 모호하다는 증거예요".

─그게 한영한사랑 무슨 상관이에요?

내가 정연 씨에게 물었다.

참고로 우리는 에세이 필름 제작을 위해 서교동의 카페에서 미팅을 진행 중이었다. 미팅 전에 나는 DFW 에세이를 읽고 든 생각을 말했다. 21세기 한국 영화를 말할 때 보통은 비평적으로 훌륭한 영화를 나열하고 그 의의를 평가한다. 홍상수, 이창동, 봉준호 등. 특정인의 감식안에 선정된 영화들이 곧 한국 영화인 것이다. 그게 아니면 산업적인 측면을 주목한다. 천만 영화의 등장, 제작, 유통의 변화, 새로운 기술의 도입 또는 한국 영화의 해외에서의 위상 등. 그러나 그게 정말 우리가 경험한 한국 영화일까. 이런 과정들은 중요하지만, 어딘지 모르게 우리의 경험을 제대로 설명하지 못하는 것처럼 느껴진다. 그럼 어떻게 해야 할까? 그렇게 고민을 하는 와중에 정연 씨가 뜬금없이 꿈 이야기를 꺼낸 것이다.

정연 씨는 엠마뉘엘 카레르가 쓴 필립 K. 딕PKD의 전기 《나는 살아있고 너희는 죽었다》를 읽고 있다고 말했다. PKD를 따라 주역과 칼 융에 관심을 기울이게 되었고 그들이 미국 영화와 한국 영화, 현재의 정치 상황과 이어진다는 사실을 깨닫게 되었다고 말이다.

—20세기 말 이후의 모든 미국 영화는 PKD의 자장 아래 있습니다. 〈매트릭스〉〈트루먼 쇼〉〈다크 시티〉〈플레전트빌〉에서 시작됐죠. 이렇게 말하면 어떨까요? 미국 영화는 PKD의 편집증적 우주다. 그리고 21세기 한국 영화는 미국 영화죠. 〈기생충〉이 아카데미 작품상을 받고 이정재가 미국배우조합상 남우주연상을 받은 사실을 생각해봐요. 이곳은 누구의 편집증적 우주일까요? 윤석열? 제가 하고 싶은 말은 영화라는 우주가 그것을 보고 원하는 사람들의 정신과 원격작용을 한다는 뜻이에요.

정연 씨가 말했다. 나로서는 알아듣기 힘든 이야기였지만(〈플레전트빌〉이나 〈다크 시티〉를 기억하는 사람이 있나요?) 정연 씨의 편집증-꿈-영화제 이야기는 계속 이어졌다.

정연 씨의 꿈에서 작품상을 받은 영화는 〈돈 룩 업〉이었다. 레오나르도 디카프리오, 제니퍼 로렌스, 애덤 맥케이, 티

모시 샬라메가 나란히 도열해서 박솔뫼와 김연수가 주는 상을 받은 것이다.

—작품상은 보통 제작자가 받지 않나요?

—그건 핵심이 아니죠. 제가 하고 싶은 말은…….

그러니까 정연 씨가 하고 싶은 말은 다음과 같았다. 〈기생충〉〈오징어 게임〉 같은 한국의 영화/드라마가 로컬이자 글로벌인 미국의 영화제에서 상을 받는 것은 이상하지만 납득할 수 있는 현상이다(정연 씨는 아이비리그 인류학과 박사 과정 생들의 면면을 살펴보라고 했다. 각국의 학생들이 자국의 가장 중요한 문화인류학적 사안을 미국에서 연구하고 있다. 이것이 바로 할리우드 영화다). 하지만 반대로 한국 영화제에서 할리우드 영화에 상을 주면 어떨까?

—지금 아카데미 남우주연상 후보가 누구죠?

정연 씨가 말했다.

—윌 스미스?

—그렇죠. 윌 스미스가 청룡영화상 남우주연상을 받는 거예요.

—오…… 그런데 윌 스미스가 상을 받으러 올까요?

—지돈 씨, 그건 중요하지 않아요. 필립 K. 딕의 전기에 이런 문장이 나와요. '네 엄지발가락에서 해방되어라. 그리하면 벗이 다가오리니 그를 믿어도 될 것이니라.'

—그게 무슨?

—영화를 엄지발가락이라고 생각해보세요.

—?

—이렇게 말해보죠. 지돈 씨 〈명량〉 봤어요?

—아니요.

—〈해운대〉는?

—아니요.

—〈국제시장〉은?

—아니요.

—하지만 이 영화들은 모두 천만 영화죠.

—그렇죠.

—제 말이 바로 그거예요. 사람들이 정말 이 영화를 봤을까요?

—사람들이 안 봤는데 본 척 한다는 말이에요? 천만 영화는 음모다?

—아니요. 이게 무슨 나꼼수도 아니고. 핵심은 영화라는 '형식'이 단지 내적인 요소로 짜인 게 아니라는 말이에요.

정연 씨는 나윤이를 유치원에 데려다주고 데리러 가는 길에 곰곰이 생각했다고 말했다. 우리가 21세기 한국 영화에 대해 얘기하려면 정말로 뭘 어떻게 해야 하는지 말이다. 그러던 중에 버스에서 PKD의 전기를 읽었고 잠이 들었고 꿈을 꿨고 영화가 어쩌면 개인들의 편집증적 우주라는 생각에 이르렀다고 말했다. 우리는 이러한 편집증적 우주의 공시성 속에서 살고 있는 거고.

—오.

정연 씨에 따르면 영화를 보는 것은 어떤 작품의 내용이나 내적인 형식을 보는 것이 아니었다. 다양한 사회정치적 형식들이 영화라는 형식과 마주치고 얽히면서 의식이나 행위를 조직하고 나아가 삶을 조직하는 것이었다.

—저는 그걸 영화 경험이라고 부르기로 했어요.

정연 씨가 말했다. 사람들은 단지 영화를 보는 것이 아니다. 언제나 영화 이상을 보거나 영화 이하를 본다.

—캐롤라인 레빈은 이렇게 말했죠. 의미보다는 패턴을, 해석적 깊이보다는 관계의 복잡성을 찾는 것이 비평이라고. 가장 전략적인 정치적 행위는 사회적 경험을 지배하는 서로 다른, 연결성 없는 배열들을 면밀하고 세심하게 이해하는 데서 출발해야 한다고.

—좋은 말인데…… 그래서 어떻게 해야 되는 건데요?

—저는 사람들이 영화라고 생각하고 말하는 것에 대해서 생각하고 말할 것을 제안합니다. 더 나아가 영화가 아니라고 생각하고 말하는 것에 대해서 생각하고 말하는 것도요.

—그게 무슨……?

—예를 들면, 유튜브 영화 채널은 영화 리뷰를 보는 용도일까요, 영화를 보는 용도일까요? 다시 말해, 이 재생산의 플랫폼이 영화와 무관하게 존속할 수 있다면 그건 무슨 의미

일까요?

　—그 말은 영화가 없어도 영화 리뷰 채널이 존재할 수 있다는 뜻인가요?

　—그건 장 보드리야르를 떠올리게 하는 말이네요. 제가 하고 싶은 말은 영화보다 영화에 대한 것이 더 영화일 수도 있다는 뜻입니다.

　나는 정연 씨의 말을 들으며 왜인지 최근 읽은 워커 퍼시의 소설 《영화광》을 떠올렸다. 주인공 빙크스 볼링은 이렇게 말한다. "사실 나는 못 만든 영화라도 일단 빠져들면 무척 행복하다." 다시 말해, 빙크스 볼링에게 좋은 영화 나쁜 영화는 문제가 아니다. 영화의 내용 역시 문제가 아니다. 그가 동경하는 할리우드 스타 윌리엄 홀든은 어떤 영화에 나오든 윌리엄 홀든이다. 그렇다고 그가 완전히 현실의 윌리엄 홀든인 것도 아니다. 영화 속 인물과 실존 인물 사이 어딘가에 윌리엄 홀든이 있고 빙크스 볼링은 일상 속에서 그 형상을 반복적으로 창조하고 구성하는 것이다.

　《영화광》은 시네필에 대한 소설도 아니고 빙크스 볼링도 시네필이 아니다. 그러나 볼링은 어떤 의미에서 진정한 영화광이고 영화 경험의 창조자다. 그에겐 모든 현실이 영화 경험을 경유해 "인증"된다. 예를 들면 볼링은 요즘 세상에서는 어디에 살든 그곳에서 진짜 산다는 느낌을 받을 수 없다고, 공허감만 팽창할 거라고 말한다. 이러한 공허감을 불식시킬 유일한 방법은 자기 동네가 영화에 나오는 것이다. 영화에 자신이 사는 곳이 나오는 순간 그곳은 "아무 데가 아니라 특정한 데"가 된다.

이것을 영화 경험이 만들어낸 편집증적 우주라고 할 수 있을까? 우리는 21세기 첫 20년 후의 대한민국이라는 편집증적 세계 속에서 영화를 경유해 길을 찾을 수 있을까? 아니면 그 반대가 될까.

13

금정연

1.

인간은 영화관에 가는 동물이다.

－조르조 아감벤

2.

정상적인 관객은 자신이 욕망하기를 좋아하는 것을 보기 위해 영화관에 가는 사람이며, 자신이 이미 인생에서 싫어하는 것을 영화관으로 보러 가지 않은 사람이다.

－세르주 다네

3.

일요일의 충무로는 처음이었다. 직접 차를 운전해서 간 것도
처음……. 한때 매일같이 충무로에 가던 시절이 있었다. 충정
로에 있던 회사에서 퇴근해 7011번 버스를 타고 매일경제 본
사 앞에서 내려 영한빌딩까지 걸어가 여자친구가 일을 마치
기를 기다리던 20대 후반의 몇 년, 그리고 은평구에 있던 집
에서 3호선을 타고 6번 출구로 나와 매일경제 본사 맞은편에
있던 '동화빌딩' 4층 사무실에서 아저씨들과 머리를 맞대고
한숨과 담배연기를 번갈아 내뱉으며 시나리오를 쓰던 30대
후반의 1년. 이제는 다 지난 일이다. 그때 충무로는 내게 해질
무렵의 골목, 커피와 생맥주, 닭꼬치, 돼지껍데기, 철판스테이
크, 복지리, 통북어, 하루 종일 가시지 않는 지독한 담배 냄새,
낡은 당구장, 서지 않는 택시 같은 것이었지만 무엇보다 영화
였고(여자친구가 참여한), 그리고 영화였다(내가 연루된). 그리고
오늘, 40대가 되어 처음 가는 충무로 역시 영화가 될 예정이
었다. 나를 모르고 나도 모르는 사람들의 영화. 영화들. 얼마
나 다행인가? 내 영화가 아니라는 게…….

4.

영화란 무엇인가? 이 오래된 질문에 대한 답을 장 루이 뢰트라와 수잔 리앙드라 기그[*]는 이렇게 요약한다. 코앞에서 볼 수 있는 진정한 악마의 소굴, 왕관을 다투는 시장, 배움의 장소―말하자면 감정 교육, 많은 사람들의 오락, 일부 사람들의 직업, 어떤 사람들의 열정, 여기저기서 채취해 온 한두 시간의 소재, 별 아래서 보내는 온종일, 대낮 같은 밤, 어두운 밤으로 빨려드는 불빛, 친구와 가까운 사람들 사이의 토론, 계속되는 이야기들, 역사의 단편, 움직임-지속의 덩어리, '현실'과의 아주 특별한 관계 설정(현실을 회피하시오, 그러면 현실이 당신을 따라가고, 현실을 따라가시오, 그러면 현실은 당신에게서 도망간다!), 위험할 정도로 서로가 닮아 있는 영화 속의 얼굴과 신체들, 진부하거나 기상천외한 대상들과 풍경들, 마치 우리가 항상 살았던 듯한 느낌을 갖는 상상 속의 저택과 또 다른 화려한 저택들, 일시적인 경험, 은밀하고 격렬한 열정이나 몸짓들, 나를 끌어들이고 빨려 들게 하는 방식, 또는 단숨에 혹은 한순간에 불확실하거나 형성 중인 사고나 상상력으로부터 벗어날 수 있도록 하는 방식, 사회, 사람들이 말한 것, 타인과 나 자신과의 관계에 대한 꿋꿋한 시선…….

[*]   두 인물 모두 파리의 영화학과 교수로 《영화를 생각하다》를 함께 썼다.

5.

나는 이 목록에 두 가지를 덧붙이고 싶다. 브루스 윌리스와 니콜라스 케이지. 내게 영화는 브루스 윌리스다. 동시에 내게 영화는 니콜라스 케이지이기도 하다. 둘은 마치 동전의 양면 같다. 블록버스터와 컬트무비와 허섭스레기를 오가는 그들의 긴긴 필모그래피에서 함께 출연한 영화가 단 한 편도 없다는 사실을 떠올려보라(그나마 브루스 윌리스가 출연한 로버트 로드리게 즈의 〈플래닛 테러〉와 쿠엔틴 타란티노의 〈데쓰 프루프〉를 '동시상영'으로 묶은 〈그라인드 하우스〉 중간에 삽입된 네 편의 가짜 영화 예고편 중에서 롭 좀비가 연출한 〈나치의 늑대여인Werewolf Women of the S.S.〉에 니콜라스 케이지가 출연한 경우가 가장 근접함). 따라서 브루스 윌리스가 실어증으로 은퇴를 선언한 2022년 3월 31일은 영화가 죽은 날The Day The Movie Died이다. 적어도 반쯤은 그렇다…….

6.

충무로를 다시 찾은 건 〈마테리알Ma-Te-Ri-Al〉이 주최한 릴레이 발표대회 〈오픈 스페이스: 영화를 가르는 패스〉를 관람하기 위해서였다. 아침 10시 30분부터 오후 5시까지, 4월 16일과 17일 이틀에 걸쳐, 모두 여섯 명의 발표자가 발표를 한다고 했다.

토요일

한국 독립 영화 사운드를 대하는 태도에 대하여

– 최지영(사운드 디자이너)

언제나 밝은 방에서 여러 개의 창을 틀어놓고

– 윤원화(시각문화 연구자)

정당화하는 관점: 임흥순에 대한 불만

– 윤아랑(비평가)

일요일

비천한 영화를 위하여, 그중에서도 한국 영화

– 함연선(〈마테리알〉 편집인)

문화로서 영화: 누가 도대체 진지한 표정으로 영화 이야기를 들을까? 당신도

– 강덕구(작가, 비평공유플랫폼 〈콜리그〉 운영자)

해적질과 영화 문화

– 한민수

모두 매력적인 주제들 가운데서 특히 내 눈을 잡아끈 것은 함연선의 '비천한 영화를 위하여, 그중에서도 한국 영화'였다. 때마침 JD와 나는 봉준호, 홍상수, 이창동 같은 이름에 전적으로 기대지 않고, 관객 수로 줄을 세우지도 않으면서 21세기 첫 20년의 한국 영화를 이야기하는 방법을 고민하던

참이었다. 우리는 그 모든 영화들이 없었던 것처럼 굴고 싶지 않았고, 누구도 모르는 영화를 우리가 '발굴'한 것처럼 굴고 싶지도 않았다.

나는 행사 안내 페이지를 캡처해서 JD에게 보냈다.

"제일 좋아하는 영화가 무엇이냐"는 수학 학원 선생님의 질문에 〈화산고〉라고 대답한 학생은 망신을 당하고 맙니다. '차라리 〈스파이더맨〉이라고 말했다면 괜찮았을까……?' 수치의 순간을 끊임없이 되새김질한 사춘기 청소년은, 결국 유사-스노브로 성장하고…… 그러던 어느 날, 문득 자신의 영화 경험의 근원에는 비천한 영화들이 있다는 것을 깨닫게 됩니다.

ㅡ다음 원고를 위해 저는 여기에 가야겠어요, 그리고 어쩌면 임창정에 대해 쓸지도 모르겠네요, 쓰고 싶지 않지만요.

쏘옥, 소리와 함께 아이메시지가 전송되었다. 답장은 없었다. 아무리 기다려도 메시지를 작성 중이라는 말풍선조차 뜨지 않았다. 나도 구태여 〈오픈 스페이스〉 날짜가 원고 마감일 이후라는 말은 하지 않았다. 그러니까 어쩔 수 없이 원고 마감일을 어길 수밖에 없다는 말은…….

7.

왜 모든 영화 관련 이벤트(GV, 강연, 세미나, 기타 등등)는 내가 가기 힘든 시간만 골라서 열리는지 모르겠다. 시네필들은 가정이 없나? 아니면 가정이 없는 것처럼 가정하고 살아가거나……. 다네는 말한다. "영화 팬은? 헛되이 두 눈을 크게 껌뻑거리는 사람이지만, 이해하지 못한 것을 누구에게도 말하지 않는 사람이며, 프로다운 '영화 팬(영화를 보는 사람)'이라는 삶을 준비하는 사람이다. 이것은 자신의 약점을 감추려는 행위들이다." 뢰트라와 기그는 여기에 축제가 아직도 진행 중이라고 믿는 표정을 지으면서 최대한 아주 늦게 도착하는 것이, 틀림없이 사람들이 영화 팬이라고 부르는 것의 핵심이라고 덧붙인다. 물론 나는 영화-어쩌고가 아니며 그렇게 되고 싶은 마음도 없다. 하지만 바로 그렇기 때문에 본의 아니게 영화 팬의 핵심을 수행하긴 했는데, 짧게 이야기하면 이렇다.

내가 차를 몰고 갔다는 사실은 앞서 말했다. 〈오픈 스페이스〉를 마치고 처갓집으로 아내와 아이를 데리러 가야 했기 때문이다. 철거된 동화빌딩과 매일경제 본사 사이에 있는 노상공영주차장(주말과 공휴일에는 무료 개방)에 주차하면 되겠거니 생각했는데 빈자리가 없었고 그래서 (저렴한 금액으로) 주차할 곳을 찾아 빙글빙글 돌다 보니 시간이 흘렀다. 결국 (구)극동빌딩 (현)남산스퀘어빌딩에 차를 세우고 〈오픈 스페이스〉

가 열리는 대한극장 뒷골목의 서울지역 영화교육 허브센터에 도착했을 때는 이미 30분도 더 늦은 시간이었다. 문 앞에 선 채로 돌아갈까? 잠시 고민하기도 했지만 그냥 들어가기로 했다. 일정에 따르면 첫 번째 발표에는 두 시간이 배정되어 있었고, 그래서 나는 축제가 아직도 진행 중이라고 믿는 표정을 지으면서 발표회장으로 들어갔던 것이다. 설상가상, 빈자리가 없어 발표자를 정면으로 마주하는 맨 앞자리까지 빽빽하게 앉아 있는 사람들의 틈을 비집으며……

8.

한숨을 채 돌리기도 전에 발표가 끝나버렸다. 스탠리 카벨*은 누구나 자신이 지금 여기 있다는 것, 자신의 인생이 이 시간과 장소라는 지점에 이르게 된 것, 자신의 역사가 펼쳐져서 이 방에, 이 길에, 이곳에 이르게 된 것을 잠깐이나마 기이하게 여긴 적이 있을 것이라고 썼는데, 그때 내가 그랬다. 질의응답이 시작되었지만 계획이 완전히 어그러졌다는 생각에 좀처럼 집중할 수 없었다. 그러다 옆자리에 앉아 있는 문윤기를 보았고─나와 그는 JD를 통해 알게 된 사이였다─인사를 나누었다. 그

---

*　　1926년생 미국 철학자. 하버드대학교 미학 교수였다.

러면서 조금씩 현실 감각이 돌아오기 시작했다. 그의 옆자리에 앉은 사람이 실은 나와 '트친'인 영화 평론가이고, 그밖에도이 좁은 장소에 내가 타임라인에서 보아 왔던 사람들이 득시글하다는 사실은 나중에야 알았다.

기이함The Uncanny은 영화에서는 보통의 경험이다, 라고 스탠리 카벨은 계속해서 쓴다. 도주, 구출, 우연의 만남이나 근처에 있는 탓에 인생이 변모해버리는 것―이러한 우연과 만남은 영화의 모든 장르를 지탱해주는 것이다. 물론 현실은 영화가 아니다. 대부분의 경우 우연한 만남은 우연한 만남일 뿐인생을 바꾸지는 않는다. 그렇다고 아무 영향도 끼치지 않는건 또 아닌데, 모든 만남은 크건 작건 우리 안에 어떤 식으로든 흔적을 남기게 마련이기 때문이다. 그건 영화도 마찬가지다. 그러니 이렇게 말할 수 있을 것이다. 한 편의 '위대한' 영화가 우리의 인생을 바꾸지는 않는다. 하지만 수백 편의 '비천한 영화'는 우리의 인생을 바꾼다, 제법 높은 확률로…….

9.

카벨은 음악이나 문학과 달리 영화의 경우에는 보통의 영화를 좋아하지 않는다면 높은 레벨의 영화를 진정으로 좋아하기는 어렵다고 말한다. 전형적인 영화를 모른다면 높은 레벨의 영화도 알 수 없다는 것이다. 문제는 '보통의 영화'를 어떤 방식으로 말하느냐다. 카벨 스스로 이미 '보통의 영화'와 '높은 레벨의 영화'를 구분 짓고 있는 판에 하물며 '비천한 영화'는 또 어떻게 말할 것인가? 질의응답 시간에 이어진 것도 그런 이야기들이었다. 2000년대 초중반에 몰려 있는 비천한 영화들, 혹자는 OCN 영화라고도 부르는 그것들이 영화 경험의 근원에 있다고 해도 그것을 굳이 복원시킬―비평적 공론장으로 끌어올릴―필요가 있을까 하는 의문이 나왔고, 현재의 영화 담론이 특수한 세대적 경험을 보편으로 인준하는 시스템 속에서 작동되고 있으므로 이러한 영화들을 비평의 언어로 끌어들여 담론장에 균열을 낼 필요가 있다는 반론이 있었다. 그렇지만 정작 나를 놀라게 하고 두렵게 만든 건 따로 있었다. 00년생이어서, 02년생이어서, 90년대 후반생이어서 오늘 언급된 〈달마야 놀자〉〈신라의 달밤〉〈두사부일체〉〈조폭마누라〉 같은 영화를 한 편도 보지 못했다는 사람들의 이야기를 들으며 절로 식은땀이 흘렀다. 설마 여기서 내가 제일 나이 많은 사람인가? 다행히 그건 아니었던 것으로 밝혀졌다. 아마 나는 두 번째로 나이가 많은…….

10.

항상 열두 살짜리가 있는 법이고 그들에게 맞는 책이 역시 있는 법이다. 스탠리 카벨은 말한다. 하지만 영화는, 걸작이 아닌 다음에야, 예전 그대로 있는 것 같지는 않다. 이어지는 카벨의 목록: 찰스 로턴과 클라크 게이블의 〈전함 바운티〉〈십자군〉〈유니온 퍼시픽〉〈새벽의 성찰〉〈캡틴 블러드〉〈알제리〉〈찰리 챈〉〈폭풍의 언덕〉〈스텔라 달라스〉〈킹스 로우〉〈교수와 미녀〉, 로널드 콜먼의 〈젠다성의 포로〉〈마음의 행로〉〈잃어버린 지평선〉〈후아레즈〉〈데드 엔드〉〈모히칸족의 최후〉〈부러진 화살〉〈장군, 새벽에 죽다〉〈밀드레드 피어스〉〈오페라의 유령〉〈스트라이크 업 더 밴드〉〈비에 노래하며〉〈캣 피플〉〈환상의 여인〉〈도시의 절규〉〈안녕, 내 사랑〉〈화이트 히트〉 등 그밖에 백여 편의 다른 영화들. 카벨은 계속해서 말한다. 이 영화들과 보낸 시간은 정말 전율의 시간이나 나날이었다. 중대한 순간이었지만 아주 일순간이었다. 기억과 회상에서만 포착 가능한 시간으로 이미 지나가버린 시간이다. 지금 당신이 이 영화들을 처음 본다면 재미있게 볼 뿐 아니라 감동을 받을 수도 있다. 하지만 당신은 결코 그 당시 내가 알았던 것을 알 수는 없을 것이다.

오해하면 안 된다. 카벨은 지금 정전에 대해 이야기하는 게 아니다. 지식이나 교양으로 환원할 수 없는 개인의 영화 경험에 대해 이야기하는 것이다. 바꿔 말하면 이렇다: 〈동감〉〈번지 점프를 하다〉〈친구〉〈엽기적인 그녀〉〈킬러들의 수다〉〈공공의 적〉〈결혼은, 미친 짓이다〉〈후 아 유〉〈라이터를 켜라〉〈연애소설〉〈광복절 특사〉〈품행제로〉〈클래식〉〈동갑내기 과외하기〉〈선생 김봉두〉〈와일드 카드〉〈싱글즈〉〈오! 브라더스〉〈황산벌〉〈그녀를 믿지 마세요〉〈어린신부〉〈효자동 이발사〉〈늑대의 유혹〉〈바람의 파이터〉〈시실리 2km〉〈알포인트〉〈슈퍼스타 감사용〉〈귀신이 산다〉〈말아톤〉〈잠복근무〉〈혈의 누〉〈사랑니〉〈광식이 동생 광태〉〈태풍〉〈작업의 정석〉〈싸움의 기술〉〈흡혈형사 나도열〉〈음란서생〉〈달콤, 살벌한 연인〉〈사생결단〉〈구타유발자들〉〈천하장사 마돈나〉〈미녀는 괴로워〉〈1번가의 기적〉〈좋지 아니한가〉〈이장과 군수〉〈즐거운 인생〉〈스카우트〉 기타 등등…… 이것은 내가 왓챠피디아에 평가한 1,499편의 영화 중 2000년대 이후 한국 영화를 구작 순으로 필터링한 것 중에서 봉, 홍, 박, 이 등의 작품과, 여기에 제목을 쓴다는 생각만으로도 소름 끼치는 작품을 빼고 나열해본 것이다. 모든 영화가 내게 전율을 줬다고는 말할 수 없지만, 최소한 한두 장면이라도 재미를 느낀 부분이 있었다고 말해야겠다. 나 역시 빙크스 볼링처럼 "못 만든 영화라도 일단 빠져들면 무척 행복"한 관객이기 때문이다.

11.

다시. 문제는 이런 영화를 어떻게 말하느냐다. 카벨은 모든 시대의 열두 살에게 맞는 공통의 책들이 있는 반면, 서로 다른 시대의 열두 살에게는 그때그때의 영화들이 있다고 말하는 것처럼 보인다. 다시 말해, 걸작 리스트는 공유가 가능하지만 어쩌면 평범하거나 비천한 영화들의 리스트는 공유 불가능한 게 아닐까("지금 당신이 이 영화들을 처음 본다면 재미있게 볼 뿐 아니라 감동을 받을 수도 있다. 하지만 당신은 결코 그 당시 내가 알았던 것을 알 수는 없을 것이다")? 사진에 대한 바르트의 구분처럼, 걸작은 문화적으로 구성된 스투디움^{Studium}의 영역이지만 비천한 영화는 보는 사람의 주관에 달린 푼크툼^{Punctum} 같은 게 아닐까?

여기에는 다양한 층위가 뒤섞여 있는 것처럼 보인다. 그것들을 위해서는 또 다른 자리가 필요할 것이다. 다만 우리에게는 21세기 첫 20년의 한국 영화를 어떻게 다룰 것인가 하는 문제만이 (여전히) 남아 있다. 걸작을 나열하지도, 천만 영화 목록을 훑지도 않으면서. 다시 한번, 한국 영화에서 길을 잃은 우리는 한국 사람…….

12.

우리가 하려는 게 비평이 아니라는 사실을 분명히 해둬야겠다. 누구보다 나 자신에게. 내게 필요한 건 책이 아니라 카메라였다는 사실을 이제야 알겠다. 〈오픈 스페이스〉에서 나왔던 이야기를 곱씹으며 이런저런 생각을 해보는 것도 물론 좋지만, 그보다는 〈오픈 스페이스〉 현장을 찍는 편이 나았을 거라는 말이다. 에세이 필름을 만들어야 하니까.

늘 그랬던 것처럼 영화 그 자체가 도움이 될 것이다. 그러니까 니콜라스 케이지가. 최근 케이지는 〈참을 수 없는 무게의 미친 능력〉에서 한때 잘나가던 슈퍼스타였지만 이제는 빚더미에 올라 아무 영화나 막 찍는 '닉 케이지'를 연기했다. 그가 자신의 광팬이자 억만장자 마약왕인 페드로 파스칼의 생일 파티에 참석했다가 예기치 못한 소동에 휘말리는 이야기라는데 내가 본 건 트위터에 돌아다니는 짧은, 그러나 영감으로 넘치는 클립이다.

으리으리한 페드로 파스칼의 집. 파스칼이 소파에 앉아 있는 케이지에게 와인을 따라준다.

케이지　고마워. (…) 말 좀 그만 돌리고 대답해봐. 세 번째로 좋아하는 영화가 대체 뭐야?

숨을 깊게 들이마시는 파스칼, 결심한 듯 내뱉는다.

파스칼   〈패딩턴 2〉.

비명을 지르며 잔을 내려놓는 케이지.

케이지   뭐? 〈칼리가리 박사의 밀실〉이랑 〈패딩턴 2〉? 어떻게

그럴 수가 있어? 내 말은, 잘난 척하려는 건 아니지만

그래도—

파스칼   영화 보는 내내 울었어. 더 좋은 사람이 되고 싶게 만

드는 영화였다고.

케이지   야, X 까!

장면 바뀌면, 화면을 바라보며 코를 훌쩍이는 케이지의 모습.

케이지   〈패딩턴 2〉는 믿어지지 않을 정도로 좋은 영화야.

파스칼   내가 존나 그렇다고 했잖아 I fuckin' told you.

나는 JD에게 링크를 보내고, 기다린다. 여전히 답이 없
다. 말풍선도…….

14

정지돈

1.

금정연의 문자를 씹었다. 종종 있는 일이다. 그는 문자를 보내고 나는 씹고. 반대의 경우도 있다. 내가 멘션을 보내고 금정연이 씹고. 그렇다고 해서 우리 사이에 금이 간다거나 어색한 상황이 발생하진 않는다. 적어도 지난 금정연의 원고를 보기 전까지는 그랬다. 그는 지난 원고의 마지막을 이렇게 장식했다. "(JD는) 여전히 답이 없다. 말풍선도……." 금정연이 나의 답장을 기다렸다니. 어떻게 임창정 얘기를 꺼내고도 내 답장을 기다릴 수가 있지? 임창정이 내게 어떤 존재인지 알고 있으면서 말이다. 내가 만약 외상 후 스트레스 장애^{PTSD}를 겪고 있다면 그건 오로지 임창정 탓이다. 한국 남자가 나오는 악몽을 꾼다면 그는 임창정의 얼굴을 하고 있을 것이고 한국 남자가 노래를 부르면 그 노래는 '소주 한 잔'일 것이며 한국 남자가 시비를 건다면 그는 17 대 1로 싸운 자신의 과거를 자랑할 것이다. 달리 말하면 임창정이야말로 한국 영화의 부인된 무언가이며 아무리 외면해도 기어코 돌아오는 실재의 찌꺼기다. 우연히 홍대나 건대의 술집이나 거리(혹은 그와 유사한 모든 먹자골목)를 지나치기라도 하면 갑자기 그의 목소리가 우리를 습격하지 않는가. 나는 왜 그의 바이브레이션만 들어도 식은땀이 날까. 그러나 오해하지 말자. 이건 임창정이라는 배우이자 가수 개인에 대한 이야기가 아니다. 라캉의 저 유명한 말을 생각해보라. "성적 관계 같은 것은 없다." 다시 말하면 임창정 같은 것은 없다. 그러나 우리는 임창정에 대해서 말해야 한다.

2.

하지만 임창정에 대해 말하려면 윤제균에 대해 말해야 한다고, 나는 소전서림에서 만난 문윤기에게 말했다. 윤제균이요? 윤기 씨는 그런 이름은 생전 처음 들어본다는 듯 말했다. 〈색즉시공〉이 개봉했을 때 그는 아마 초등학생이었으니 그럴 수도 있다. 나는 윤기 씨에게 더 많은 얘기를 하고 싶었지만 이번에도 역시 트라우마가 내 입을 봉하고 성대를 틀어막았다. 게다가 임창정에 대해 말하려면 이병헌과 최민수와 류승룡과 김상진과 신재호/신동엽에 대해서도 말해야 하지 않나. 이 이름들은 무엇이며 이렇게 목록화되는 이유가 뭐냐고는 묻지 말길. 나는 그 세계가 궁금하지도 그 세계로 돌아가고 싶지도 그 세계를 언급하고 싶지도 않다. 내가 영화과에 입학한 이후 영화를 피해 20여 년을 도망 다닌 이유가 바로 그 때문이니까. 하지만 이제 더 이상 도망갈 곳이 없다. 영화가 턱밑까지 칼을 들이밀었고 마감을 알리는 메일은 벌써 일주일 전에 도착했다. 여느 때처럼 마감과 글쓰기의 고통 때문에 우는 소리를 하는 것이 아니라, 진심으로(진심) 말해야 할 때가 왔다는 의미이다.

3.

이쯤에서 직접적인 관련은 없지만 유추의 방식으로 연결될 하나의 관점을 제시하고자 한다. 장 루이 셰페르의《영화를 보러 다니는 평범한 남자》가 그것인데, 나는 이 책의 서문을 다음과 같이 편집한 후 적용할 것이다.

관객에게 영화는 무엇보다도 영화에 대한 분석이 제시하는 것과는 완전히 다른 어떤 것으로 등장한다.

이야기가 이들 '괴물들'에게 역할(의미)을 부여하기 이전에,

이야기와 관계없이, '괴물들'은 그것이 나타나는 순간에 이미 무언가 알 수 없는 의미 자체로서 관객인 나에게 도래하는 것이었다.

스크린 위에 나타난 무언가는 바로 내 속에 도래하고 그곳에 들어와 일정한 장소를 점유한다.

내가 고찰하고 싶은 것은 영화와 함께 태어나 여전히 고착되어 있는 이상한 감정—이미지를 계속 받아들이면서 여전히 남게 되는—말하자면 부식토와 같은 물질적인 감정이다. 이것이 영화와 개인의 삶의 어떤 표현되지 않는 부분 사이에 사적인 연결을 짓는 것처럼 보이기 때문이다. 이 부분은 내 삶의 가장 숨겨진 부분이며 내 삶에서 가장 굴종에 처해진 부분이기라도 하듯이, 침묵에 빠지거나 아니면 무언가를 말하려 해도 실어증에 빠지고 만다.

우리는 영화화된 행위에 대한 상상적인 참여를 통해 살게 된다. 이것이 바로 우리가 '경험'이라고 부를 수 있는 것이라 생각한다.

우리는 스크린의 형식이나 존재에 우리를 투사하는 것이 아니다. 하지만 표현할 수 없는 것들이 삶 속에서 성장한다.

영화는 현실적인 어떤 것의 현실화 혹은 전용에 관한 것이라 할 수 있다. 현실적인 것이란 잠정적으로 관객처럼 사는 어떤 것이다. 이미지와 경험적인 정동이 섞인 기억의 삶이다. 이것은 영화를 신체의 일부, 자신의 신체임에도 우리 자신에게는 보이지 않는 부분처럼 사용하는 습관에 대한 것이다.

다시 정리해보자. 장 루이 셰페르는 영화가 불러오는 시뮬레이션이 실제의 세계로부터 빌려온 것이 아니라고 말한다. 게다가 이 시뮬레이션은 그 시뮬레이션의 모상인 영화보다 선행하는 것이며 계속해서 지속된다. 이 시뮬레이션은 우리가 무의식적으로 지각하는 어떤 신체의 운명 속에서 욕망했던 것이다. 지젝은 사본의 사본인 예술이 직접적인 첫 번째 층위인 사본-물질적 현실과 경쟁하지 않고 오히려 이데아 자체와 경쟁한다고 말한다. 우리가 물질적 대상을 복사할 때 사실상 복사되는 것은 현실 그 자체가 아니라 (제3의) 이데아라고 말이다. "플라톤이 예술의 위협에 그토록 당혹스럽게 반응한 것은 놀랄 일이 아니다." 바꿔 말하면 이데아는 곧 현실이 복사될 때 나타나는 그 무엇이다. 사본(현실)의 사본(영화)의 사본인 셰페르의 시뮬레이션은 바로 이와 유사한 매커니즘을 가진다. 그것은 영화로부터 복사되어 나온 환영이지만 영화보다 선행하는 현실보다 선행하는 무언가로 구성되며 그러므로 현실은 곧 영화가 시뮬레이션될 때 일어나는 그 무엇인가의 복사물이 된다.

이러한 매커니즘은 빙크스 볼링의 경우처럼 영화의 수

준 따위는 따지지 않는다. 따지는 방법도 모르며 안다 한들 그 기준은 기이한 전-의식적인 단계에서 작동하는 일종의 괴물이다. 문제는 누구에게나 존재하는 이 괴물이 괴물이 아닌 것처럼 군다는 사실이다.

4.

그러나 비천한 영화란 무엇일까. 정연 씨를 통해, 〈마테리알〉의 〈오픈 스페이스〉를 통해 비천한 영화라는 단어를 들었을 때 너무나 적절한 작명이라는 생각을 했다. 비천한 영화는 디테일과 뉘앙스는 다르지만 유사한 형태로 언제나 우리 곁에 존재해왔다. 보통은 길티플레저라는 이름으로, 요즘 말로는 쿠소 영화, 언젠가는 시네마 지옥이라는 명명하에 우리를 울리고 웃기지 않았나. 하지만 여기에도 혼란의 여지는 있다. 에드우드와 같은 유형의 감독에 의해 만들어지는 망작 또는 괴작은 비천한 영화에 속할 수 있을까? 괴작과 망작을 한 묶음에 넣을 수 있을까? 유년의 기억을 차지하는 길티플레저 영화들은 뻔하고 전형적이지만 망작은 아니지 않나? 이를테면 정연 씨가 사랑하는 〈콘에어〉는 러닝셔츠를 입고 턱걸이를 하는 니콜라스 케이지를 상상만 해도 입 안의 콜라가 뿜어져 나오지만, 생각보다 좋은(?) 영화 아닌가. 내가 초등학교 때 가장 사랑한 영화는 〈록키 4〉였다. 〈록키 1〉도 아니고 〈록키 2〉도 아닌, 4탄. 한 영화 잡지에서 〈록키 4〉를 최악의 시리즈로, 반공 이데올로기를 선전하는 천하의 졸작으로 평가한 걸 본 이후 나는 어디서도 〈록키 4〉를 인생 영화라고 말하지 않았다.

아무튼 다시 논점으로 돌아가면 비천한 영화는 크게 세 부류로 나눌 수 있을 것이다. ① 범작 ② 망작 ③ 괴작. 하지만 진정 중요한 것은 비천한 영화들이 기거하는 시네마 지옥 속에서 이 세 구분은 중요하지 않다는 사실이다. 비천한 영화 대부분은 개인의 기억에 속하기 때문에 일반적으로 통용될 수 있는 기준이 의미를 (거의) 상실한다. 중요한 건 이 영화들을 사랑했다는 기억을 비천하게 만드는 사회와 나와 영화의 관계이다. 그러니까 다시 말하면 진짜 비천한 것은 영화가 아니다. 이들 사이의 위계와 위상이, 비천함의 지정학이 행위자들을 비천하게 만든다. 어른이 된다는 것, 나아가 시네필이 된다는 것은 이 비천함을 숨기거나 잊고 부정하는 것이다. 영화 잡지의 리스트, 선생님들의 평론, 커뮤니티의 평가들이 우리를 그러한 길로 이끈다. 물론 다른 길도 있다. 리스트를 부정하고 선생님들의 뒤통수를 치고 커뮤니티를 혁신하려는 이들은 부인된 비천함 속에서, 사회가 어둠 속으로 쫓아낸 네트워크 속에서 뭔가를 찾아내고 비천함 그 자체의 미학화를 시도한다. 그것이 우리가 지금껏 봐왔던 명명들이다. 하지만 이 작업은 극도의 섬세함과 정치적 현명함을 요구한다. 비천하되 너무 비천하지 않은 영화들로, 괴작이지만 망작은 아니고 범작이지만 윤리를 벗어나지 않고(아니면 아주 완전히 벗어났거나) 잊혔지만 스토리텔링하기 좋은 영화를 선택할 것.

5.

하지만 내게 임창정은 비천한 영화도 시네마 지옥도 쿠소 영화도 아니다. 임창정은 현실에 뿌리내린 시뮬레이션이다. 누군가는 이렇게 묻기도 했다. 왜 그렇게 임창정이 싫은 건데? 다시 말하지만 나는 임창정을 싫어하는 게 아니다. 내가 싫어하는 건…….

6.

한국영상자료원에서 진행하기로 한 〈미미와 철수의 청춘 스케치〉(1987) GV를 앞두고 금정연은 태흥영화사 이태원 사장의 회고록 링크를 보냈다. 나는 〈스포츠서울〉 창간 편집국장이자 추리소설가인 이상우의 회고록 링크를 보냈다.

이태원과 이상우는 옛날 사람들이다. 한 사람은 건달이자 영화제작자로 일세를 풍미했고 한 사람은 스포츠 신문의 귀재이자 한국의 조르주 심농으로 알려져 있지만(안 알려져 있기도 하다) 두 사람은 한 번도 일을 함께 하거나 마주치지 않았다. 최소한 회고록의 내용을 봤을 땐 그렇다. 그러나 이 두 사람은 정연 씨와 내가 함께 한 GV의 픽션 속에서 잠깐이지만 마주했다.

〈미미와 철수의 청춘 스케치〉는 6.10 민주항쟁이 있고 한 달 후쯤 개봉한 작품으로 그해 한국 영화 흥행 1위를 기록했다. 관객 수는 약 28만 명. 영화에 대해 할 얘기는 많지 않았다. 그 이유는 영화를 보면 알 것이다. 우리는 영화보다 영화를 둘러싼 이야기를 주로 했다. 청춘 영화의 계보나 당시 영화계의 상황 같은 것들. 하지만 무엇보다 우리가 말하고 싶었던 것은 과거의 영화를 보는 행위 자체의 곤혹스러움이었다. 만약 과거의 영화가 동시대의 영화를 뛰어넘는 걸작이라면 문제는 간단할 것이다. 과거의 영화가 역사의 과오를 되새기게 해주는 따위의 용도가 있는 경우도 마찬가지다.

문제는 과거의 작품이 현재의 시각에서 안이한 범작일 때 발생한다. 스탠리 카벨의 말처럼 우리는 "결코 그 당시 알았던 것을 알 수는 없을 것이다". 그렇다면 왜 과거의 작품을 보고 이야기해야 하는 걸까? 우리가 역사학자도 아닌데 말이다. 안 보면 되는 것 아니냐고 물을지도 모르겠다. 그러나 그것이야말로 오늘날 가장 불가능한 태도다. 과거는 더 이상 과거가 아니다. 아카이브와 네트워크를 경유한 너무 많은 과거

가 현재에 존재한다. 우리는 이 범속한 과거들에 어떤 식으로
건 응답할 것을 요구받는다. 뭐라고 말할까? 그건 너무 비천
하다고 무시하거나 그저 개인의 추억일 뿐이라고 뭉개고 넘
어갈 것인가. 아니면…….

7.

국문학자 권보드래는 기이할 정도로 충격적이고 다층적인
3.1 운동을 설명하는 개념으로 '직접성'과 '무매개성'을 동원
한다. 파국과 유토피아가 함께 임박해 있다는 감각은 민중들
의 시간성에 있어 직접성의 형식을 구성한다. 한편 무매개성
은 문제가 좀 더 복잡하다. 3.1 운동은 일반적으로 기미독립
선언서, 유관순 등으로 대표되어 왔다. 이러한 대표성에는 민
족이나 진보라는 관념, 사회주의, 의회정치 등등이 매개로 자
리 잡고 있다. 그러나 3.1 운동의 면면을 살펴보면 현실은 다
르게 작동했다. 교통도 통신도 미비하고 변변한 조직체도 없
는 시절에, 사람들은 각기 다른 이유로 운동에 참여하고 사건
을 일으켰다. 권보드래는 묻는다. "인민은 대표되고 재현되어
야만 하는가? 개별 그대로, 인민의 존재 그대로 사건의 동력
이 될 수는 없는가?" "매개되지 않고 대표되지 않는 세계가
가능할까."

이를 한국 영화의 입장에서 생각해보자. 특정 사조나 흥행, 감독이나 작품 등으로 매개되지 않고 대표되지 않는 한국 영화의 역사가 가능할까. 영화가 실재의 찌꺼기처럼 존재하며 현실을 구성하고 작동시키는 시뮬레이션이라면, 그것을 개별 그대로의 동력으로, 사건으로 구조화할 수는 없을까. 헤겔의 유명한 문구가 있다. "세계의 역사는 세계의 도살장이다." 프랑코 모레티는 이 표현을 가져와 〈문학의 도살장〉을 썼다. 살아남은 소수의 문학과 사라져버린 다수의 문학. 추앙받는 소수의 영화와 비천해져 버린 다수의 영화. 그러나 내가 원하는 건 양적 연구도, 형식주의도 아날학파도 아니다. 흥미롭게도 권보드래는 《3월 1일의 밤》 '나가는 글'을 다음과 같이 시작한다. "아직, 3.1 운동을 만나면 길을 잃는다."

나는 정연 씨에게 답장을 썼다.

임창정 신보가 나왔네요. 17집. 유튜브 링크 보냅니다. 노래 제목은 '트로트가 싫어요' https://youtu.be/wsH0mv3yZEc. 왠지 〈국제시장〉이 생각나네요…….

15

금정연

1.

지금 여기에서 말하고 있는 화자는 이것을 시인해야만 한다. 영화 관람이 끝나고 영화관 밖으로 나오는 순간을 그가 좋아 한다는 사실을, 이라는 말로 롤랑 바르트는 〈영화관을 나오며〉를 시작한다. 나도 그 순간을 좋아한다. 문제는 영화관을 나오기 위해서는 먼저 영화관에 들어가야 한다는 사실이다. 초콜릿이 코팅된 아이스크림콘의 꼬다리를 먹기 위해서는 먼 저 나머지 부분을 먹어야 하는 것처럼…….

　나이를 먹으며 어느 순간 군것질을 하면 곧바로 군살이 붙는다(대사량이 떨어져서)는 사실을 깨닫게 된다. 내가 아는 모 든 사람이 늙었다(만나는 사람만 만나서)는 사실도. 나는 시간으로 둥글어진 다른 이들의 얼굴에서 나의 늙음을 본다. 굴뚝을 청소하는 두 아이가 등장하는 오래된 이야기처럼, 혹은 그냥 거울처럼. 바르트는 계속해서 쓴다. "영화관 안에서는, 아무리 멀리 앉아 있더라도, 나는 스크린이라는 거울에, 나 자신을 자기애적으로 동일시하고 있는 "타자의" 상상적 세계에, 코가 납작하게 짓눌릴 정도로 바짝 들이댄다(스크린에 최대한 가까이 앉는 관객은 어린아이이거나 영화광Cinéphiles이라고들 한다)."

그러니 그날 내가 극장에서 너무 많은 늙음을 보았다고 해서 너무 놀라거나 호들갑을 떨 필요는 없을 것이다.

2.

먼저 말해두어야 할 것은, 내가 어린아이가 아닌 만큼 시네필도 아니라는 사실이다. 어린아이와 함께 살며 몇 명의 영화광을 알기는 한다. 하나, 둘, 셋, 넷 그리고…… 나는 종종 시네필이 아닌 한 인간(=나)에게 얼마나 많은 시네필-지인들이 필요할까 자문해보곤 한다. 내 대답은 늘 같다: 한 명도 너무 많다!

오해하면 안 된다. 체스터턴을 따라 말하면, 나는 그들을 이해할 수 없지만 그들을 사랑할 수는 있으며 사랑하기도 한다. 여기에 솔직한 마음을 덧붙인다면, 나는 그들을 사랑하기는 하지만 그들과 함께 영화를 보러 가고 싶지는 않다…….

그래서 우리는 극장에 갔다. 아이도 시네필도 없이. 아내와 나 둘이서. 그날은 아내의 생일이었고, 우리가 함께 극장에 갔던 건 〈극한직업〉이 마지막이었다. 주말 오후에 아이를 어머님께 맡기고 다녀온 것이었다. 힘들 때 하는 선택이 그 사람의 본모습을 보여준다는 말이 맞다면 나는 3년 만에 가는 극장에서 무슨 영화를 볼까 고민하지 않고 주저 없이 〈탑건: 매버릭〉을 고르는 사람이다. 〈헤어질 결심〉이나 〈브로커〉가 아니라…….

문득 임재철(=시네필)의 목소리가 들리는 듯하다.

"아니 한국 영화에서 길을 잃었다는데 무슨 길을 잃었냐고. 내가 보기엔 한국 영화에 들어간 적도 없는데, 안 그래?"

3.

〈극한직업〉과 〈탑건: 매버릭〉 사이 나는 극장에 모두 다섯 번 갔는데, 그중 네 번은 JD와 함께(나머지 한 번은 혼자)였다. 가장 최근은 지난 6월 〈미미와 철수의 청춘 스케치〉 GV를 진행하기 위해 영상자료원에 갔던 것이다. 장학퀴즈 우승자, 베스트셀러 작가, 천재 감독으로 불리지만 이름을 밝힐 수 없는 시네필에 따르면 "그저 딜레탕트일 뿐"인 이규형의 1987년 작품으로 서울 관객 26만 명을 동원하며 그해 한국 영화 흥행 1위를 기록한 작품이다. 참고로 같은 해 개봉한 외국 영화들의 대략적인 목록은 다음과 같다. 〈오버 더 톱〉〈록키 4〉〈코브라〉〈플래툰〉〈스타워즈: 제다이의 귀환〉〈백 투 더 퓨처〉〈프레데터〉〈죠스 3〉〈작은 신의 아이들〉〈컬러 오브 머니〉〈파리, 텍사스〉 그리고 〈탑건〉.

4.

그날 우리가 길을 잃기는 했다. 오랜만에 찾은 웨스턴돔은 기억보다 훨씬 복잡했고, 낡았다. 그리고 그건 극장도 마찬가지였다. 중간 중간 공실이 된 상가와 저녁 시간에도 텅 빈 식당들과 달리 극장에는 사람이 제법 있었지만 직원은 적었고 관리가 되지 않은 티가 곳곳에서 났다. 팬데믹을 거치면서 관객이 줄고 그에 따라 인원을 감축했지만, 관객이 다시 늘어난 이후에도 충원을 하지 않아 크고 작은 문제가 끊이지 않는다는 뉴스를 본 기억이 떠올랐다. 그래도 그렇지. 내 기억 속 극장은 대부분 새것 같은 느낌이었는데.

하지만 이내 그것이 전혀 보편적이지 않은 우리 세대의 특별한 경험일 수 있겠다는 생각이 들었다. 아내와 내가 스무 살이 될 무렵 멀티플렉스가 생겼다. 처음에는 강변으로, 다음에는 코엑스로. 우리는 각자의 친구들과 함께 새로 생긴 극장을 찾아다녔고, 그러는 동안 여기저기 지점들이 생겨나기 시작했다. 그때마다 우리는 가깝고 새로운 상영관을 찾았고, 다시 더 가깝고 새로운 상영관을 찾았다. 더 이상 가까운 곳에 새로운 상영관이 생겨나지 않을 때까지. 그러면서 시간과 함께 서서히 낡아가던 기존의 극장들은 팬데믹을 거치며 급격히 쇠락한다, 뭐 이런 이야기 아닐까?

그리고 그건 (상업) 영화 자체에 적용할 수 있는 이야기일 수 있다. 아니면 우리 시대의 (지배적인) 문화 전체에 적용할 수 있는 이야기이거나. 한마디로, 메인스트림 문화가 적절한 세대교체의 리듬을 놓친 채 동일한 인물들, 주제들, 스타일들과 함께 고인물이 되어가는 건 아닐까?

5.

결론부터 말하면 〈탑건: 매버릭〉은 좋았다. 오프닝 시퀀스에서 시험 비행단을 해체하러 온 에드 해리스 위로 톰 크루즈가 모는 전투기가 지나가는 장면부터 눈물이 날 뻔한 걸 참느라 혼났다. 다만 제목이 〈탑건: 매버릭〉이 아니라 〈탑건: 우리들의 블루스〉라면 더 좋았을 거라는 생각을 지울 수가 없다…….

"저도 후반부 공중전 장면 재밌었고, 잘 찍은 영화라고 생각하는데, 뭔가 꺼림칙한 느낌을 지울 수가 없어요."

이름을 밝힐 수 없는 또 다른 시네필이 말했다. 전편의 편집이나 데쿠파주를 거의 똑같이 따라하는 건 그렇다 치더라도, 전편에서 기성세대에 반항하는 젊은이로 등장했던 톰 크루즈가 속편에서는 늙은이Young Sixty가 되어 반항하는 새로운 젊은이와 함께 등장하지만 영원한 대위Captain로 머물며 스스로 기성세대가 되지는 않는다는 사실을, 정확히 말하면 아직도 윗세대에는 반항하면서 그렇다고 아랫세대에게 자리를 내주거나 당해주지는 않은 채 모든 것을 해결하는 잘난 주인공으로 남아 있다는 사실을 곱게 받아주기가 힘들다는 것이다. 그리고 그건 나도 마찬가지다. 하지만 내가 정말 받아들이기 힘든 사실은, 그럼에도 불구하고 여전히 눈물이 날 것 같다는 사실이다……. 그런 나를 위로하려는 듯 이름을 밝힐 수 없는 또 다른 시네필이 말했다.

"톰 크루즈가 내한했잖아요. 영상이 있는데, 중년 남성 관객이 영화를 보고 막 울어요. 그러니까 그 사람한테 톰 크루즈가 이렇게 말하더라고요. '괜찮아요! 마음껏 우세요! 이건 바로 당신을 위한 영화예요!'"

6.

이 글을 마감하지 못해 괴로워하는 내게 유운성(=시네필)은 유럽의 어느 영화 평론가의 일화를 들려주었다. 이름도 정확한 국적도 기억나지 않지만 주간지에 매주 빠짐없이 영화평을 쓰던, 그 때문인지 아닌지는 모르겠지만 단명한 평론가를 회고하며 다른 이가 쓴 글이라고 했다. 어느 날 글쓴이가 집에 가려는데 문제의 영화 평론가가 하얀 모니터를 노려보고 있더란다. 마감 날이라서 원고를 쓰고 있나 보다 생각하고 집에 갔는데, 다음 날 아침에 보니 없어서 다 쓰고 집에 갔나 보다 생각했는데 나중에 나온 잡지를 보니 그의 영화평이 있어야 할 자리에 그의 이름만 있고 본문이나 제목은 없이 하얗게 비워져 있었다고 한다. 그러니까 그는 원고를 펑크 낸 게 아니다. 하얀 백지를 원고로 제출한 것이다. 바로 그거다! 나는 생각했지만 그렇다고 표절을 할 순 없기에 이 글을 쓴다. 내가 〈탑건: 매버릭〉처럼 그 영화 평론가의 속편도 아니고…….

7.

〈탑건: 매버릭〉에서 또 재미있었던 점은 영화가 이런저런 세부를 처리하는 방식이었다. 어떤 부분에서 〈탑건: 매버릭〉은 온전한 서사라기보다는 설정집에 더 가까운 느낌이었는데, 이를테면 젊은 파일럿들을 다루는 방식이 그렇다. 영화에서는 굳이 다루지 않겠지만 이런 인물들이니 원한다면 마음껏

2차 창작을 해보라고, 하는 듯한 느낌이라고 할까. 혹은 내가 출처를 잊어버린 일화를 떠올리게 했는데, 감옥에 간 사람의 이야기다. 그를 제외한 모든 사람은 너무 오랫동안 감옥에 있었던 탓에 매일 똑같은 농담들을 주고받았고, 어느 순간 농담에 번호를 붙여서 매번 번거롭게 농담을 이야기하는 대신 번호를 부르는 것으로 갈음하게 되었다. "45번." 누군가 말하자 사람들이 웃었다. "125번." 사람들이 뒤집어졌다. 그렇게 번호들이 이어지고 깔깔 대잔치가 벌어지던 와중에 영문을 모르던 신참이 시험 삼아 말했다. "77번." 그러자 순식간에 감방이 조용해진다. 잠시 후 누군가 헛기침을 하며 말한다. "그건 적절하지 않은데. 사과하세요." 그러니까 〈탑건: 매버릭〉 또한 수많은 영화들에서 반복되어온 세부들을 번거롭게 이야기하는 대신 번호를 부르듯 간략한 설정만 제시해주고 넘어가는 느낌이 드는 것이다.

나는 이 글의 나머지를 번거롭게 일일이 쓰는 대신 몇 가지 아이디어를 질문의 형태로 제시하며 영화의 예를 따를 생각이다.

　　※ 비와 신세경이 주연한 한국의 항공 블록버스터 〈R2B〉는 세간의 평가와 달리 〈탑건〉의 아류라기보다는 〈미미와 철수의 청춘 스케치〉의 속편에 더 가깝다고 주장하는 동시에 〈R2B〉가 〈탑건〉과 〈탑건: 매버릭〉 사이의 잃어버린 고리

Missing Link 라고 주장하는 건 가능할까?

※ 〈탑건〉과 〈탑건: 매버릭〉과 〈R2B〉 중에서 비천한 영화는 무엇이고 비천하지 않은 영화는 무엇인가? 그리고 그 이유는?

※ 유명 유튜버를 비롯한 몇몇 사람들이 우크라이나전에 참전하겠다며 불법 출국을 감행한 사건이 〈탑건: 매버릭〉 같은 영화와 어떤 관계가 있는지, 혹은 〈라이언 일병 구하기〉를 두고 "아주 기술적으로 뛰어나고 그리고 스필버그의 재능이 최고도로 발휘된 그런 훌륭한 영화임에도 불구하고 이것을 정말 감동적으로 즐기기 위해서는 미국인, 미국 국적이라는 자격이 필요한 게 아닌가 하는 생각이 듭니다"라고 말한 박찬욱 감독이 〈탑건: 매버릭〉을 어떻게 평가할지 유추한다면?

※ 왜 이번 화에는 JD에 대한 언급이 거의 없는가? 그것은 지난 화의 마지막에 임창정의 신곡 〈나는 트로트가 싫어요〉의 유튜브 링크를 보낸 것에 대한 일종의 앙갚음인가?

기타 등등…….

8.

지금 여기에서 말하고 있는 화자는 이것을 시인해야만 한다. 원고를 마감하고 워드프로세서를 종료하는 순간을 그가 좋아한다는 사실을…….

16

정지돈

당신이 먹은 것이 무엇인지 말해 달라. 그러면 당신이 어떤 사람인지 말해주겠다, 라고 18세기 프랑스의 법관이자 미식가였던 장 앙텔름 브리야샤바랭은 말했다. 그러나 금정연은 SNS에 음식 사진을 올리지 않는 사람이다. 셀카도 안 올리고 남이 찍어준 자기 사진도 안 올린다. 그는 자신이 누구인지 알려주는 데 관심이 없는 걸까. 금정연이 요즘 업데이트하는 건 자기 블로그 캡쳐 사진인데, 이것도 자기 어필의 한 종류라고 할 수 있을 것이다. 그러나 이 역시 지속적이거나 유의미한 방식은 아니다(참고로 그는 오디오 전문 유튜브 채널을 개설했다가 석 달 만에 그만뒀다. 구독자는 2022년 7월 기준 40명. 가장 최근 올린 영상은 6개월 전의 것으로 진^{Gene}의 ‘I Say A Little Prayer’을 바이닐 판으로 재생한다. 조회 수는 96. 댓글은 두 개. 댓글 내용은 직접 확인

하기 바란다. 참고로 한 사람이 두 개의 댓글을 달았는데……).

솔직히 말하면 그의 SNS는 중구난방이다. 트위터에선 트위터의 법을 따르고 인스타그램에선 인스타그램의 법을 조금 따르긴 하지만, (육아 때문인지 마감 때문인지) 대체로 정신이 나가 있다고 할 수 있다. 그와 개인적으로 아는 입장에서 말하자면 그의 SNS 자아는 실제와 거의 같다. 샤토브리앙은 이렇게 썼다. "나와 같은 시대를 살아가는 현대 프랑스 작가 중에서 자신의 작품과 비슷한 인생을 사는 사람은 내가 유일하다." 바꿔 쓰면, 나와 같은 시대를 살아가는 한국 작가 중에서 자신의 SNS와 비슷한 인생을 사는 사람은 금정연이 유일하다. 다행인지 불행인지 모르겠지만.

아무튼 그런 그가 3년 만에 극장에 가서 〈탑건: 매버릭〉을 보고 〈헤어질 결심〉도 보고 트위터에 소감도 남겼다. 심지어 '한영한사' 지난 연재에는 〈탑건〉에 대한 글도 남겼다. 나는 21세기 한국 영화에 대한 연재에 웬 〈탑건〉이냐고 했지만 그는 내 말을 듣지 않았다. 〈R2B〉가 있잖아요, 〈창공〉도 있고, 라고 했던가. 〈창공〉이 뭐예요? 내가 묻자 정연 씨는 말이 안 통한다는 듯 고개를 절레절레 흔들었다. 지돈 씨. 왜 저랑 다른 세대인 척해요? 네? 류시원이랑 김원준 나온 드라마 있잖아요. 류시원이요? 지돈 씨도 알죠? 김원준이 류시원 데뷔시켜준 거? 그걸 제가 어떻게 알아요…….

정연 씨가 왜 〈탑건〉에 대해 썼을까. 비천한 영화에 대한 논의를 지속하기 위해서? 아니면 어쩌다 극장에서 〈탑건: 매버릭〉을 봤고 마감은 다가왔고 억지로 논리를 맞춰야 해서? 모든 연재가 그런 식 아닌가? 그러나 어디서도 말한 적 없지만 내가 가장 좋아하는 배우는 톰 크루즈고 정연 씨는 물론 그 사실을 안다. 지친 아저씨 류의 배우를 좋아하는 정연 씨는 예순이 되어도 지칠 기색이 없는 톰 크루즈가 이해되지 않는지 내게 종종 묻기도 했다. 지돈 씨, 지돈 씨는 톰 크루즈가 왜 좋아요?

글쎄, 왜일까. 사실 이번 글에서 이렇게 답할 생각이었다. 톰 크루즈야말로 자본주의적 추상의 현현이라고, 마크 피셔의 《자본주의 리얼리즘》에 〈히트〉에 대한 이야기가 나오죠. 마크 피셔는 말합니다. 로버트 드니로가 연기한 닐 매콜리야말로 포스트 포드주의의 화신이라고. 닐 매콜리는 "익명의 이름, 가짜 여권의 이름, 역사가 없는 이름이다. (…) 하나의 스크린, 암호, 깊이를 알 수 없는, 냉정하고 전문가적인, 완벽한 준비." 닐 매콜리에게 도덕이나 윤리, 역사는 무의미하거나 나중 문제다. 그는 단지 "내가 가장 잘하는 일을 한다".

그러니까 마이클 만이 21세기 초에 찍은 영화가 뭡니까. 바로 〈콜래트럴〉이죠. 포스트 포드주의적 가치관으로 무장한 탈역사적 회색 킬러와 낭만주의적이고 포드주의적이며 아메리칸 드림의 신봉자인 택시기사의 대결. 그 킬러가 바로 톰 크루즈죠. 떠올려보세요, 〈탑건: 매버릭〉에서 적의 존재를. 할리우드 영화 역사상 가장 추상적인 적군이 나오는 영화라고 할 수 있는 이 애국주의적 영화는 그러나 생각해보면 대체 어느 나라에 충성하는 것인지 알 수 없는데(나라가 있다면 그건 톰 크루즈국이라고 할 수 있을 것 같은데) 이건 톰 크루즈와 〈탑건: 매버릭〉의 감독인 조셉 코진스키가 함께했던 2013년 작 〈오블리비언〉에서 예고된 거나 다름없습니다. 〈오블리비언〉의 외계인은 '외계+인'도 아니고 사실상 유기체인지도 알 수 없는 존재로, 표면적으로는 인간을 복제해서 내세우는 추상적 도형(동그라미, 세모, 네모)의 형상을 한 추상 그 자체인데 이 추상적 존재에 의해 끝없이 복제되는 톰 크루즈의 적은 다름 아닌 톰 크루즈입니다. 영화를 보면 어떤 내용인지 아시겠지만 물론 정연 씨가 이 영화를 볼 리는 없겠죠. 하지만 〈엣지 오브 투모로우〉를 떠올려보세요. 여기서 톰 크루즈는 죽여도 죽여도 죽지 않는, 불사의 리셋-존재로 현현합니다. 이게 어떻게 가능한 걸까요? 영화니까 그런 거라고 생각할 수도 있지만, 정말 단지 그 이유일까요. 제 지인은 이렇게 말했습니다. 내가 아는 톱 배우 중에 내면이 없는 사람은 톰 크루즈 하나라고요. 그러므로 "하나의 스크린, 깊이를 알 수 없는"은 비유가 아니라 사실을 가리키는 말이 됩니다. 톰 크루즈가 복제 가능하고 복제될수록 (존 말코비치처럼) 거북해지는 게 아니라 매력을 더하는 이유는 그에게 내면이나 깊이, 모순 따위가 없기 때문이죠. 그는 사실상 아무것에도 충성하지 않고(이단 헌트*는 가족도 없고, 직책도 없고 상급자도, 국가도 안중에 없습니다) 자기 자신에게만 충성하고 적과의 싸움만 반복하는데, 그것은 그가 표면 그 자체이기 때문입니다. 그런 의미에서 금융화된 자본주의의 추상성을 재현하는 일은 디지털 이미지도 포스트 시네마틱한 확장 영화도 아닌 복제 톰 크루즈가 하고 있다고, 마블 영화가 자본주의의 변명으로서 자본주의를 지속시킨다면 톰 크루즈의 영화는(사실상 지금의 할리우드 영화는 이 둘로 나뉩니다) "서사를 포기한 채 충격과 스릴, 흥분이라는 감각적 경험에 모든 것을 내거는 것처럼 보인다"[1]라고 나는 정연 씨에게 답하려고 했지만 우선은 그러지 않기로 했다.

그것보다는 엔데믹 이후 다시 원래의 자리를 복귀한 것처럼 보이는 영화에 대해서, SNS에 줄을 잇고 있는 영화 인증에 대해서 묻기로 했다. 그러니까 왜 내 주변에는 〈헤어질 결심〉과 〈애프터 양〉과 하마구치 류스케을 좋아하는 사람들이 이렇게 많은 것인지, 이렇게 난리가 났는데도 왜 "헤결"은 손익분기점을 겨우 넘은 건지(한 신문 기사에 의하면 "헤결" 각본집은 7월 18일 예약 판매 시작 후 하루 만에 6천만 부 이상이 팔렸다고 한다……[2]), 왜 어떤 사람들은 〈탑건: 매버릭〉은 보고 "헤결"은 보지 않는 사람들에게 화를 내는지, 왜 〈토르: 러브 앤 썬더〉를 본 사람은 한 명도 없는지에 대해 묻기로 했다.

*   〈미션 임파서블〉의 주인공.

선호하는 작품이 다르고 같은 작품에 대해서도 평가가 다른 건 너무나 당연한 일이지만 정연 씨는 지금도 그러한 사실에 깜짝 깜짝 놀란다고 말했다. 역사의 불의를 처음 마주한 마르크스처럼 말이다. 똑같이 훌륭한 시민인데 어떻게 같은 영화에 대해서 이렇게 정반대의 말을 할 수 있는가. 문학에선 그런 일이 흔치 않다. 기본적으로 같은 문학 작품을 읽은 경우가 드물고 읽었다면 이미 그들은 합의의 공동체 또는 장에 속한 경우가 대부분이기 때문이다. 하지만 바로 이런 점 때문에 문학은 끝났고 영화는 아직 가능성이 있다고 임재철 평론가가 말했던 것 같다고 정연 씨는 말했다. 정확히는 맨날 보는 애들만 보면 뭐 하냐, 안 볼 사람도 봐야 진짜 예술이지, 라는 식이었던 것이다.

안 볼 사람이 본다는 건 무슨 뜻일까. 그리고 그것들의 인증이 이루어진다는 사실은 영화를 무엇으로 변형시키는 것일까. 영화는 브리야사바랭의 음식이 된 걸까. 며칠 전에 미팅을 진행한 어느 출판사는 사내 행사로 직원들이 다 같이 〈헤어질 결심〉을 봤다고 했다. 다른 업종의 회사도 "헤결"을 볼까? 아니면 〈범죄도시 2〉? 노동자들이 함께 보는 영화는 어떤 의미일까?

케빈 켈리는 《통제 불능》에서 생명과 유사한 특성을 갖는 복잡적응계를 비비시스템이라는 용어로 설명한다. 벌이나 개미처럼 개별적으로는 연약하지만 군집이 되면 놀라운 능력을 발휘하는 것들이 그 예다. 개별적일 때는 존재하지 않는 특성이 창발하는 것이다. 인간도 예외는 아니다. 픽사의 공동 창업자인 로렌 카펜터는 라스베이거스의 회의장에서 5천 명의 군중들과 실험을 했다. 사전 준비 없이 비디오 스크린 화면을 보며 다 같이 하나가 되어 비디오 게임 〈퐁〉을 하거나 카드섹션을 한 것이다. 이 실험의 절정은 비행기 조종 시뮬레이션이었다. 왼쪽에 앉은 사람들은 비행기의 좌우기울기Roll을 조종하고 오른쪽 사람들은 상하요동Pitch를 조종했다. 대형 스크린 위에 비행기는 떠 있고 조종사는 경험이 전무한 5천 명의 사람이다. 비행기는 분홍 산들 사이의 분홍 계곡에 있는 활주로를 향하고 있었다. 상황은 곧 급박해졌다. 회의장은 고함소리와 비명소리로 가득 찼다. 왼쪽! 왼쪽!!! 오른쪽~~!!! 오! 른! 쪽! 군집은 혼란을 일으켰고 비행기는 갈지자를 그리며 추락 직전까지 갔다. 그러나 어느 순간 5천 명의 조종사는 착륙 시도를 중단하고 고도를 높이고 기수를 돌렸다. 그들이 갑자기 어떻게 합의한 것일까? 지휘를 하는 사람은 아무도 없었다. 그러나 비행기는 약속이라도 한 것처럼 크게 선회했다. 그러더니 아무런 논의 없이 함께 날개를 기울이기 시작했다. 지평선이 어지럽게 돌아가면서, 비행기는 크고 아름답게 360도 회전을 하며 하늘을 가로질렀다.

케빈 켈리는 사람들이 자기도 모르게 철새 떼들이 하는 행동, '무리 지어 날기'를 했다고 썼다. 새들은 그들이 어떤 모양을 만드는지, 규모나 배열, 형태 등에 대한 개념이 없다. 그들은 단지 군집에 감응하면서 자신도 모르게 패턴을 만들어내고 개별일 때보다 더 놀라운 반응과 움직임을 선보이는 것이다.

그러니까 개별 영화가 새라면 시네마는 철새 떼, 개별 영화가 벌이라면 시네마는 벌집이라고 할 수 있지 않을까. 우리는 한 편의 영화를 보고 거기에 대해 말하고 반응한다고 생각하지만 사실 영화가 지금과 같이 존재하는 것은 영화가 영화들이기 때문이다. 다시 말해 영화에 대한 사유는 걸작이나 비천한 영화 개별에서 오는 것이 아니며 뛰어난 작가-감독이나 명배우에서 오는 것도 아니다. 그것은 숫자와 그것들의 연결에서 온다. 루이스 부뉴엘은 "노동자들을 좋아하고 존경하며 이들의 노하우가 부럽다"고 말하며, 안제이 바이다*의 영화에 대해 이렇게 얘기했다. "한 편의 영화에서 다른 영화로, 한 나라에서 다른 나라로 흘러가는 비밀스러운 연속성 속 무언가가 내게 감동을 준다."[3]

* 1926년생 폴란드 영화감독.

17

금정연

> | 한 | 한순간도 널 잊은 적 없었어 |
> | 영 | 영원을 믿었어 |
> | 한 | 한순간에 모든 게 변했어 |
> | 사 | 사소한 일까지 |

사이버 세상에 대한 몽상

일주일 내내 밤을 샜다. 조너선 크레리의 《24/7 잠의 종말》을 읽어야겠다고 생각했는데 집에 책이 없었다. 어차피 읽을 시간도 없었다. 언제부턴가 집에서 책들이 하나둘 사라지고 있다. 책장 구석에 다른 차원으로 이동하는 포털이 있는 건 아닌지 의심될 정도다. 처음에는 누군가에게 빌려주고 돌려받지 못한 거라고 생각했다. 아니었다. 마지막으로 다른 사람에게 책을 빌려준 게 언제였더라? 정지돈에게 프랑크 커머드의 절판된 《종말 의식과 인간적 시간》을 빌려준 건 기억나는데. 《유령과 파수꾼들》(2018) 출간 기념으로 유운성 님과 함께 북토크를 하느라 그 책을 읽어야 한다고 하지 않았나. 아닐 수도 있고. 분명한 건 아직 책을 돌려받지 못했다는 건데, 괜찮아요 지돈 씨…….

그런데 정말 그 행사는 뭐였을까? 나는 구글에 '유운성 정지돈 북토크'라고 쳐보았지만 내가 찾는 정보는 나오지 않았다. 대신, 이라고 할까? AI는 내게 '한국 영화에서 길을 잃은 한국 사람들'과 'Kmdb 정지돈'이라는 관련 검색어를 제시해주었는데, 그러고 보니 얼마 전 유운성 님을 뵈었을 때 조너선 크레리 책을 번역 중이라는 이야기를 들었던 게 떠올랐고, 세상 모든 것은 연결되어 있다, 다만 이해할 수 없는 방식으로 연결되어 있을 뿐이다, 하는 생각도 들었다. 신이 있다고 해도 아마 그것을 이해하지는 못할 것이다. 무언가 이해할 수 있는 존재가 있다면 그건 AI가 유일하지 않을까. 요 며칠 트위터에서 화제를 모았던 n행시 짓는 AI가 지은 삼행시를 보면 심증은 더 강해진다.

정	정답은 없다
지	지름길도 없다
돈	돈도 없다

허공에의 질주

내가 밤을 샌 건 김쿠만과 나일선의 소설집에 해설을 써야 했기 때문이다. 공교롭게도 두 작가의 작품 모두 영화와 밀접하게 연결되어 있었는데, 〈개들만이 안달루시아에서 산다〉라는 단편으로 시작하는 나일선의 소설집에는 아핏차퐁 위라세타쿤, 루이스 부뉴엘, 리차드 라우드, 앙리 랑글루아, 차이밍량, 장뤽 고다르, 장 마리 스트로브 같은 영화인들의 이름들이 이어진다. 네이버에 검색하면 AI가 알아서 김주만이라고 정정해주는 김쿠만이라는 이름은 실은 쿠엔틴 타란티노와 이만희에게서 한 글자씩 빌려온 것이다. 어차피 돌려주지 않을 것을 빌렸다고 할 수 있을지는 모르겠지만, 그래도 괜찮아요 지돈 씨······.

231

덕분에 나는 《축음기, 영화, 타자기》(프리드리히 키틀러), 《소리의 정치》(이화진), 《경성과 도쿄에서 영화를 본다는 것》(정충실), 《영화와 소리》와 《영화의 목소리》(미셸 시옹)처럼 영화에 관련된 책들을 읽고, 《글쓰기 사다리의 세 칸》(엘렌 식수), 《음악 인류》(대니얼 J. 레비틴), 《사탄박사의 반향실》(루이 추데-소케이), 《역사》(지그프리트 크라카우어), 《내용 없는 인간》(조르조 아감벤), 《아케이드 프로젝트》(발터 벤야민), 《미래가 사라져갈 때》(자넷 폴), 《레트로 마니아》(사이먼 레이놀즈), 《리믹솔로지에 대하여》(데이비드 건켈), 《소설의 이론》(게오르그 루카치), 《미래 이후》(프랑크 베라르디 '비포'), 《자본주의 리얼리즘》(마크 피셔), 《허구세계의 존재론》(미우라 도시히코)처럼 영화와 큰 관련은 없는 책들을 읽었지만 원고는 쓰지 못했다.

언젠가부터 비평, 평론, 해설, 뭐라고 부르건, 다른 사람들의 작품에 대해 쓰기가 점점 더 어려워졌고 그래서 내가 선택한 방법은 두 가지다. 하나. 작품에 대해 말하는 척 하면서 사실은 말하지 않기. 둘. 최후의 최후까지 마감을 미루고 있다가 더는 미룰 수 없는 순간이 닥치면 눈을 감고 후다닥 써버리기. 한기 씨는 글이 안 써지면 눈을 감고 쓴대요, 언젠가 정지돈은 내게 말했고 그것은 분명 효과가 있다. 가끔(실은 자주) 내가 무엇을 쓰는지 나조차 몰라야 글을 쓸 수 있는 때가 있는 것이다. 중력을 모르기 때문에 중력의 영향을 받지 않는 사람처럼.

나는 지금 〈루니 툰스Looney Tunes〉의 로드러너와 와일 E. 코요테의 클래식 루틴을 떠올리고 있다. 배고픈 코요테는 호시탐탐 로드러너를 노리지만 잡을 수 없다. 로드러너가 너무 빠르기 때문이다. 무슨 방법을 써도 로드러너의 발끝도 못 쫓아가던 코요테가 로드러너를 앞지르는 순간이 오는데, 그건 로드러너가 절벽 앞에서 급제동을 할 때다. 절벽이 있다는 사실을 모르는 코요테는 걸음을 늦추지 않고, 로드러너를 지나쳐 허공으로 질주Running On Empty한다. 짧은 순간이지만 그때 코요테는 의기양양하고, 자신감에 차 있으며, 공중에 떠 있다. 자신이 공중에 떠 있다는 사실을 알아채기 전까지는. 비극 주인공이 종국에 도달하는 앎은 자신의 불행을 낳은 오류에 대한 앎이었다, 라고 랑시에르는 《모던 타임스: 예술과 정치에서 시간성에 관한 시론》에서 말한다. 나는 내가 공중에 떠 있어도 절대 모를 거야. 꿈에도 모를 거야, 라고 TV를 보던 어린 나는 다짐한다. 정지돈의 말마따나 내가 "대체로 정신이 나가 있다고 할 수 있다"면 아마 내가 어린 시절의 다짐을 아직 잊지 않고 있기 때문일 것이다.

우연과 상상

❶ 어제와의 이별

김쿠만 해설의 결말이 좀처럼 떠오르지 않아 괴로워하며 트위터 타임라인을 새로고침 하고 있는데 나일선의 트윗이 보였다. 언제나처럼 영화 이미지 두세 컷과 직접 찍은 책의 구절(혹은 부감으로 찍은 커피 잔)의 이미지를 데쿠파주한 잠언풍의 트윗이었다. 첫 두 장은 검은 화면 위에 적힌 독일어 문장의 이미지였는데, 그 아래 "우리를 어제와 이별하게 만드는 것은/균열이 아니라 위치의 변화다"라는 한글 자막이 달려 있었다. 이건 어디에 나오는 거죠? 나는 나일선에게 멘션을 보냈고, 알렉산더 클루게의 〈어제와의 이별〉 시작 부분입니다, 라는 친절한 답을 받았다. 그때 나는 비로소 며칠을 끌어오던 김쿠만 해설을 마무리할 수 있었다. 마지막 단락은 이렇게 시작한다. "알렉산더 클루게의 영화 〈어제와의 이별〉(1966)은 '우리를 어제와 이별하게 만드는 것은 균열이 아니라 위치의 변화다'라는 자막으로 시작한다. 그것이 김쿠만이 이 책에 실린 단편들을 통해 하는 일이다……"

❷ 메멘토

이번 '한영한사'는 시간에 대해 써야겠다고 생각했는데, 그건 영화가 시간을 공간으로 바꾸는 픽션의 한 형식이기 때문이다. 내게는 시간이 없고, 가난한 사람이 돈을 생각하듯 내가 시간을 생각하기 때문이기도 하고. 물론 돈도 생각하고……. 그런 생각으로 트위터 타임라인을 보고 있는데, 내가 지난해 12월 4일에 '한영한사' 업데이트 소식을 알리며 "쇼미는 끝났지만 '한국 영화에서 길을 잃은 한국 사람들'은 여전히 집으로 돌아가는 길을 찾지 못한 것 같네요. 이번 화에서는 자비스 코커와 토니 블레어와 노엘 갤러거와 벤앤제리스가 혼톨로지 음악의 리듬에 맞춰 노래합니다. 그래요 뮤지컬이죠"라고 쓴 트윗을 누군가 리트윗 했다는 알림이 떴다. 뜬금없이? 이 시대를 살아가며 SNS를 하는 다른 많은 작가들처럼 혹시 내가 무슨 말실수라도 했나? 그게 지금 털린 건가? 벌벌 떨며 링크를 클릭해 '한영한사' 9화를 읽었는데 딱히 그런 것 같지는 않았다. 대신 나는 내가 이번 화에 쓰려던 모든 것을 그때 이미 써버렸다는 사실을 알게 되었다, 알고 싶지는 않았지만. '이론적으로 순수한 선행 기억상실'이라는 소제목을 붙인 단락을 나는 이렇게 쓰고 있었다.

모든 것은 시간 문제다. 요즘 나는 종종 그런 생각을 한다. 원고를 마감하는 것도 시간 문제고, 밀린 책을 쓰는 것도 시간 문제다. 시간만 충분하다면 얼마든지 할 수 있다. 우리의 영화도 마찬가지다. 돈? 물론 중요하지. 그렇지만 시간이 해결해줄 것이다. 그러니까 시간이 있기만 하다면. 시간과 관련된 가장 큰 문제는 시간이 없다는 것이다…….

시간과 관련된 문제는 또 있다. 뭘 보고 듣고 읽고 생각하건 약간의 시간만 흘러도 까맣게 잊힌다는 사실이다. 정지돈이 말하는 몇몇 고유명사들은 나도 익히 아는 것들이었다. 나는 프리드리히 키틀러의 《축음기, 영화, 타자기》를 읽었을 뿐만 아니라 역자 유현주 선생을 모시고 출간 기념 북토크를 진행하기도 했다. 하지만 그가 말하는 내용은 내개 전혀 새롭게 들렸다. 혼톨로지? 물론 알지. 사이먼 레이놀즈의 《레트로 마니아》와 마크 피셔의 《자본주의 리얼리즘》(물론 혼톨로지를 본격적으로 다루는 책은 아니지만)을 두어 번은 읽었으니까. 데리다의 《마르크스의 유령들》도 읽었다. 반쯤. 나원영과 강덕구가 번역한 마크 피셔의 글들도 읽었고, 큰 상관은 없지만 베리얼^{Burial}의 첫 두 앨범을 최근 LP로 구입하기도 했다. 그런데 어째서 이것들은 내게 매번 새롭게만 느껴지는 걸까…….

❸ 긴 복도

그렇다면 시간에 대한 이야기를 새롭게 하자, 지금껏 내가 한 번도 가져오지 않았던 레퍼런스를 가져오자, 나는 생각했고 조너선 크레리의 《24/7 수면의 종말》을 읽어야겠다고 생각했는데 집에 책이 없었다. 아무리 찾아도 책은 보이지 않았고, 책장 구석에 다른 차원으로 이동하는 포털이 있는 건 아닌지 투덜거리면서 트위터 타임라인을 보고 있는데, 국제 실험영화 페스티벌과 e-flux가 연계 온라인 상영을 해서 정여름의 〈긴 복도〉를 볼 수 있다는 트윗이 올라왔다. 나는 링크를 따라 e-flux에서 〈긴 복도〉를 플레이했고, 영화 초반부의 내레이션을 통해 내 책들이 사라지는 이유를 알 수 있었다.

좋아, 내가 모은 정보에 의하면
Fine, so according to the info I've gathered

이 지구는 다른 지구와 동기화되어 있어
This earth is synchronized with the other earth

이 지구에 있는 것이 그 지구로 옮겨가는 반면,
Everything on this planet is moved to the other earth,

그 지구에 있는 것이 이 지구로 옮겨오진 않아
But not the other way around

환상의 빛

김쿠만 해설, 나일선 해설, 한영한사, 그리고 정지돈 작가론까지…… 4중의 마감에 시달리다 정지돈에게 전화를 걸었다. 그는 내 전화를 기다리기라도 한 듯 아이디어가 떠올랐다며 이야기를 시작했다. 한국 영화 속 싸대기 액션, 혹은 액션으로서의 싸대기에 대해서. 혹시 그건 제 싸대기를 때리고 싶다는 뜻인가요? 나는 묻지 않았다. 마감에는 여러 가지 부작용이 있는데 그중 하나는 크고 작은 피해망상에 빠진다는 것이다. 그런 내 마음을 아는지 모르는지 정지돈은 이야기를 이어가기 시작했다. 싸대기는 할리우드에는 없는 한국의 고유한 액션입니다. 그것의 목적은 단순히 상대를 제압하는 게 아닙니다. 그것은 계도 나아가 계몽의 수단인 거죠. 정연 씨, 모르시겠어요? 뺨을 맞으면 눈앞에 빛이 번쩍하는 빛이 바로 계몽의 빛이라는 걸! 라이트 오브 엔라이튼먼트Light of Enlightenment! 과거에 싸대기는 부정적인 액션이었습니다. "느그 아부지 뭐 하시노?"라는 김광규의 대사, 그리고 이어지는 무자비한 싸대기를 떠올려보세요! 그때 싸대기는 권력의 부조리하고 억압적인 폭력을 상징했습니다. 하지만 어느새 그것은 참교육이라는 이름의 사이다가 되어버렸죠. 〈베테랑〉이 천만 관객을 넘은 건 황정민이 유아인의 뺨을 때리기 때문입니다. 마지막 장면에 아트박스 사장으로 나오는 마동석을 기억하세요. 황정민에게 바통을 이어받은 마동석이 싸대기 액션의 대명사가 되어 할리우드까지 진출한다는 사실을요!

—하지만 싸대기는 김치 싸대기 아닌가요?

—뭐요?

—김치 싸대기요.

—그게 뭐죠?

—김치 싸대기라고요 지돈 씨.

데이즈 오브 퓨처 패스트

그러니까 미래는 드라마다. 정서경 작가가 각본을 쓴 드라마 〈작은 아씨들〉의 티저 예고편을 보면서 그렇게 생각했던 기억이 난다. 짧은 영상을 통해 내가 파악한 바로는 가난하지만 구김살 없이 살아보려는 세 자매 앞에 어느 날 700억이 든 가방이 나타나고 가질 것인가 돌려줄 것인가 고민하는 사이 사건의 소용돌이 속으로 휘말리게 된다는 내용인 것 같았다. 이건 드라마보다는 영화에 어울리는 시놉시스 아닌가? 그렇게 생각했던 기억도 난다. 그래서 의아하다기보다는 더욱 기대가 됐다. 지난 원고에서 정지돈은 맨날 보는 애들만 보면 뭐하냐, 안 볼 사람도 봐야 진짜 예술이지, 그래서 문학은 끝났고 영화는 아직 가능성이 있다, 라는 임재철 님의 말씀을 인용했다. 내 생각은 다르다. 기나긴 팬데믹을 거치며 영화 역시 이제는 보는 사람만 보는 매체가 되어 가고 있다. N차 관람러들 아니었으면 내 인생은 공허했을 거라는 박찬욱의 말을 떠올려보라. '그' 박찬욱의 영화도 거듭 관람하는 팬들이 아니었으면 손익분기점을 넘지 못했을 것이다.

나만 해도 그렇다. 시간이 없다는 핑계로 영화는 거의 보지 않지만, 올해 본 드라마만 해도 벌써 〈스물다섯 스물하나〉(마지막 두 편은 안 봄) 〈우리들의 블루스〉 〈나의 해방일지〉 〈우린폭망했다wecrashed〉 그리고 〈이상한 변호사 우영우〉까지. 모두 더하면 영화를 최소한 40편은 볼 수 있었을 시간이다! 마담 보바리, 그것은 바로 나다, 라고 플로베르는 말했다. 그렇다면 나는 내가 바로 대중이라고 말해야겠다. 지금보다 어리고 민감하던 시절엔 나도 내 취향이 특별하다고 생각했다. 이제는 안다. 내 취향은 정확히 대중적이라는 것을, 다만 남들보다 조금 느릴 뿐. 요즘 내가 즐겨 듣는 노래는 2010년대의 히트곡들이다. 정작 그때는 그게 히트했었는지도 몰랐던…….

할 수 있는 자가 구하라(인생)

마감 때문에 마음이 소금밭인데 홍대에 갔다. 한국영화아카데미에서 진행하는 영화인 교육에 참석하기 위해서였다. 오진우 평론가의 오디오비주얼 필름 크리틱 특강. 길지 않은 특강이었지만 오디오비주얼 필름 크리틱에 대해 많은 것을 배울 수 있는 시간이었다. 특히 오디오비주얼 필름 크리틱을 직접 제작하는 사람의 경험담을 중심으로 진행되어 현실적인 이야기들을 들을 수 있던 점이 좋았다. 오디오비주얼 필름 크리틱의 위상이 너무 애매해서 만들다 보면 차라리 글을 열심히 쓰거나, 영화를 만들거나, 유튜버가 되거나 하는 게 낫지 않을까 하는 생각이 들지 않을 수 없다는 것 같은 부분이…….

한국의 오디오비주얼 필름 크리틱의 역사와 현황을 일별하는 와중에 박유정의 〈The Futures of Future 1〉, 정여름의 〈그라이아이: 주둔하는 신〉 같은 오디오비주얼 필름 크리틱 작품뿐 아니라 김병규 평론가 같은 분들이 〈씨네21〉 지면을 통해서 이미지들과 텍스트를 병치시키며 그 자체로 오디오비주얼 필름 크리틱에 대한 스크립트가 될 수 있는 작업을 한 것들을 예로 들며 우리의 '한영한사'가 지나가듯 언급되기도 했다. "그리고 정지돈 작가와 금정연 작가가 연재하고 있는 '한국 영화에서 길을 잃은 한국 사람들'이 있는데…… 거의 유일하게 오디오비주얼 필름 크리틱을 이야기하시는 분들이죠. 글쎄요, 영상화를 목표로 하고 있다는데, 뭐랄까, 영상화가 되기를 바라지만…… 이루어지기는…… (크흡) 모르겠습니다……."

오진우 평론가가 최근에 하고 있는 오디오비주얼 필름 크리틱 작업도 잠깐 소개했는데, 매일매일의 인스타그램 스토리를 모은 〈덧없는 이미지들〉(2022)도 그렇고 아이폰으로 직접 촬영한 영상만으로 만든 〈영상자료원 가는 길〉(2022)도 그렇고, 다른 영화의 장면들을 직접적인 재료로 하지 않는다는 부분이 특히 인상적이었다. 고백하자면 나 역시 이 글을 통해 비슷한 시도를 하고 있는 중이다. 엥? 어느 부분이? 라고 되물으신다면…… 한국 영화에 대한 직접적인 언급(인용)을 하지 않는다는 부분이……?

사랑할 땐 누구나 최악이 된다

지돈 씨에게,

우리가 통화한 게 화요일이던가요? 전화를 끊기 전에 제가 그랬죠. 지돈 씨 걱정마세요, 10시까지 제가 김쿠만 해설 쓰고 아침 닭이 세 번 울 때까지 한영한사 원고 써서 보내드릴게요. 그러니까 와, 좋아요, 하더니 이렇게 물었잖아요. 근데 정연 씨, 여태까지 그렇게 생각하고 실제로 그렇게 했던 적이 한 번이라도 있어요?

그때도 말했지만 있습니다. 최소한 한 번은, 어쩌면 두 번쯤, 생각을 백 번 했다면 그중에서…… 지금은 금요일 아침이고 저는 오늘도 밤을 꼬박 새고 말았네요. 그렇지만 김쿠만 원고에 이어 이렇게 한영한사 원고도 마감을 하고야 말았습니다. 제가 그랬잖아요. 저는 무척 대중적인 사람인데 단지 조금 느릴 뿐이라고. 원고도 마찬가지예요. 저는 마감을 칼같이 지키는 사람입니다. 단지 조금 느릴 뿐이죠…….

사실 오늘은 정말 오랜만에 영화를 보러 극장에 가고 싶었습니다. 아시겠지만 지돈 씨가 좋아하는, 그리고 저도 좋아하는 요아킴 트리에의 신작이 개봉하는 날이었거든요. 게다가 트위터를 보니(이번 원고에 트위터란 말이 몇 번이나 나오는지 정말 알고 싶지도 않네요) 아트나인 9관에서 8시에 영화를 관람하는 모든 관객들에게 〈사랑할 땐 누구나 최악이 된다〉 모자를 준다고 하는 게 아니겠어요? 무척이나 예쁜 초록색 모자였습니다.

하지만 저는 극장에 가지 않았어요. 그리고 이 원고를 썼죠. 결과적으로는 잘한 일이라고 생각합니다. 이제 나일선 해설과 정지돈 작가론 두 개만 남았으니까요. 하하. 가끔은 제가 뭘 그렇게 잘못했나 하는 생각이 들기도 합니다. 물론 누구도 잘못하진 않았어요. 저도 알아요. 제가 궁금한 건, 그렇다면 왜 저는 매일 이렇게 고통을 받아야 하는 걸까요? 가끔은 정말 이러다 죽겠다는 생각이 들 정도로…….

쓸데없는 말이 너무 길어졌네요. 하지만 너무 걱정 마세요. 지돈 씨 원고의 도입부는 벌써 생각해두었거든요. 《롤랑 바르트, 마지막 강의》에 붙인 나탈리 레제의 서문 한 구절을 인용하려고 합니다. 이런 부분이에요.

바르트가 죽었을 때 그의 타자기 위에는 스탕달에 대해 진행하던 연구의 원고 한 장이 끼어 있었고, 그 제목은

"인간은 항상 자기가 사랑하는 것에 대해 말하는 데 실패한다……"였다.

이만 총총.

18

정지돈

사랑과 영혼

영화감독 H와 김희천의 전시가 있는 북촌의 갤러리에 가기로 했다. 바쁜 일정에 쫓기는 중에 겨우 시간을 내고 약속을 잡았다. 김희천의 2021년 VR 작품 〈사랑과 영혼〉도 보고 신작도 본다는 생각에 H는 신이 났다. 일전에 그는 김희천의 작품을 보고 "영화는 끝났네요"라고 말했다. 물론 영화는 끝나지 않았다. 나도 그도 그 사실을 알지만 그런 생각을 하고 그런 말을 뱉는 걸 좋아한다. 소설은 끝났네요, 문학은 죽었네요, 종이책은 없어질 거예요, 민주주의는 끝났어요, 지구는 30년 내로 사라질 거예요, 탄소 배출을 줄이지 않으면. 사실 줄여도 이미 늦음. 마찬가지로 당신들이 이제부터 열심히 책을 읽고 극장에 가도 문학과 영화의 필연적인 소멸을 막을 순 없음.

그런 생각이 든다. 왜 우리는 절박하게 믿거나 행동하지도 않으면서 최후를 반복해서 이야기하는 걸까. 단지 수사라고 하기에는 최후가 너무 많고 임박한 것처럼 느껴진다. 그러나 최후의 숫자가 늘어날수록 우리는 무뎌진다. 이성복이 어느 인터뷰에선가 말한 것처럼 시가 사라진다면 사라지라지, 사라질 만하니까 사라지는 것 아닌가, 같은 생각도 들고 무력감도 들고. 때로는 영화는 죽지 않았으며 이제야 진짜로 살기 시작했다!라는 식의 객기도 든다. 그럼에도 불구하고 진지하게 최후를 믿는 사람도 있다. 베를린에서 공부하는 친구는 탄소 배출을 줄이기 위해 세포배양육에 투자하고 비행기를 타지 않는 동료 이야기를 전해줬다. 그의 고향은 텍사스 오스틴으로 대서양을 건너기 위해 뗏목을 제작하고 있단다. 내가 들은 바로 오스틴은 텍사스에서 유일하게 민주당을 지지하는 도시다. 친구의 동료가 기후 정의를 외치는 건 그 때문일까.

동기는 다르지만 네덜란드의 미술가 바스 얀 아더르가 떠오른다. 그는 "Ocean wave"라는 13피트짜리 범선을 타고 대서양을 횡단하던 중 길을 잃었다. 삼부작 퍼포먼스의 두 번째 작업이었고 제목은 "In search of the miraculous". 20세기 초반 러시아의 철학자 페테르 우스펜스키의 《기적을 찾아서: 알려지지 않은 가르침들의 파편In search of the miraculous》이라는 책에서 가져온 제목으로, 이 책에서 우스펜스키는 유물론적

오컬트를 창시한 신비주의 사상가 구르지예프의 교리를 해설한다. 구르지예프는 예수가 최후의 만찬에서 제자들과 함께 인육을 먹었다고 주장했던 사람이다. 그것이 사후에 도달한 우주와 현생의 우리를 연결하는 방법이라고 믿었기 때문이란다. 한 아마존 독자는 다음과 같은 리뷰를 남겼다. "이 책을 이해하는 것은 어렵다. 그러나…… 사랑해."

바스 얀 아더르의 범선은 1976년 4월 18일 아일랜드 해안에서 발견됐다. 포르투갈의 아조레스 제도에서 그를 봤다는 제보가 있었지만 확인된 바 없으며 시체는 발견되지 않았다. 그는 비극적인 최후로 미술계의 전설이 되었지만 이는 여러 측면에서 역설적인 일이다. 작품의 제목처럼 기적이 있었다면 최후는 없었을 테니 말이다. 우리에게도 기적이 일어날까? 지구의 온도가 상승해도 죽지 않고 살아남을 수 있을까?

H와 전시를 보기로 한 날은 일요일이었고 우리는 3시에 만나기로 했다. 그러나 공교롭게도 갤러리는 휴관이었다. 나는 당일 점심에 지도 앱을 검색하다 그 사실을 알았다. H가 물었다. 휴무일 확인 안 했어요?(참고로 일정은 내가 잡았다) 내가 대답했다. 이상하네요. 제가 확인했을 때까지만 해도 월요일이 휴무였는데.

—언제 확인했는데요?

—이틀 전에요.

H가 보통 사람이었다면 이쯤에서 화를 내거나 내게 깊

은 실망을 했을 것이다. 휴무일을 체크 안 했다고 솔직히 말하면 될 것을 뻔한 거짓말을 하다니.

그러나 H는 된 사람이었고 타인이 하는 말을 있는 그대로 받아들이는 드문 능력이 있는 사람이었다.

―정말 이상한 일이네요.

―그렇죠?

―제가 미술관에 전화해서 물어볼까요? 왜 갑자기 휴무일을 바꿨는지?

H가 말했다.

나는 고개를 저었다. H는 된 사람이지만 가끔 내버려둬야 할 문제를 파고드는 경향이 있다. 반면 나는 모든 문제를 그냥 두는 편이다. 내가 일으킨 문제라면 더욱…….

우리는 전시를 보는 대신 카페에 가기로 했다. 마침 나는 소설가 W와 점심을 먹었고 그에게 H를 만날 생각이 없냐고 물었다. W는 흔쾌히 알겠다고 했다. 참고로 그는 영화인보다 영화를 더 보는 사람이다. W가 내게 말했다.

―고다르 살아있다는 소식 들었어요?

―네?

―죽은 걸로 위장하고 잠적한 거래요.

―왜요?

―안락사 문제를 이슈화하려고요.

―헐. 미친.

그러나 말을 마친 W는 은은한 미소를 짓고 있었다. 나는 그제야 속았다는 사실을 깨달았다.

H가 세계를 있는 그대로 받아들이는 능력이 있는 사람이라면 W는 세계를 역설로 만드는 사람이다. 그냥 거짓말을 잘하는 사람이라고 해도 되지만, 그렇다고 하기에 W의 픽션적 재능은 훨씬 복합적이다. 그의 거짓말은 특정 이익이나 목적에 부합하지 않는다. 그는 단지 상황을 복잡하게 만들기 위해 거짓말을 한다. 세계를 곤경에 빠뜨리는 것이다.

편의상 H의 방식을 세계-자체World-In-Itself라고 부르고 W의 방식을 세계-역설World-In-Paradox이라고 부르자. 반면 나는 세계를 있는 그대로 받아들이지도 못하고, 역설로 만들지도 못하는 종류의 사람으로 전형적인 해석만 하는 사람이다. 이것을 세계-바보World-Idiot라고 부르자.

갑자기 뭔 세계 타령인가 하는 생각이 들지도 모르겠다. 이는 미국의 철학자 유진 새커가 《이 행성의 먼지 속에서》라는 책에서 도입한 틀을 가지고 온 것이다. 유진 새커는 철학이 더 이상 사유할 수 없는 가능성의 지평에 부딪히는 순간을 말하기 위해 이와 같은 틀을 도입한다. 그에 따르면 우리가 사는 세계는 우리에-대한-세계World-For-Us이다. 이는 인간에 의해 해석되고 의미부여된 세계다. 그러나 실재 세계는 인간의 시도에 맞서 종종 반격하고 저항한다. 이해의 수준을 넘어서는 실재의 균열. 이런 세계를 세계-자체라고 부른다. 이때 세계-자체는 가능성의 지평을 구성한다. 가능성의 지평은 사유의 한계 지점, 우리가 사유할 수 있는 마지막 단계다. 그러나 유진 새커는 여기서 한 발 더 나가길 제안한다. 그것은 바로 우리-없는-세계World-Without-Us로 이 세계는 세계로부터 인간을 뺀 것이다. 한계 이후, 우리의 사유와 해석, 의미 너머의 세계. 그런데 우리가 이것을 사유할 수 있을까? 그것 자체가 역설 아닌가.

내가 갑자기 유진 새커의 구분을 도입한 이유는, H와 W, 내가 그날 카페에서 한국 영화와 한국 영화의 종말, 그리고 그 이후에 대해 이야기했기 때문이다. 한국 영화-없는-영화Cinema-Without-K-Movie 또는 영화-없는-한국 영화K-Movie-Without-Cinema. 한국 영화는 세계처럼 우리에 의해 해석되고 의미부여되지만 종종 예상을 뛰어넘어 우리를 습격한다. 하지만 한국 영화의 습격이 "영화" 또는 "한국" 둘 중 하나를 없애는 지경에 이르렀다면 어떨까? 2022년 여름 한국 영화 시장에서 그런 일이 일어났다면?

우리는 서교동의 카페 테라스에 앉아 있었다. W와 H는 초면이었지만 어색하지 않았다. 두 사람 사이엔 영화라는 공통점이 있었으므로 대화는 막힘없이 이어졌다. 〈비상선언〉 봤어요? 아니요. 〈외계+인〉 봤어요? 아니요. 〈헤어질 결심〉 봤어요? 네. 두 시간짜리 CF 같더라고요. 저는 좋았는데……. 〈헌트〉 봤어요? 저는 이번 여름 시장에서 〈헌트〉가 제일 잘한 것 같았어요. 저도 봤어요. 〈무한도전〉 같더라고요. 황정민이 나왔죠? 아닌가, 그건 〈수리남〉인가. 〈수리남〉에는 조우진이 나오지 않아요? 조우진은 〈외계+인〉에 나오죠. 아…… 〈수리남〉 감독이 이정재인가요? 이정재는 〈헌트〉 감독. 아. 〈헌트〉에 조우진이 나오죠? 그랬나? 그런 것 같기도 하고…….

북스토어 리 마빈

나는 정연 씨에게 메일을 보냈다.

우리의 연재는 마지막을 향해 브레이크 없이 질주하고 있습니다만 대단원의 막은 대단히 희박한 상황에서, 공교롭게도 한국 영화가 먼저 종말을 맞이한다면? 그러나 이것은 산업으로서의 한국 영화가 사라지는 것을 의미하지 않습니다. 한국 영화는 계속 존재할 것이고 사람들은 영화를 제작하고 극장에 갈 것입니다. 제가 말하는 건 특정 시네마 체제라고 말할 무언가로, 2000년대 초반 즈음 시작되어 2022년에 끝난 무언가를 뜻합니다. 노무현에서 시작되어 문재인에서 끝났달까요. 이게 뭘까요, 정연 씨. 시네마 자체를 응시하는 영화감독 H는 이런 사변에는 큰 관심이 없습니다. 시네마의 역설을 가지고 노는 W는 이제 영화를 만들어도 되겠다는 신호로 해석합니다. 며칠 전 정연 씨와 임재철, 이여로 씨를 만난 저녁에 임재철이 한 얘기가 생각납니다. 〈리버티 밸런스를 쏜 사나이〉의 한 장면이었죠. 젊은 변호사 제임스 스튜어트는 새롭게 부임된 마을에 도착하자마자 갱단에 걸려 구타를 당합니다. 제임스 스튜어트는 갱단의 두목인 리 마빈에게 말하죠.

　　—당신 같은 사람은 대체 어떤 종류의 인간이요?What kind men of are you?

　　리 마빈은 설명 대신 손에 들고 있던 채찍으로 제임스 스튜어트를 내려칩니다.

　　—이런 놈이다, 이 새끼야!This Kind!

　　임재철이 이 장면을 묘사했을 때 정연 씨가 행복해하던 모습을 잊을 수 없습니다. 물론 저도 정연 씨만큼 박장대소했습니다. 미래의 어느 날 임재철 평론가가 운영하는 서점이 떠올라서였을까요?

　　어느 순수한 시네필이 서점에 찾아옵니다. 그는 책을 하나 꺼내들고 서점 주인에게 묻겠죠.

　　—이 책은 어떤 종류의 책인가요?

　　서점 주인은 책을 받아들고 한숨을 쉬더니 책으로 시네필의 머리를 내려칩니다.

　　—이런 책이다, 이 새끼야!

　　하지만 실제 영화의 장면은 이와는 조금 다릅니다. 영화에서 리 마빈은 채찍이 아니라 손등으로 제임스 스튜어트 싸대기를 때립니다. 하지만 진짜 중요한 일은 다음에 일어나죠. 바닥에 쓰러진 제임스 스튜어트에게 리 마빈이 묻습니다. 그러는 너는 어떤 종류의 인간이냐? 제임스 스튜어트는 말합니다. 나는 정식으로 허가받은 변호사요. 당신이 총으로 나를 위협한다면 나는 법으로 당신을 감방에 집어넣겠소! 결과적으로 제임스 스튜어트는 이 말 덕분에 죽기 직전까지 얻어맞습니다. 리 마빈은 채찍으로 후려치면서 말합니다. 법? 하! 내가 진짜 법을 알려주마.

리 마빈은 사회의 법 따위는 안중에도 없는 인물입니다. 유진 새커가 말한 우리-없는-세계의 핵심은 무관심이죠. 인간에 대한 전적인 무관심. 저는 그런 생각이 듭니다. 어쩌면 영화는 또는 한국 영화는 우리가 말하고 생각하는 시네마 따위는 안중에도 없는 것 아닐까. 시네마의 종말이니 인류의 멸종이니 하는 건 우리에게나 심각한 문제인 것이지요.

금정연

짧은 여행의 기록 1

1-1. 파주행

성공한 사람 곁에는 성공한 사람이나 성공하고 싶은 사람이 모인다. 실패한 사람 곁에는 실패한 사람이나 실패하고 싶은 사람이 모인다. 그리고 외톨이 곁에는 외톨이만 모인다. 구분 하자면 나는 외톨이에 가깝다, 라는 말로 오한기는《바게트 소년병》을 시작한다. 그건 나도 마찬가지다. 굳이 따지자면 말이지만.

나는 지금 파주로 향하고 있다. 자유로를 타고, 〈피치포 크〉 선정 90년대 최고의 노래 250곡 플레이리스트를 들으

좌: T맵, 우: 〈GTA 5〉 지도

며, 늘 그런 것처럼 내가 가야 하는 장소가 파주가 아니라 블레인 카운티라는 가벼운 착각 속에서…….

하지만 그곳에는 샌디해안이 없고, 칠리아드산이 없다. 보기만 해도 팔이 아픈 것 같은 할리 데이비슨을 모는 폭주족들이 모여 사는 트레일러 촌도, 깊은 산속의 컬트 본부도, 마약을 제조하는 버려진 슈퍼마켓이나 최신형 기관 단총을 등에 매고 자전거를 타는 시골 힙스터들도, 모래 바람 부는 누런 황야도, 회전초도, 야생 늑대도 없다(다시 생각해보니 어쩌면 마지막 세 개 정도는 있을지도 모르겠다는 생각이 든다. 몇 개쯤 더 있을 수도 있고……). 지금 나는 수상할 정도로 서로 닮은 남자들이 운영하는 집단 농장을 불태우러 가고 있지 않다. 오한기를 만나러 간다. 그러니까 외톨이가 외톨이에게, 그런데 이제 자동소총 대신 바게트빵을 곁들인…….

1-2. 메타포

외톨이와 외톨이가 모이면 그들은 여전히 외톨이일까요 외톨이가 아닐까요, 만약 아니라면 그들을 무엇이라고 불러야 할까요, 외톨이야+외톨이야=Daridaridara du? 내가 묻자 오한기가 말했다. 정연 씨, 좋아 보이시네요.

우리는 출판단지에 있는 한 커피숍에서 만났다. 인쇄에 쓰이는 기계들이 전시된 박물관 같은 곳이었다. 그곳에서 우리는 시간, 영원함, 이 세상과 그다음 세상, 책, 출판업자, 가능한 문제, 불가능한 문제를 두고 날이 어둑해지도록 이야기하지는 않았다. 비슷한 이야기를 하기는 했다. 소설이라는 것에 대해서. 영화라는 것에 대해서. 세상이라는 것에 대해서. 그러니까 사실이 아닌 문장은 단 한 줄도 쓰지 못하는 나의 무능과 아직도 오한기의 소설을 영화화 하지 않은 세상의 무능에 대해서…….

—문득 그런 이야기가 생각나네요.

오한기가 말했다.

—〈파주〉에서 서우가 이선균한테 이렇게 묻잖아요. 이

런 일 왜 하세요? 이 일이 형부한테 무슨 보람이 되죠? 그러자 이선균은 얼빠진 표정으로 담배를 한 모금 피우더니 이렇게 말합니다. 글쎄, 처음엔 멋져 보여서 한 거 같고, 그 다음엔 내가 갚을 게 많은 사람이라는 생각이 들어서였던 거 같은데, 지금은 잘 모르겠네, 그냥 늘 할 일이 생기는 것 같아, 끝이 안 나, 라고요.

나는 물었다.

—도대체 그런 대사는 어떻게 외우고 있는 거예요? 언제 봤는데요?

그런 나를 오한기는 이해할 수 없다는 표정으로 쳐다보더니 대꾸했다.

—안 봤는데요. 정연 씨, 이건 그냥 메타포예요.

1-3. 총 맞은 것처럼

아직 시간이 있었다. 우리는 문학동네 편집자분들과 함께 저녁을 먹으러 갔다. 천변을 따라 천천히 걷다가 헤르만하우스 옆길로 들어섰다. 심학산 입구 쪽으로 올라가는데, 식당이며 커피숍들이 보였다. 어쩐지 MT라도 온 듯한 기분이었다.

식당에서 이런저런 이야기를 나누며 음식이 나오기를 기다리는데, 이게 오늘의 첫 끼니라는 사실이 떠오르며 미친

듯이 배가 고파졌다. 얼마나 배가 고픈지 당장 먹을 걸 준다면 춤이라도 출 수 있을 것 같았다. 딴딴딴 따단 따단, 딴딴딴 따단 따단, 리듬에 맞춰서, 배고픈 사람의 춤을, 밤이 깊도록.

춤을 추지 않아도 음식은 나왔고 날은 저물었다. 파스타와 피자를 먹고 카페에 갔다. 멀리 한강이 내려다보이는 카페였다. 창가에 앉아 노을을 바라보며 나도 저 노을처럼 사라지고 싶다, 그렇게 사라져서 푹 자고 싶다는 생각을 했다. 어제는 원고를 쓰느라 꼬박 밤을 샜다. 이제 인스타 라이브 끝내고 집으로 돌아가면 내일은 하루 종일 바쁘게 움직여야 한다. 모레는 광주에도 가야 하는데.

한두 번 해본 것도 아니지만 촬영을 시작하면 늘 긴장하게 된다. 지금도 그렇다. 담당자의 시작 신호를 못 알아듣고 몇 분 동안 멀뚱하게 카메라와 아이패드 화면을 번갈아가며 쳐다보고만 있었다.

―작가로서 본인의 10년을 되돌아본다면, 어떠세요?

출판사 분들이 쿠팡에서 주문했다는 고소한 빵 냄새가 나는 모형 바게트를 앞에 두고 내가 물었다.

―저는 작가로서의 인생을 되돌아보면, 이건 진짜 어려운 질문 같은데, 질문을 들으면서 딱 하나의 이미지가 떠올랐어요. 제가 회사에 다닐 때인데, 《의인법》을 냈는데 어느 출판사에서 연락이 왔어요. 제 《의인법》에 대한 이야기가 문예

지에 실렸다, 문예지를 보내주겠다, 그래서 저는 어? 문예지
를 보내줄 정도면 되게 좋은 이야기가 실렸겠구나. 그래서 기
다렸죠. 마침내 와서 퇴근길에 지하철에서 읽었는데 진짜 제
소설에 대한 완전한 악평. 두 분이 대담을 하셨는데 서로 주
고받으시면서 제 기억에는 되게 안 좋은 말들, 비판을 하셨어
요. 그래서 그때 신체적으로 정신적으로 거의 총 맞은 기분?
그 기억이 자꾸 났어요. 이 질문을 들으면서. 그게 제 작가 인
생입니다.

그 말을 들으며 나는 슬펐다. 라이브가 끝났다. 밤의 자
유로를 달려 오한기를 합정에 내려준 다음 나는 아무도 없는
골목길에 차를 세웠다. 그리고《바게트 소년병》을 펼쳐 가로

좌: 오한기, 우: 금정연

등 불빛에 의지해 마지막 작가의 말을 읽었다. 오한기는 이렇게 썼다. 희망을 버렸지만 나는 여전히 소설을 쓰고 있고, 비공식적으로는 전 세계 100등 안에 든다고 확신한다. 착각일까. 언제나처럼, 아마도 그렇겠지? 데뷔할 때 '나의 마지막 장편소설'이라는 제목의 수상 소감을 썼던 게 기억난다. 수상 소감 속에서 나는 볼링장에서 일하는 포르노 작가였고, 시상식장에서 한 원로 작가에게 수상 소감이 허구여서는 안 된다고 꾸지람을 들었다. 왜 안 될까. 글쎄. 도무지 모르겠네.

2-1. 뉴욕에 간 사나이

오늘의 일정. 일산 집에서 은평 작업실에 간다, 다시 일산으로 돌아와 나윤이와 장모님을 태우고 안산에 간다, 안산에 차를 놓고 대중교통을 이용해 대학로로 간다, 대학로에서 일산으로는…… 모르겠다. 솔직히 말하면 대학로까지 갈 수 있을지도 모르겠고…….

　　나윤이 데리고 소아과 다녀와서 작업실로 운전해서 가는데 정지돈에게 전화가 왔다. 오늘이 그날이라 이것저것 이야기도 할 겸 미안하고 고마워서 전화했다고 했다. 나는 그게 무슨 말이냐고, 됐고 뉴욕은 어떻냐고 물었다. 그러자 정지돈이 대답했다. 여러분이 없는 뉴욕은 아무 의미도 없다고, 하루라도 빨리 돌아가고 싶은 마음뿐이라고, 여기 사람들은 진짜 말이 안 통한다고, 물론 그건 거의 전적으로 제 잘못이겠지만 너무 안 통해…….

—근데 지돈 씨 지금 뒤로 들리는 이게 뉴욕의 소음인가요?

한층 밝아진 목소리로 정지돈이 대답했다.

—그렇죠, 들리나요? 뉴욕의 소리가. 근데 지금 길거리는 아니고 카페에 있는데 여기가 무슨 카페냐면 밥 딜런이 단골인 완전 유서 깊은 카페로 여기에 또 누가 단골인 줄 알아요? (이하 생략) (이하 생략) (이하 생략)……

나는 지금까지 뉴욕에 한 번도 가본 적이 없다. 앞으로도 가게 될 것 같지는 않다. 다만 이런저런 영화를 통해 보았고, 음악을 통해 들었으며, 책을 통해 읽었다. 그래서 종종(실은 자주) 뉴욕이 어릴 때 떠나온 옛 고향처럼 느껴질 때가 있다. 가끔 작업실에서 늦게까지 일하고 돌아오는 날이면 우탱클랜의 앨범 〈Enter the Wu-Tang (36 Chambers)〉을 들으며 살인적인 주거비용 때문에 직주근접을 이루지 못하고 밤의 고속도로를 달려 뉴욕의 직장에서 집으로 돌아가는 뉴저지 사람 같은 기분을 느끼기도 하고…….

2-2. In Between Days

안산에 도착하니 3시 15분이었다. 금요일이라서 그런가? 낮인데도 차가 제법 막혔다. 대학로까지는 딱 두 시간이 걸린다고 나왔다. 아슬아슬했다. 77번 버스 타고 초지역에 갔다. 4호선을 타고 지상 구간을 지나는 건 정말 오랜만이었다. 창밖으로 흘러가는 도시들, 이미지들. 한참을 멍하게 앉아 음악도 듣지 않고 그것을 바라보았다. 문득 〈나의 해방일지〉 구씨 생각이 났다. 어디서 뭘 하고 사는지, 건강은 좀 어떤지, 염미정이랑은 잘 만나고 있는지…….

언젠가 정지돈은 여행이 좋지만 공항에 가고, 비행기를 타고, 환승을 하고, 기다리는 시간이 싫어서 여행까지 싫어질 때가 많다고 했다. 내 생각은 다르다. 아침부터 적지 않은 시간을 길 위에서 보냈지만 조금 피곤하기는 해도 나는 그게 전혀 싫지 않다. 정확히 그 반대다. 토마스 베른하르트가 말한 것처럼, 진실은 이렇다. 나는 그냥 자동차에 앉은 채로 한 장소를 떠나 다른 장소로 이동하는데, 행복한 순간은 오직 자동차에 앉아 있을 때뿐이다. 나는 차를 타고 이동할 때만 행복하고, 도착하는 순간 세상에서 가장 불행한 인간이 된다. 어디에 도착하든지 상관없이, 도착하는 순간 나는 불행하다. 나는 세상의 그 어떤 장소에서도 견디지 못하고, 오직 떠나온 장소와 도달할 장소 사이에 있을 때만이 행복한 인간에 속한다.

솔직히 말하면 지금이라도 지하철을 갈아타고 집으로 돌아가 〈GTA 4〉나 하고 싶은 마음이 굴뚝같다. 정확히 말하면 무언가를 하기보다는 그냥 택시 뒷좌석에 앉아 창밖으로 흘러가는 리버티시티의 풍경을 멍하니 바라보고 싶을 뿐이다. 반복하고 또 반복해서…….

2-3. 치질에 대해서

❶

〈스위밍 풀〉에서 샬럿 램플링이 했던 말 기억해요? 편집장이 20년 전에 자기를 세뇌시켰던 말이라면서 이렇게 말하잖아요. 상은 치질 같은 거라고, 모든 작가들이 언젠가는 받게 된다고요. 지돈 씨, 네 번째 치질을 축하합니다.

혹시 우리가 처음 만난 날 기억해요? 서울국제도서전에서였잖아요. 지돈 씨는 출판사 부스에서 일을 하고 있었고, 저는 다른 친구와 같이 도서전을 구경하고 있었죠. 그 친구는 지돈 씨랑 아는 사이였고요. 아, 네, 하면서 눈을 동그랗게 뜨고 안녕하세요, 인사하던 지돈 씨 모습이 지금도 생생하네요. '이 새낀 또 뭐야?' 같은 눈빛이었는데. 그날 별다른 이야기를 나누거나 하지는 않았어요. 꾸벅, 고개를 숙이고 다시 각자의 일로 돌아갔죠. 그때까지만 해도 이렇게 될 줄은 전혀 몰랐어요. 그러니까…… 모든 것이요.

제가 지돈 씨를 두 번째로 본 건 문지 신인상 시상식 자리였습니다. 예의 친구가 지돈 씨에게 초대를 받았다며 저를 불렀는데, 시상식장에 조금 늦게 도착해서 인사는 하지 못했어요. 그때 저는 화정동에 있던 영화 창작공간 시나리오작가존에 입주해서 작업을 하고 있었는데, 마침 그날이 자리를 빼야 하는 날이었거든요. 그래서 가방 가득 책을 바리바리 싸들고 와서 지돈 씨가 상을 받는 모습을 보고, 시상식이 끝나기 전에 친구와 둘이 그곳을 빠져나왔죠.

그날 지돈 씨가 수상 소감을 말하던 모습이 지금도 생생하네요. 멋진 재킷을 입고 단상에 올라 이렇게 말했죠. 준비해온 소감이 있어서 그걸 읽도록 하겠습니다. 그러고는 멋진 재킷의 안주머니에서 주섬주섬 종이를 꺼내 읽기 시작했습니다. 조금 떨리는 목소리로(물론 지돈 씨는 본인의 목소리는 원래 떨린다고 말하겠지만요), 아주 긴 수상 소감을.

저는 지금 지돈 씨가 제게 선물한 재킷을 입고 있습니다. 안주머니에는 지돈 씨가 쓴 수상 소감도 들어 있고요. A4 용지 여섯 장이면 짧다고는 할 수 없겠네요. 오늘은 지돈 씨의 대리 수상을 하는 자리인만큼, 제 기억 속에 남아 있는 정지돈의 시상식을 최대한 재현하는 것이 오늘 저의 목표입니다. 잘할 수 있을까요? 굳이 잘할 필요는 없겠지만요. 벌써 다음 역이 혜화네요. 이제 내릴 준비를 해야겠어요. 곧 다시 연락할게요. 안녕!

❷

《비트겐슈타인의 조카》에서 베른하르트가 했던 말 기억해요? 시상식이란, 상이 주는 돈만 아니라면 이 세상에서 가장 견디기 힘든 고역이다. 그리고 이렇게 덧붙이죠. 이런 시청과 강당 안에서 남들이 내게 똥물을 뿌리도록 놓아두었다. 상이란 한 사람에게 똥물을 뿌리는 행위 이상은 아무것도 아니기 때문이다. 상을 받는다는 것은 남들이 내 머리 위에 똥물을 뿌리도록 허용한다는 뜻이다. 그렇게 하면 상금이 지불되니까. 지돈 씨, 오늘 저는 거기에 있었습니다. 위트앤시니컬 2층이었어요. 그 안에서 남들이 내게 똥물을 뿌리도록 놓아두었죠. 심지어 상금도 없이…… 지돈 씨, 어떻게 제게 이럴 수 있죠? 맹세컨대 시상식이 이런 건 줄 알았다면 저는 아무리 지돈 씨의 부탁이라도 결코 대신하지 않았을 것입니다. 정말이지 여태까지 살면서 이렇게…… 【더 보기】

정지돈

금정연

짧은 여행의 기록 2

3-1. 내 나이 42세, 이젠 오직……

위트앤시니컬이 있는 대학로는 내게 추억의 장소다. 1990년
대 후반, 나우누리를 통해 알게 된 사람들을 만나던 곳이 바
로 그곳이었다. 아니면 신촌이거나. 그래서 매일 밤 채팅을 통
해 우정을 쌓아가던 라이터37(나희도)과 인절미(고유림)가 마
로니에공원에서 만나기로 약속하는 장면이 내게는 반갑고도
무척 자연스럽게 느껴졌다. 어쩌면 그때 그곳에서 그들을 스
쳐 지나갔을지도 모르겠다는 생각이 들 정도다. 마음 울적한
날에 거리를 걸어 보다가, 혹은 향기로운 칵테일에 취해도 보

다가…… 모두 동년배니 꼭 그곳이 아니더라도 어디선가 한 번쯤 마주쳤을 수도 있지 않을까? 그나저나 이제 우리도 슬슬 관리해야 하는 나이인데 다들 건강은 괜찮은지…….

하지만 감상에 젖어 있을 시간은 없다. 오늘 내가 이곳에 온 이유는 '번개'나 '추억여행' 같은 걸 위해서가 아니다. 상을 (대신) 받기 위해서다.

처음 대리 수상을 부탁받았을 때는 대수롭지 않게 생각했다. 그냥 3단계면 끝나는 일 아닌가? 그러니까 코끼리를 냉장고에 넣기 위해서는 냉장고 문을 열고, 코끼리를 넣고, 냉장고 문을 닫으면 되는 것처럼.

(1) 시상식장에 간다.

(2) 상을 받는다.

(3) 집으로 돌아온다.

물론 3단계면 끝나는 일이 맞긴 하다. 그 사이사이에 놓인 민망하고 귀찮고 자질구레한 일들을 제외한다면…….

늦지 않게 도착했다는 사실에 안도하며 '동양서림'으로 들어가는데, 어쩌면 내가 단단히 착각하고 있는지도 모르겠다는 생각이 처음으로 들었다. 책을 구경하고 있는 김정환 선생(시인, 69세)의 옆모습이 보였던 것이다. 나는 2018년에 출간된 내 책 《아무튼, 택시》에서 김정환 선생과의 에피소드를 가볍게 언급한 적이 있다. 바로 이렇게.

……파마를 하고 며칠 뒤 김준성문학상 뒤풀이에서 김정환 시
인을 만났다. 김정환은 내게 누구냐고 물었다. 나는 개를 좋아
하는 생계형 서평가이자 한 여자의 남편이며 지금은 별다른
활동을 하지 않는 후장사실주의 동인인 동시에 계간《문학과
사회》편집동인을 맡고 있는, 전에도 몇 번 선생님에게 인사드
렸던 37세 금정연이라고 말했다. 젠장, 나는 자기소개가 정말
싫다.

"뭐? 진짜?" 김정환이 내 얼굴을 뚫어지게 바라보며 말했다.

"《문학과사회》편집동인처럼 안 생겼는데." 누군가 물었다.

"《문학과사회》편집동인은 어떻게 생겼는데요?"

"문학에 대한 고뇌로 얼굴이 아주 썩었지. 이인성처럼. 근데 여
긴 달라. 얼굴에 문학에 대한 고뇌가 전혀 보이지 않아. 훤해.
잘생겼어. 나랑 똑 닮았어." 김정환 시인은 1954년생이다. 그
리고 윌리스를 닮았다…….

몇 주 후에 문학과지성사 시상식장에서 김정환 시인을 다시 만
났다. 그는 내 옆자리에 앉아 나를 빤히 바라보더니 이렇게 말
했다.

"그날은 미안했소…….''

나는 괜찮다고, 좋은 말씀해주셔서 감사했다고 말했다. 나는
시상식장을 나서며 두 번 다시 파마 따위는 하지 않겠노라고

문학의 이름으로 맹세했다. 윌리스는 "내 나이 35세, 이젠 오직 돈 생각뿐이다"라는 밈으로 유명한 루이 말 감독의 〈앙드레와의 저녁 식사〉의 주인공이다.

나는 꾸벅 고개를 숙이고, "안녕하세요." 작은 목소리로 인사한 다음, 그 상태로 시인을 지나칠 때까지 몇 걸음 걸어간 다음에야, 고개를 들고 위트앤시니컬로 이어지는 계단을 올랐다. 며칠 전에 새로 파마한 머리가 이마를 부드럽게 간질이는 게 느껴졌다…….

시상식장에서는 좋은 소식과 나쁜 소식이 나를 기다리고 있었다. 먼저 좋은 소식. 스무 명 남짓한 규모로 치러지는 시상식이라 사람이 많지 않다. 다음은 나쁜 소식. 그중 절반이 나와는 조금 어색한 사이에 있는 '선생님'들이고 나머지 절반은 시 부문 수상자인 신해욱 시인의 내가 모르는 지인들이다…….

들어가자마자 오늘도 문학에 대한 고뇌로 가득해 보이는 이인성 선생(소설가, 70세)이 있어서 꾸벅 인사했다. 이인성이 웃으며 말했다. 허허, 근데…… 누구시더라? 나는 개와 고양이를 좋아하는 프리랜서 마감 노동자이자 한 아이의 아버지이며 지금은 별다른 활동을 하지 않는 후장사실주의 동인인 동시에 한때 계간 《문학과사회》 편집동인으로 활동하며 선생님과 몇 번 서로 다른 의견을 교환하기도 했던 42세 금정연이라고 말하지는 않았다. 그냥 금정연이라고. 그러자 이인성이 말했다. 아, 금정연 씨! 어떻게 지내시나? 요즘도 맨날 글 쓰고 그러고 있나?

나는 하하 뭐 그렇죠, 대꾸하며 마음속으로 정지돈에게 과연 상금의 몇 퍼센트를 요구하면 좋을지 생각하기 시작했다…….

3-2. 복사꽃

그날 일도 이제는 가물가물하다. 희미하게 일렁이는 시간의 베일 뒤로 수치스럽고 민망했던 그날의 기억들이 반딧불처럼 잔존하고 있기는 하지만 구태여 그걸 끄집어낼 필요는 없을 거라고 믿는다. 물론 좋은 기억들도 있다. 그것들에 대해서라면 언젠가 또 말할 기회가 있을 것이다.

4-1. 꿈에

악! 소리를 지르며 일어났다. 주위에는 아무도 없었다. 나와 나, 그리고 또 나밖에는…… 오스스 몸이 떨려 와서 주섬주섬 이불을 찾아 몸을 덮었다. 기억은 서서히 돌아왔다. 어제는 시상식이 있었다. 시상식이 끝나고 뒤풀이를 했다. 그리고 술을 마셨는데, 물론 그 술은 한 잔만 마셔도 지난 일을 모두 잊게 해준다는 취생몽사 같은 건 아니었다. 그냥 테라, 기네스(생), 편의점에서 파는 세계맥주 몇 개…….

나는 텅 빈 방 안에 멍하니 앉아 두서없이 떠오르는 간밤의 기억들을 분류하기 시작했다. 복사꽃, 복사꽃 아님, 복사꽃, 복사꽃 아님, 복사꽃 아님, 복사꽃 아님, 복사꽃 아님, 복사꽃 아님, 복사꽃 아님, 복사꽃 아님, 복사꽃 아님…… 동시에 이런 생각도 들었다. 그런데 그건 정말 어젯밤의 기억인가? 어쩌면 내가 '한영한사' 마지막 연재를 준비한답시고 홍상수 영화를 너무 많이 본 건 아닌가? 〈강변호텔〉과 〈소설가의 영화〉를 보며 시인으로 나오는 기주봉이 김정환 시인이랑 너무 똑같이 닮아서 영화를 보는데 자꾸 다른 생각이 들었던 것처럼, 아니 정확히 반대로, 어제 만난 김정환 시인이 〈강변호텔〉과 〈소설가의 영화〉에 나오는 기주봉과 너무 똑같이 닮아서 현실과 픽션이 뒤섞여버린 게 아닐까? 아니면 그냥 꿈을 꾼 것인지도 모르고.

하지만 마지막 가설은 이내 기각되었다. 간밤에 실제로 꾸었던 꿈의 조각들이 의식 위로 불쑥불쑥 떠올랐던 것이다. 평론가 임재철과 대통령 윤석열과 영부인 김건희가 나오는 꿈이었다…….

씻고 설거지하고 어제 (대신) 받은 꽃다발 꽃병에 꽂고

왕가위, 〈동사서독〉(1995)

나윤이랑 영상 통화했다. "아빠! 나 여기 안산 할아버지네 집에 있어!" 나윤이가 말했다. "나윤이 안산 할아버지네 집 가고 싶어 했잖아, 가니까 좋아?" 물으니 "응, 전에 할머니랑 아빠랑 같이 차 타고 왔잖아"라고 했다. 그래, 바로 어제…… 그러다 갑자기 내일 서울 할머니네 집에 가냐고 물어서 그렇다고 하니까 표정이 바뀌더니 울먹이며 말했다. "나한테 안 물어봤잖아……." 그래서 미안하다고, 다음부터 꼭 물어보겠다고 했는데 단단히 마음이 상한 모양인지 안 가겠다고 해서 내일 다시 생각해보자고 했다.

행신에서 출발해서 광주송정으로 향하는 12시 18분 KTX-산천 417호 열차를 타기 위해 집에서 나섰다. 시간이 조금 남아서 근처 복권방에 들러 로또와 연금복권을 한 세트씩 샀다. 그리고 버스를 탔다.

마지막으로 행신역에 왔을 때는 공사 중이었는데, 공사가 끝난 지금은 제법 넓고 환해 보였다. 연휴의 첫날이라 그런지 엄마 아빠를 따라온 아이들이 많았다. 저마다의 속도로 걷고 뛰고 말하는 아이들. 나는 나윤이를 생각했다. 아이의 눈과 코와 입과 그것들이 만들어내는 다양한 표정들을, 무언가를 설명하기 전에 몇 번이나 곱씹는 말의 처음과 거기에 동반되는 손과 발의 움직임 같은 것들을. 이것들을 모두 버리고 나는 무엇을 얻고 있는 것일까요? 하는 질문이 절로 들었다……

물과 초코바를 사서 플랫폼으로 내려갔다. 내 상식과는 달리 에스컬레이터가 중간에 있는 게 아니라 1호 차 쪽에 있어서 18호 차를 타려면 반대편 끝까지 걸어야 했다. 아마 5킬로미터 정도는 걸은 것 같다. 그러면서 나는 에드워드 마이브리지와 미국의 철도 전쟁, 그리고 영화의 탄생에 대해 숙고했다(리베카 솔닛의《그림자의 강》을 참고할 것). 거짓말이다. 그저 〈마틴 에덴〉 오프닝 시퀀스에 짧게 지나가는 기차 장면에 대해 조금 생각했을 뿐이다.

미리 말해두자면, 로또와 연금 복권은 꽝이었다. 나는 대통령 꿈을 꾼 또 한 명의 복권 당첨자가 되는 대신 그냥 윤석열 대통령 꿈을 꾼 사람이 되었다.

4-2. 빵과 장미

김재욱이 너무 많다. 〈커피프린스 1호점〉과 〈서양골동양과자점 앤티크〉에 출연한 배우 김재욱, "안녕하세요 제니퍼예요"라는 유행어로 유명한 코미디언 김재욱, 〈쇼미더머니 11〉 2차 예선에서 댐핑 좋은 붐뱁을 선보이며 심사위원 올 패스를 받은 래퍼 김재욱, 바로 오늘 내가 주문한《데이비드 댐로쉬의 세계문학 읽기》를 한국어로 옮긴 번역자 김재욱……. 하지만 내가 아는 김재욱은 한 명뿐이다. 90년대 중반에 나우누리에서 만나 신촌과 대학로와 홍대와 그밖에 많은 곳들을 함께 싸돌아다니던 김재욱(아이디 gokjw).

지금 우리는 광주에 있다. 김재욱과 나. 광주는 두 번째였다. 그렇지만 처음이나 다름없다. 10년 전, 지금은 만나지 않는 친구의 결혼식에 참석하기 위해 대절한 관광버스를 타고 도착해서 축의금을 내고, 사진을 찍고, 밥을 먹고, 다시 관광버스를 타고 돌아간 것이 전부였다. 광주에 도착해서 처음 느낀 건 빛이 다르다는 거였다. 과연 빛의 고을이었다.

우리는 광주송정역에서 지하철을 타고 문화전당역에서 내렸다. 마침 광주프린지페스티벌이 한창이었다. 쏟아지는 사람들, 빛들, 노랫소리들. 금남로를 건너 김재욱이 검색해서 찾은 '맛집'으로 향했다. 월계수식당. 김재욱은 특제 소스와 함께 비벼 먹는 삼선볶음밥을, 나는 우삼겹짬뽕을 주문했다. 없던 숙취까지 몽땅 가시는 맛이었다. 지금 내게 숙취가 있었다면 얼마나 좋을까 하는 생각이 들 정도로…….

아직 GV까지는 시간이 조금 남았다. 우리는 충장로를 걸어 광주극장으로 향했다. 중앙로를 사이에 두고 분위기가 갑자기 변하는 게 조금 신기했다. 식당이 있던 위쪽은 조금 북적북적한, 전국 어디에나 있는 '로데오거리' 같은 느낌이었다면 광주극장이 있는 아래쪽은 의상실과 금은방 등이 있는 좀 더 고풍스러운 분위기였다. 광주극장과 잘 어울리는 거리라고 해야 할까. 극장 바로 옆에는 〈김군〉 포스터가 크게 붙여진 '소년의 서''라는 이름의 서점과 '빵과 장미'라는 이름의 빵집이 있었다.

물론 '빵과 장미'라는 이름은 켄 로치가 감독한 동명의 영화에서 따온 것이다. 〈빵과 장미〉는 우리나라에서 2002년 5월 24일 개봉했다. 누적관객은 444명. 그 444명 중에 나도 있었다. 2002년의 초여름, 당시 만나던 친구와 그 친구의 친구와 함께 영화를 보고 나와 맞은편의 웬디스 2층에 앉아 햄버거를 먹으며 영화에 대해 이야기를 나누던 기억이 난다. 양배추 조각과 여기저기 묻은 빨간 케첩과 애드리언 브로디의 콧등 위로 떨어지던 햇빛 같은 것들이.

하지만 감상에 젖어 있을 시간은 없다. 정말이지 시간은 늘 없다. 오늘 내가 이곳에 온 이유는 극장에 대한 개인적인 추억에 빠지기 위해서가 아니다. 한국에서 가장 오래된 단관극장(중 하나)에서 서이제 작가와 함께 〈마틴 에덴〉 GV를 하기 위해서다. 오해하면 안 된다. 이제 와서 내가 갑자기 극장을 찬양한다면 그건 제법 우스운 일이 될 거라는 사실을 나도 안다. 나는 유운성 평론가가 말하는 '빛 마니아'가 아니고, 세상에 존재하는 어떤 종류의 시네필 테스트도 통과하지는 못할 것이다. 다만 나는 우리의 기억이 형성되는 방식에 대해 잠깐 생각해보고 싶다. 어떤 책의 페이지를 (다시) 펼쳤을 때 문득, 그 내용은 하나도 기억나지 않더라도 종종 그것을 읽던 당시의 빛과 바람, 손에 들린 종이책의 감촉과 냄새 같은 것들이 떠오르는 것처럼, 어떤 영화에 대한 기억은 극장과 분리할 수 없이 달라붙어 나라는 관객의 기억 속에 영원히 남기도 한다는 사실에 대해서.

서울극장에서 본 바즈 루어만의 〈로미오와 줄리엣〉, 고등학교 시절 녹색극장에서 단체 관람했던 〈콘에어〉와 〈와일드 와일드 웨스트〉, 이대 영화마당에서 교복을 입고 본 〈셰익스피어 인 러브〉(미성년자 관람불가), 동기들과 '국문학 입문' 강의를 째고 강변 CGV에서 봤던 〈친구〉와 〈신라의 달밤〉, 군대에서 휴가 나온 기분으로 불광 CGV에서 친구와 함께 봤던 〈박쥐〉, 기타 등등……. 그건 어디로도 닿지 않는 개인적인 기억일 뿐이지만, 어쨌거나 그건 나의 기억이다. 프란체스코 카세티*의 말처럼, 손상되기 쉽지만 기억은 과거를 되찾으려는 욕망의 원천이다. 그리고 욕망은 우리를 살게 한다. 기억이 없이는 '나'라는 존재도 없다. 꼭 있어야 하는 건지는 둘째치고……. 그러니까 내 말은, 광주극장이 오랫동안 우리 곁에 머물러 있으면 좋겠다는 거다. 얼마 전에야 광주극장에 처음, 그것도 일 때문에 가본 사람이 하기에는 조금 머쓱한 말이긴 하지만.

이 부분을 쓰며 나는 혹시 모를 기억의 오작동을 방지하기 위해 구글에 '광화문 웬디스'라고 친다. 나무위키의 '웬디

---

* 1947년생 예일대학교 인문학 및 영화학 교수.

스' 항목 다음으로 나오는 것은 2018년 2월 17일에 올라온 클리앙 게시물이다. 제목은 이렇다: "광화문에서 웬디스 먹어 봤으면 아재 인정." 어 인정……

4-3. (Unexpected) Guest Visit

그렇게 싸늘한 반응의 행사는 정말 오랜만이었다. 2015년 12월의 어느 날 정지돈과 함께 명동 CGV에서 했던 빔 벤더스 감독의 〈에브리씽 윌 비 파인〉 GV에 버금갈 정도였다(행사 직후 SNS에 '올해 최악의 GV'라는 평이 올라온 그 GV다). 관객은 마흔 명 남짓, GV가 시작할 때는 서른 명 정도였고, 끝날 때는 그보다 더 적었다. 몇 명이 되었건 모두들 많은 것을 잊고 복사꽃이 좋았던 것만 기억하시기를. 그러니까 서이제 작가의 멋진 말들만……

모든 것이 끝난 후 민망하기도 하고 후련하기도 한 마음으로 광주극장을 나서는데, 갑자기 누군가가 내게 말을 걸었다. 어떤 남자의 목소리로 몇 시냐고 묻는 소리가 들렸다. 나는 "여섯 시"라고 소리쳤다. 그리고 "여섯 시예요, 영화는 이미 끝났어요"라고 말했다.

그제야 나는 고개를 돌려 그 사람을 쳐다보았다.

키가 크고 마른 체격의 남자였다.

광주에는 이 사람 외에는 아무도 없다고 나는 생각했다.

곧 나는 잃을 게 아무것도 없다는 생각이 들었다.

하지만 난 "잃을 게 아무것도 없어!"라는 말을 큰 소리로 하는 것은 어리석은 짓 같아서 그 문장을 큰 소리로 말하고 싶었지만 그러지 않았다.

그 남자는 시계를 잃어버렸다고 말했다.

"시계를 잃어버린 후로는 이따금 사람들에게 말을 걸지 않을 수 없다오."

그는 소리 내어 웃었다.

"시계를 잃어버리지 않았다면 당신에게 말을 걸지 않았을 거요. 아무에게도 말을 걸지 않았을 거요."

그는 내가 여섯 시라고 말한 후에야 여섯 시라는 것을 알게 되었고, 그러고 보니 오늘 아홉 시간 동안 한 가지 생각만 하면서 쉬지 않고 걸어 다녔다는 걸 알게 된 것 자체가 무척 흥미롭다고 말했다. "쉬지 않고 말이오. 왔다 갔다 한 게 아니라 곧장 앞으로만 걸어갔지. 그런데 이제 보니 원을 그리면서 걸어 다녔군. 미친 짓이지, 그렇지 않소?" 하고 그가 말했다.

그는 "나는 자주 저 극장에 갔었다오" 하고는 내게 자신의 이름을 말했다. 그러나 나는 그의 이름을 곧 잊어버렸다. 나는 이름을 잘 기억하지 못한다. "누구나 어느 날엔가 마지막으로 극장에 가듯이 나도 어느 날 마지막으로 극장에 갔지.

웃지 마시오." 하고 그는 말했다. "무슨 일이든 언젠가는 마지막이 있기 마련이오. 웃지 마시오!"[1]

4-4. 인터내셔널의 밤

❶

'트뤼포'에 앉아서 트뤼포를 마셨다. 소설가 박솔뫼가 추천한 곳이었다. 나는 언젠가 '박솔뫼의 맛따라 멋따라'라는 제목으로 박솔뫼가 전국 각지의 맛집을 찾아다니며 음식을 먹는 유튜브를 기획한 적이 있다. 그리고 그 기획은 여전히 유효하며 투자자를 기다리고 있다. 한국 영화에 대한 우리의 오디오비주얼 에세이가 그런 것처럼……

다만 트뤼포는 솔뫼가 직접 가본 곳은 아니었고, 이름을 듣고 언젠가 가보겠다고 기억해둔 곳이라고 했다. 그래서 우리가 갔다. 한쪽 벽면이 DVD로 가득한 작고 아담한 느낌의 바였다. 손님도 많았다. 시그니처 메뉴인 트뤼포는 조금 달달한 우롱하이 같은 맛이었다. 나쁘지 않았다. 분명 고다르라면 질색을 할 맛이라는 부분이 특히 좋았다.

……그렇지만 이번에도 사실이 아닌 것은 한 글자도 쓸 수 없는 나의 다큐멘터리스트적인 본성이 발목을 잡았다. 고다르가 시가를 피우는 모습은 많이 봤다. 와인을 마시는 모습

283

영화 〈마틴 에덴〉 중에서, 혹은 GV를 끝낸 어떤 Guest의 마음

도 본 것 같기는 하다. 그런데 어디서? 나는 구글에 'Did jean luc godard drink a lot?'이라고 검색했다. 가장 먼저 나오는 것은 2002년 9월에 작성된 〈더글로브앤메일The Globe and Mail〉의 기사였다. 제목은 '외로운 밤들과 장뤽 고다르와 함께 한 술자리Lonely nights and drinks with Jean-Luc Godard'. 25년간 토론토 국제 영화제의 프로그래머로 일하다 올해 은퇴를 선언한 스티브 그레이브스톡의 부인인 케리 허프먼이, 남편이 영화제를 기획하고 진행하는 동안 자신은 'Festival Widow'나 다름없다고

자조하며 구술한 기사였다.

그렇지만 정말 멋진 순간들이 있긴 해요. 허프먼은 말한다. 어떤 영화를 보면 좋을지 내부 정보들을 얻을 수 있거든요. 그리고 스티브가 감독을 위해 준비한 칵테일파티나 저녁 식사에 참석하기도 하죠. 그런 자리가 아니면 100만 년이 지나도 못 만날 흥미로운 사람들을 만날 수 있어요. 몇 년 전에는 장뤽 고다르랑 같이 술을 마셨는데요. 정말이지 인상적인 사람이었어요. 모두들 그에게 푹 빠져서 자기들이 뭔가 우스꽝스러운 소리를 하고 있는 건 아닌지 전전긍긍했지 뭐예요!

두 번째는 2015년 6월에 작성된 더스튜디오^{EXEC}의 '장뤽 고다르의 우유를 마십시다 캠페인'이라는 제목의 기사였다. 이게 대체 무슨 소리지? 하며 눈을 크게 뜨고 봤는데 알고 보니 패러디 기사였다…….

상반된 분위기의 기사가 이어진다. '와인과 와인문화에 초점을 맞추는 잡지' 〈와인 스펙테이터〉, '그 어느 때보다 더 크고, 낮고, 빠르게 변해가는 위스키 업계에서 누구보다 빠른 소식을 전해주는 증류주 전문지' 〈위스키 애드버킷〉과 함께 M. 샹켄커뮤니케이션스에서 발간하는 '좋은 삶과 시가의 세계를 즐기는 데 전념하는 잡지' 〈시가광^{Cigar Aficionado}〉 1997년 9/10월 호에 실린 '프랑스 영화의 주저하는 천재'라는 제목의 인터뷰다. 인터뷰어는 〈LA타임스〉의 스콧 크래프트. 기사는 이렇게 시작한다. "장뤽 고다르는 극소수의 관객이 감상하

는 이해할 수 없는 영화를 만들고 있으며, 그는 변화할 생각
이 없다."

　25년 전에 이미 66세였던 고다르는 말한다. 나는 모든
종류의 영화를 하고 싶다. 모든 영화 속에 있고 싶고, 알려지
거나 알려지지 않고 싶다. 모든 것을 할 수 있도록. 나는 사운
드를 발견한 감독 중 하나가 되고 싶다. 하지만 나는 사운드
를 발견한 사람들의 슬픔도 알고 싶다. 요즘은 쫓겨나는 것
같은 느낌이 들기도 한다. 오늘날 영화를 만드는 건 애플 컴
퓨터이기 때문이다. 내가 아니라.

　스위스 시골에 은거하는 괴짜 예술 감독을 인터뷰하라
며 자기에게 돈을 쥐어준 사람이 누구인지 아는 노련한 저널
리스트 크래프트는 곧이어 이렇게 쓴다. 몇 해 동안 고다르는
스위스에서 개당 20달러에 판매되는 코이바를 피워왔다. 하
지만 그는 조금은 나른한 끽연가다. 인터뷰를 하며 그는 열두
번도 넘게 시가에 다시 불을 붙였고, 세 시간이 지나서야 한
대를 겨우 끝냈다. 값비싼 쿠바산 시가를 피우는 게 그의 유
일한 부르주아적인 약점으로 보일 수 있지만, 그는 그것에 대
해 말하기를 거부했다. 나중에 전화를 통해 시가에 대한 그
의 분명한 사랑에 대해 말해 달라는 요청을 받은 그는 이의
를 제기했다. "그 질문에 대답하고 싶은 기분이 아니군요." 파
리에 있는 그의 조수는 고다르가 자신의 영화 〈포에버 모차
르트〉 때문에 우울한 상태라고 설명한다. 고다르는 시나리오

를 쓰기 위해 촬영 직전까지 기다리는데, 그것이 그의 습관
이다…….

❷

나 역시 원고를 쓰기 위해 습관처럼 마감 직전까지 기다리고,
때로는 마감이 나를 기다리기도 한다. 그럴 때 담배는 도움
이 된다. 나는 몇 해 전에 《담배와 영화: 혹은 나는 어떻게 흡
연을 멈추고 영화를 증오하게 되었나》라는 제목의 책을 썼다.
그리고 그건 지금도 마찬가지다. 물론 가끔은 영화를 증오하
기를 깜박하기도 한다. 그리고 마찬가지로, 흡연을 멈추기를
잠깐 멈추기도 한다. 사실 내가 담배를 끊은 건 아이가 생겨
서였다. 그렇다면 오늘처럼 아이와 떨어져 밤을 보낼 때는 한
대쯤 피울 수 있는 거 아닌가? 혹은 두 대, 어쩌면 세 대 정
도는…….

트뤼포를 두 잔씩 마시고 우리는 트뤼포를 나섰다. 포플
레이로 자리를 옮기기 위해서였다. 광주극장의 김형수 이사
가 추천해준 곳이었다. 바로 옆옆 건물이었는데, 그전에 담배
를 사기 위해 편의점을 찾아 10미터 정도 길을 따라 아래로
내려갔다. 갑자기 골목의 분위기가 바뀌었다. 바로 직전까지
는 늦은 시간의 종로 뒷골목 같은 느낌이었다면 갑자기 쿵쿵
쿵! 비트가 쏟아지는 클럽, 클럽형 소주방, 혹은 대형 헌팅 포
차…… 들이 연이어 있었다. 모두 사람들로 바글바글했다. 그

때야 김형수 이사의 말이 떠올랐다. 거기 가면 아주…… 시끄럽죠, 혹자는 광주가 어떻게 이러냐고 하기도 하던데. 그는 잠시 생각하는 것 같더니 우리에게 물었다. 광주가 그러면 뭐, 도대체 어쩌라는 걸까요? 우리는 아무 말도 하지 않았다.

젊음이 드럼 비트처럼 뿜어 나오는 골목에서 우리 두 명의 늙은이들은 사람들의 눈을 피해(금연 거리이기 때문은 아니었다. 우리 말고도 수많은 사람들이 담배를 피우고 있었으니까) 에어컨 실외기 뒤에서 담배를 피웠다. 보헴 시가 1밀리. 오랜만에(어제 시상식장 뒤풀이에서도 강보원의 담배를 빌려 피우긴 했지만) 담배를 피우니 머리끝까지 나른해지는 기분이었다. 조금쯤 공중에 떠 있는 듯한 기분으로, 우리는 포플레이를 향해 올라갔다.

포플레이에는 아무도 없었다. JBL4344 스피커와 가게를 꽉 채운 70년대 소울풍의 음악, 그리고 살 빠진 월터 화이트를 닮은 사장님을 제외하면. 사장님이 우리를 보았고, 우리도 사장님을 보았다. 잠시 아무도 말이 없었다. 우리가 방해를 했나, 나가야 하나 생각하고 있는데 사장님이 쑥스러운 듯 말씀하셨다. "제가 이 베이스를 좋아해가지고, 조금 크게 듣고 있는데 손님이 왔네……." 우리는 자연스럽게 바에 앉았고, 사장님은 메뉴판을 주는 대신 음악 이야기를 시작했다.

—이렇게 베이스를 치는 건 흑인밖에 없어요. 그런 농담도 있잖아요. 신은 흑인에게 운동능력과 음악을 주었다. 물론 요즘 같은 세상에 적절하진 않은 농담이지만요. 저는 아직

도 미국이라는 나라를 모르겠어요. 버드 파월이 차를 타고 가는데 갑자기 경찰이 차를 세웠어요. 그리고 문을 열라고 하더니 운전대를 잡고 있는 파월의 손을 경찰봉으로 내려친 거죠. 한 대, 두 대, 세 대…… 사정없이요. 미국 최고의 재즈 피아니스트의 손가락을 망가뜨린 거예요. 단지 흑인이 차를 몰고 있다는 이유만으로요. 그런 나라에서 오바마가 대통령이 돼? 그건 좋은 일이지만 그런다고 얼마나 달라질까 싶은 거예요. 그래서 파월 노래를 들으면 슬퍼요. 아무리 신나는 노래라도, 자꾸 그런 게 생각나서 여기가 너무 아파요. 아주 미치겠어요…….

─근데 그거 제프 다이어 《그러나 아름다운》에 나오는 이야기 아닌가요?

김재욱이 물었다.

─아시는군요!

사장님이 반색하며 말했다. 그리고 이렇게 물었다.

─무라카미 하루키 좋아하세요?

우리는 몇 잔의 보드카 토닉을 마시고, 사장님이 내려주는 커피도 그만큼 마셨다. 크림치즈와 누텔라를 바른 크래커를 먹었다. 소울과 재즈, R&B를 들었고 조르디 사발이 연주하는 비올의 소리를 들었다. 이런저런 이야기를 나누기도 했다. 시간에 대해서, 잃어버린 꿈들과 끝내 이루어지지 않은 가능성에 대해서, 변해버린 것들에 대해서, 남아 있는 것들에 대해서, 이제 아무 상관없는 것들, 그러나 여전히 아름다운 것들에 대해서…….

그때 다른 손님들이 들어와서 왁자지껄하게 떠들며 스콧 매켄지의 'San Francisco'와 스팅의 'Shape Of My Heart'를 신청했다. 담배를 피우기 위해 일어나자 사장님이 계단 위쪽에 재떨이가 있으니 그곳에서 피우라고 했다. 좁은 계단 아래로 살짝 보이는 길거리는 술집 조명으로 대낮처럼 환했다. 반대로 우리 위쪽은 어두운 심연처럼 보였다. 그 사이에서 담배를 끊은 우리 둘은 거듭해서 하얀 연기를 내뿜고 있었다…….

슬슬 일어날 시간이었다. 우리는 마지막 잔을 부탁했다. 사장님이 김재욱에게 메모장을 주고는 이름과 생년월일을 써달라고 하더니 두꺼운 책을 뒤적이며 사주를 봐주었다.

—똑 닮은 자식이 있다고 나오네요.

김재욱이 자식은 없다고 하자 사장님이 말했다.

—만약 자식을 낳으면 똑 닮은 자식이 나올 거예요……. 내년에 내게 딱 맞는, 나를 바라보고 있는 인연을 만난다고 나오네요. 이미 결혼을 했으면 어쩔 수 없고요……. 그러더니 갑자기 탄성을 질렀다. 와우! 내년이죠? 마흔세 살부터 예순세 살까지 20년 동안 모든 일이 잘 풀리는 시기네요. 영어로 골든 이어스. 앞으로 20년 동안 전성기라는 말이에요, 무슨

일을 해도 잘돼요. 축하합니다. 이렇게 좋은 사주를 보니 저
도 좋네요.

다음은 내 차례였다. 사장님이 심각한 표정으로 내 이름
과 생년월일이 적힌 메모장을 들여다보았다. 일종의 데자뷰
가 느껴졌다. 결혼 전에 대출을 받으러 은행에 갔을 때 내 소
득증명서를 받아본 은행 담당자의 표정이 딱 그랬다. 그때 전
화벨이 울렸다. 무슨 일인지 한동안 언성을 높이며 통화하던
사장님이 한층 더 심각해진 얼굴로 메모장을 들여다보다가
내게 물었다.

—혹시 결혼하셨어요?

—네, 결혼했어요.

—아! 다행이네요. 이런 사주는 결혼 안 하면 큰일 나는
사주거든요.

이유는 묻지 않았다. 어쩐지 겁이 나서 물을 수가 없
었다…….

사장님이 계속해서 말했다. 여태까지는 조금 일도 잘 안
풀리고 겨우겨우 살았는데, 걱정하지 마세요. 절대 망하거나
잘못되지는 않아요. 저를 믿으세요. 이건 진짜예요. 그리고 자
식 복이 있어요. 나중에 자식 덕을 좀 볼 거예요. 내가 너무
사랑하고 나를 무척 사랑해주는 자식이 있어요, 라는 말을 듣
는데 하마터면 눈물이 날 뻔했다. 아이와 함께 지낸 후로 눈
물이 많아졌다. 그리 좋은 사주는 아닌 모양이라고, 그래도

다행이라고 혼자 생각하고 있는데, 다른 손님 술을 만들어준 사장님이 다시 책을 들춰보더니 이렇게 말했다. 약간 노래방 보너스 타임 같은 느낌으로. "마흔아홉 살부터 예순아홉 살까지 전성기네요! 정말 두 분 다 전성기가 아직 오지 않아서 얼마나 다행인지 몰라요. 제가 이렇게 보는데 전성기가 지났으면 할 말도 없고 속상하거든요. 그런데 두 분은 이제 잘될 일만 남았어요. 정말 축하합니다!"

나는 월트 화이트를 닮은 사장님에게 진심으로 몇 번이나 거듭해서 감사드렸다. 동시에 마음속에서는 이런 생각이 들기도 했다. 그런데 이건 지나치게 영화적인 경험이 아닌가? 만약 내가 통 속의 뇌라면? 어떤 미친 홍상수가 끊임없

좌: 계단 아래 빛, 우: 계단 위 어둠

이 자신의 영화를 보여주고 있는 거라면······? 견우야, 미안해······ 나도 어쩔 수 없는 한국 영화 관객인가 봐······.

0-0. 집으로

그날에 대해서라면 약간의 이야기가 더 남아 있다. 하지만 이쯤에서 다음 날로 우리의 시계를 돌리는 게 좋을 것 같다. 아침. 우리는 광주극장에서 잡아준 게스트하우스에서 나와 아침밥을 먹고 헤어졌다. 나는 기차를 타러 광주송정역으로, 김재욱은 혼자 국군광주병원 옛터로. 광명역에서 내린 나는 택시를 타고 안산으로 갔다. 나의 사람들이 기다리는 곳으로.

—밥을 남기면 미스터 온실가스가 나오잖아.

핑크퐁 기후변화 동요에서 온실가스의 존재를 알게 된 나윤이가 평소와 달리 밥을 싹싹 비웠다. 그러더니 박수 치는 엄마 아빠 외할머니 외할아버지를 향해 밥그릇을 들어 보였다. 의기양양하게, 마치 상패라도 보여주듯이······.

이어 아내가 내가 없는 이틀 동안 있었던 일들을 들려줬다. 한번은 나윤이가 손을 뻗어 크게 움직이면서 "해가 이렇게 떠서 여기(가장 높은 곳) 오면 아침이고 이렇게 가면 저녁이야"라고 해서 아내가 이렇게 뜨면 바로 아침이고, 가장 높은 곳에 가면 점심이고, 이렇게 가면 저녁이라고 정정해주었다고 했다. 그러자 나윤이가 아니라고 짜증내서 한참 그걸로 이야기하다가 아내가 그래 알았어, 그럼 그렇게 생각해, 하고 넘어갔는데 한참 지나서 나윤이가 귓속말로 소곤소곤 다른 이야기를 하다가 갑자기 이렇게 말했다고 한다. "그런데…… 해가 이렇게 뜨면 아침이야……"라고, 마치 그래도 지구는 돈 다고 말하는 갈릴레오처럼…….

한동안 〈뽀롱뽀롱 뽀로로〉에 푹 빠져 지내던 나윤이는 〈아기상어〉와 〈핑크퐁〉〈꼬마버스 타요〉〈로보카 폴리〉〈바 다나무〉〈꼬모〉〈따개비 루〉〈엉뚱발랄 콩순이와 친구들〉 등 을 거쳐 요즘은 〈캐치! 티니핑〉 시리즈에 과몰입 중이다. 차 에 탈 때마다 티니핑 노래를 틀어 달라고 하고, 티니핑 인형 을 안고 자고, 본인은 '사랑해 하츄핑' 엄마는 '솔직해 끄레 핑' 아빠는 '다정해 꾸래핑'이라고 역할을 분배해 놀기도 하 며, 티니핑 게임에서 나오는 카드를 모으고, 이빨을 닦거나 밥을 먹을 때면 아빠에게 티니핑 이야기를 들려 달라고 하고, 크리스마스에 산타할아버지가 티니핑 놀이동산을 선물해주 지 않을까 봐 엄마 아빠 말을 잘 들으려고 하기도 한다.

흥미로운 건 정작 〈캐치! 티니핑〉 애니메이션은 단 한 편도 보지 않았다는 사실이다. 몇 번인가 보여주려고 시도했 지만 그때마다 단호하게 거부했다. 이런 게 바로 본편은 보 지 않고 설정과 2차만 판다는 건가. 한 번은 내가 물었다. 나 윤아, 왜 티니핑 만화는 안 봐? 그러자 나윤이가 말했다. "나는 안 봐도 다 알아." 실제로 나윤이는 〈캐치! 티니핑〉의 세계에 대해 많은 것을 안다. 노래나 스티커북이나 카드를 통해서 혹은 다른 친구들에게 들은 거 반, 스스로 지어낸 거 반. 어쩌면 지어낸 게 더 많을 수도 있고…… 내가 프린세스 로미라고 하면 자꾸 "프린세스 로미가 아니라 롱이!"라고 고쳐주는 게 약간 짜증날 때도 있지만('로미'가 맞음), 안 봐도 다 안다는 나윤이의 말이 무슨 말인지 조금은 알 것 같기도 하다.

이런 거다. 나는 한때 (상업 영화라면) 한국 영화와 미국 영화와 유럽 영화를 가리지 않고 보던 사람이다. 물론 미국 영화를 제일 많이 보고 한국 영화도 적지 않게, 유럽 영화는 가뭄에 콩 나듯 보긴 했지만. 그러다 어느 순간부터 점점 더 영화를 보지 않게 되었고, 이 연재를 시작할 무렵에는 극장에는 전혀 가지 않고 1년 동안 보는 영화를 손에 꼽을 수 있을 정도가 되었다. 그렇다고 내가 영화와 멀어진 삶을 살게 되었다고는 말할 수는 없다. 우리가 아무리 멀리 도망친다고 해도 결코 도망칠 수 없는 두 가지가 있다. 나, 그리고 영화.

영화는 어디에나 있다! 주말 밤, 아이를 재우고 아내와 함께 앉아 돌리는 채널 사이사이에. 어느새 시네필로 가득해져버린 트위터 내 타임라인에. 책장에 꽂힌 책들 속에—특히 적지 않은 존재감을 자랑하는 영화 책들에 가득. 내가 구독하지만 보지는 않는 스트리밍 서비스에. 영화를 좋아하지 않는다고 말하면서도 끊임없이 영화를 보는 정지돈과의 대화와 또 다른 사람들과의 스몰토크 속에. 정말이지 영화는 어디에나 있고, 나는 내 손가락에서도, 발가락으로도, 나를 둘러싸고 있고 끊임없이 자라나고 있는 영화를 느낄 수 있다. 그것은 바람에 쓰여 있고, 내가 가는 곳이면 어디에나 있다.[2] 정말 그렇다. 다만 내가 그것들을 보지 않을 뿐이다. 질문. 내가 영화를 보지 않는다고 영화도 나를 보지 않는다고 말할 수 있을까?

나는 지금 영화와 영화에 대한 담론, 플랫폼, 매체, 2차 콘텐츠, 기타 등등을 마구잡이로 섞어서 말하고 있다. 카세티가 말하는 '재배치'를 염두에 두고 있기는 하지만 그것으로 모든 것이 해결되지 않는다는 것도 안다. 내가 말하고 싶은 것은 영화를 피할 수 없다는 것이다. 영화가―미세먼지나 방사능이 그런 것처럼―세상에 흘러 넘쳐서 좋든 싫든 우리는 영화의 영향과 함께 살아가야 한다. 그런데 어떻게?

어쩌면 지금 우리에게 필요한 건 한국 영화에 대해 생각하는 게 아니라 한국 영화처럼 생각하는 것 아닐까? 그런데 어떻게?

0-1. 잠언

영화가 꿈이라는 오래된 비유가 여전히 유효하다면 더 이상 그것이 인간의 꿈이 아니기 때문일 것이다. 영화는 극장이 꾸는 꿈이다. 영화는 기계들이 꾸는 꿈이고, 사물들이 꾸는 꿈이다. 세계가 꾸는 꿈이고, 그것은 종종 세계와 구분되지 않는다.

0-2. 마지막 편지[3]

친애하는 지돈 씨에게,

〈한국 영화에서 길을 잃은 한국 사람들〉제 차례의 마지막 원고를 보냅니다.

2년 가까이 이어진 우리의 원고를 어떻게 끝내야 할지 오랫동안 생각했습니다. 그러면서 스티븐 샤비로의 《탈인지》, 이언 보고스트의 《에일리언 현상학》, 프란체스코 카세티의 〈영화의 재배치〉 같은 글들을 읽기도 했습니다. 영화는 인간의 꿈이 아니라 사물들이 꾸는 꿈이라는 아이디어는 그 과정에서 나왔습니다. 물론 그건 어디로도 닿지 않은 채 공상에 더 가까운 짧은 질문의 형태로 남았을 뿐이지만요.

그때그때 떠올랐던 자잘한 아이디어를 하나의 원고로 만들기 위해 저는 쉴 없이 자르고 붙이고 버리기를 반복해야 했습니다. 미끄러운 바닥에서 넘어지지 않기 위해 끊임없이 춤을 춰야 하는 불운한 사람이 된 기분이었습니다. 왜 이런 압박을 느낀 걸까요? 그건 아마도 '한국 영화'가 제 안에 있는 것들, 너무도 강렬하게 발현하고 있기에 외면할 수 없던 많은 것들을 불러냈기 때문일 것입니다. 게다가 글을 쓴다는 것이 기호 속에 포착해 넣은 그 무언가에 새로운 생명을 부여하는 신비한 힘을 갖고 있기 때문이기도 할 것입니다. 매번 글을 쓰고 나면 저의 정신은 그 문장들을 들여다보고 뒤집어보고 마치 새로운 양식인 것처럼 씹고 또 곱씹어보았습니다. 글을 써 나갈수록 수많은 질문들, 끝없이 솟아나는 수수께끼들을 반추하게 되었고, 깨어 있는 삶과 잠들어 있는 삶, 저의 모든 삶이 그 속으로 빨려 들어가고 말았습니다. 며칠 전 이 원고에 대해 말씀드렸던 것도, 이제 원고를 보내드리는 것도 아마 이러한 중압감에서 자유로워지기 위해서일 겁니다.

정처 없이 떠난 여정과도 같은 이 글에는 밝혀내지 못한 것이 무척이나 많습니다. 그리고 특별하기보다는 사소한 것이 많이 들어 있습니다. 그럼에도 이 책을 통해 '한국 영화' 그리고 그곳에서 길을 잃은 '한국 사람', 그러니까 우리 자신이라는 존재에 다가갈 수 있었기를, 그 존재가 자신의 말을 할 수 있었기를 바랍니다.

이제 이 글을, 이 책을 당신에게 맡깁니다.

K정연.

0-3. 끝

"헤이 클로버, 캐치 티니핑 노래 틀어줘!" 나윤이가 말하면 클로버는 "바이브에서 캐치, 티니핑 율동 동요 앨범을 재생할게요"라고 말하며(요즘 나윤이는 그 말을 따라 하는 데 재미 붙였다) 노래를 재생한다.

♪ 빛나는 마법을 보여줘 (캐치캐치!)
♪ 예쁜 마음을 모아 티니핑 타임!

가끔 그건 내게 마법처럼 느껴지기도 한다. 그러니까 모든 것이 말이다.

구글 번역기에서 언어 설정을 잘못해서 발생한 오류, 그런데 이건 정말 오류일까?

정지돈

시간이 쏜살같이 지나간다. 연재를 시작한 지 2년이 되었고 완성은커녕 시작도 제대로 못한 오디오비주얼 에세이를 마무리 지을 때가 되었기 때문이다. 그러나 시간보다 더 쏜살같은 건 우리 자신이며 한국 영화고 시네마 그 자체다.

사실 시간은 빠르지도 느리지도 않다. 우리는 시간을 볼 방법이 없다. 움직이는 초침을 보거나 스마트폰의 숫자를 볼 뿐이다. 하지만 우리는 우리와 세계를 관찰할 수 있다. 첫 연재 분에서 금정연과 나는 서교동의 콜마인이라는 카페에서 대화를 나눴다. 연재를 위한 기획회의 자리였다. 그리고 지금 카페 콜마인은 더 이상 존재하지 않는다. 카페 직원과 관련된 불미스러운 일이 있었고 폐업했으며 그 자리엔 오버트라는 이름의 다른 카페가 들어섰다. 그 사이 니콜라스 케이지가 부활의 신호탄을 알린 영화 〈미친 능력〉이 개봉했고(졸작) 최동훈의 야심작 〈외계+인 1부〉가 개봉했고(ㅠㅠ) 장뤽 고다르와 장 마리 스트라우브가 죽었다. 그 외에도 많은 사람들이 죽거나 다쳤고 서울 아파트 집값이 떨어지기 시작했고 루나코인의 권도형은 도망자가 됐으며 일론 머스크가 트위터를 샀고 윤석열이 해외 순방을 다니고 문재인이 추천한 책들이 베스트셀러가 됐다. 한 친구에 의하면 문재인과 윤석열은 오바마와 트럼프의 거울쌍이다. 우리는 거울에 비친 모습을 그림자처럼 질질 끌고 다닌다. 완전히 다르지만 완전히 같은 존재, 현실이 아니지만 현실인 곳에 존재하는 또 다른 자아가 픽션처럼, 이미지의 세계 속에서 우리를 조종하고 예견하고 습격한다.

2022년이 끝나가는 지금, 극장에 걸려있는 한국 영화는 〈압꾸정〉 〈데시벨〉 〈올빼미〉 〈인생은 아름다워〉 〈동감〉 〈우수〉 등이다. 내 주변에 이 영화들을 본 사람은 없고 보러 갈 사람도 없다. 한국 영화는 괴멸한 것처럼 보이지만(내 주변에서) 잠시 그렇게 보일 뿐인지도 모른다. 며칠 전 청룡영화상에서 박찬욱의 〈헤어질 결심〉이 상을 독차지한 것을 생각해보라. 1960년대 TV의 습격으로 사망선고를 받은 영화는 10년 후 블록버스터 군단으로 세계 문화를 쑥대밭으로 만들었다. 그러니 OTT도 게임도 두려워할 것 없다. 전 세대의 거장들이 죽었다는 사실에 우울해할 것도 없다. 그보다 더한 거인들도 일찍이 명을 다했지만 영화는 끄덕하지 않았다. 영화는 영웅들의 놀이터가 아니다. 영화는…… 영화는…….

지크프리트 질린스키Siegfried Zielinski[*]는 과거의 영화를 임대업으로 간주했다. 영화의 본질은 돈을 받고 두 시간 동안 특정 공간의 좌석을 대여해주는 것이다. 그에 반해 TV는 사람들이 기계를 소유할 수 있다는 데 방점이 찍힌다. 그러므로 TV는 가구이며 인테리어 업종이다. 디지털 이후에는 문학적인 텍스트에만 해당했던 선택적인 명령과 속도, 중단 가능성, 반복에의 의지, 표시와 보관할 수 있는 능력에 의해 영화 그 자체가 소유되고 이용되기 시작했다. 시청각의 서적화가 이루어진 것이다.

우상 파괴의 도구로 미디어 이론만큼 유용한 게 없다. 이러한 관점은 경주마처럼 작품 그 자체에만 몰두하는 경향을, 과도한 감정 이입을 막아준다. 극장이 중심인 영화가 임대업이라는 생각으로 돌아가보자. 그렇게 생각하면 OTT가 기승을 부려도 시네마와는 상관이 없다. 사람들은 신체의 부동성을 강제하는 임대 공간을 필요로 하기 때문에 극장에 간다. 나윤이 아버지인 금정연 씨와 정원이 아버지인 오한기 씨가 극장에 갈 수 없는 이유도 여기에 있다. TV용 영화가 큰 의미 없이 사라진 이유도 여기 있고 OTT 콘텐츠의 질이 떨

---

[*]   1951년생 독일 미디어 이론가.

어지는 이유도 여기 있다. OTT는 개별 콘텐츠가 아닌 리스트의 문제다. 개별 작품은 빨리 감기나 건너뛰기로 감상하면 된다. 중요한 건 내가 영원히 보지 않더라도 무엇을 볼 가능성이 있느냐다. 선택되지 않은 잠재성, 가능세계가 OTT의 우주를 이룬다. 우리는 선택한 것이 아니라 선택하지 않은 것을 소유한다. 반면 극장은 지금 당장 행동하고 선택할 것을 요구한다. 서두르지 않으면 용산 아이맥스는 매진되고 영화는 내려갈 것이다. 그러니까 영화의 시간성에서 중요한 건 러닝타임이 아니라 상영 기간이다. 영화는 점점 더 이벤트화되고 이 이벤트에 참여할 것을 요구한다. 그러나 OTT는 아무것도 요구하지 않는 것처럼 보인다. 닌자처럼 통장에서 구독료를 가져가게 허락만 해준다면 가능세계는 언제나 당신의 곁에서 당신의 존재론적 불안을 잠재워준다. 마음만 먹으면 언제 어디서나 넷플릭스를 보며 시간을 때울 수 있고 사람들과 대화를 나눌 수 있다고 말한다. 우리는 언젠가 〈수리남〉을 볼 것이다. 언제 볼지는 모르겠지만…….

그러므로 종말은 없다. 시네마에는 새로운 시작만이 존재한다. 우리가 원했던 방향이 아닐지라도, 우리가 미디어를 사용하는 게 아니라 미디어가 우리를 사용하는 것이므로. 금정연은 말했다. 한국 사람이 한국 영화를 만드는 게 아니라, 한국 영화가 한국 사람을 만든다고. 영화 이전의 나는 목적도 의미도 불분명한 떠돌이 개에 불과하지만 영화 이후에야 비로소 K정연이 될 수 있었다고, 그게 바로 존 포드가 말한 픽처의 의미라고 말이다.

나는 죽지 않을 것이다
왜냐하면 나는 내 삶이 주마등처럼 지나가는 것을 보지 못했다

2005년, 정성일은 〈씨네21〉에 신설된 코너 '전영객잔'에 들어갈 글을 청탁받으면서 당시 편집장인 남동철에게 "꼭 영화에 관한 평을 쓰지 않아도 된다"는 첨언을 들었다. 남동철은 "이제 영화비평을 진지하게 읽는 사람이 거의 없다"는 말을 전영객잔의 소개에 덧붙인다.

정성일은 2005년에 쓴 이 글을 2010년에 책으로 묶으면서 5년 동안 상황이 어떻게 후퇴했는지 돌아본다고 쓴다. 아마 영화에 관심 있는 사람이라면 한 번쯤은 봤을 그의 책 《언젠가 세상은 영화가 될 것이다》의 첫 꼭지에 실린 글이다. 제목은 "영화비평에 대한 근심과 다시 시작한다는 것."

이제 영화비평을 진지하게 읽는 사람이 거의 없다는 말은 언제 들어도 재밌는 말이다. 어느 시대에나 어느 분야에나 반복되는 후렴구이기 때문이다. 이제 문학비평을 진지하게 읽는 사람이 거의 없다, 이제 시를 진지하게 읽는 사람이 거의 없다, 이제 전시를 진지하게…… 이제 브릿팝을 진지하게…….

　하지만 그렇다고 이 후렴구가 언제나 동일한 의미를 갖는 건 아니다. 문학비평의 경우에는 진지하게 읽는 사람이 많은 시대가 분명 있었(던 것 같)다. 그런데 영화는? 영화에 대한 담론, 영화 글이 진지하게 소비되고 이야기된 시기는 언제일까? 그런 시대가 있었나. 만약에 있었다면 그것은 영화에 대해 진지하게 읽는 사람이 거의 없다고 남동철이 한탄한 바로 그 시절일 것이다. 다시 말해 이제 아무도 안 읽어! 라고 말할 수 있을 때는 아직 누군가 관심을 가지고 있고 책을 읽고 분노하고 절망할 때라는 것이다. 정말 아무도 읽지 않는다면 정말 아무도 읽지 않는다. 그리고 다행인지 불행인지 아직 그때는 오지 않았다.

　그렇다면 2005년에 글을 쓴 정성일은 왜 영화비평에 관한 해묵은 수사에 동의한 걸까. 그는 이렇게 쓴다. "위대한 영화를 쓸 때 우리는 위대한 생각을 해야 한다. 마찬가지로 하찮은 영화를 쓸 때 우리는 하찮아진다는 사실을 생각해야 한다. 그런데 위대함과 하찮음을 점점 구분하지 못한다. 혹은 하찮은 영화 앞에서 자기만 위대한 척한다. 눈이 멀어 갈 때 점점 희미하게 보이는 것을 보는 것처럼 말하는 것은 기만이다."

　그러니까 문제는 영화비평을 읽는 사람이 없는 게 아니라 "진지하게" 읽는 사람이 없다는 사실이다. 비평이나 리뷰를 쓰긴 쓰고 읽긴 읽는데 거기에 더 이상 가치가 없다는 사실, 좋음과 나쁨을 구분하지 못하고 기준과 권위가 사라지고 하찮음이 위대함으로 둔갑한 시대가 도래했다는 것이다. 내가 종종 농담 삼아 어둠의 정성일이라고 칭하는 임재철 역시 (두 분 모두에게 심심한 사과를) 금정연과 내게 이와 유사한 이야기를 했다. 지금은 똥인지 된장인지 구분하지 못하는 시대라고, 영화도 아닌 걸 영화라고 한다고 말이다(인용은 정확하지 않음). 그러면서 그가 우리에게 건네준 책은 빅터 F. 퍼킨스의《영화로서의 영화》였다. 영국의 영화 비평가 빅터 퍼킨스의 유일한 단행본인 이 책은 다음과 같은 문장으로 시작한다. "이 책은 영화를 판단하는 데 있어 필요한 기준(표준)Criteria을 제시하려고 한다."

그러나 정성일, 임재철 두 선생님의 훌륭함과 무관하게 나와 정연 씨가 하려고 했던 것은 그와 정반대의 것이었다. 처음 작가로 활동할 때부터 그랬고 영상자료원 연재를 시작하고 한국 영화에 대한 오디오비주얼 에세이를 만들기로 결심한 순간에도 그랬다. 우리는 기준을 제시하지 않으려고 했다. 그것이 단지 교란, 전복, 위반, 철폐와 같은 의미가 아니라 기준과 규칙, 권위, 규범 이후에도 우리가 살아남을 수 있다는 걸 보여주기 위해서, 우리는 개별의 특수성들이 특수성인 상태를 유지하면서도 공통의 무언가를 실현할 수 있는 세계를 원했다. 취향, 상호존중 따위로 퉁 쳐지는 것이 아닌, 새로운 영화 경험.

쑨거*에 따르면 1950년대 말 미국 지리학자들 사이에서 보편성과 특수성에 대한 논쟁이 있었다고 한다. 각 지역의 독특한 상태에 초점을 두어야 하는지, 모든 지역이 공유하는 지리적 특징을 수집해야하는지 여부였다. 이 논쟁은 다음과 같은 질문을 불러왔다. "특수성의 상태로 재현된 대상이 일반적 규칙으로 다듬어지거나 추상화되지 않은 채 여러 사람을 연결하는 고리가 될 수 있을까요?" 이때 리처드 하츠혼Richard Hartshorne**은 유사성에 대해 인습과 다른 정의를 내리면서 문제를 해결하고자 했다. 그가 정의하는 유사성은 "서로 비슷한 지엽적인 부분을 쳐낸 후 남은 주요 차이"였다. 국어사전에 의하면 유사성은 "서로 비슷한 성질"인데, 유사성이 바로 차이라니 이게 무슨 말일까. 어떻게 특수성들 속의 차이가 우리를 연결하는 보편적 고리가 될 수 있을까. 좋고 나쁨, 옳음과 그름을 구분하고 분별하지 않는 기준이 기준이 될 수 있을까?

얼마 전에 만난 강보원은 내게 이런 이야기를 했다. "요즘 심심해서 DBpia에서 금정연과 정지돈이 과거에 쓴 글을 보는데요, 아니 이 사람들이 자꾸 판도라의 상자를 열고 있더라고요. 거기에 뭐가 있는지도 모르면서. 이미 다 지난 일이

---

*   1955년생 중국의 동아시아 사상사.
**   1899년생 미국 지리학자.

지만 저는 그 글을 읽으면서 이러는 거죠. 아니, 자꾸 그러지 마, 그걸 왜 열어, 이 사람들아."

글쎄, 그걸 왜 열까. 하지만 중요한 건 이 말을 하는 강보원이 웃고 있었다는 사실이다. 그는 뭐가 그리 신나는지 웃으며 말하고 있었다.

정지돈

나는 카를 마르크스를 택하겠습니다

쑨거의 《새로운 보편성을 창조하기》는 2018년 1월 28일 베이징의 인사이드-아웃 미술관에서 열린 포럼에서 발표된 원고다. 이 글에서 쑨거는 명나라 말기의 사상가 이탁오의 철학을 인용한다. '갑자기 웬 명나라? 유교남인가?'라고 속단하진 말자.《현자들의 평생공부법》이라는 책은 이탁오를 중국 역사상 가장 독특하고 기이한 개성의 소유자로 설명한다. 그는 유교를 거부하고 남녀평등을 주장한 이유로 감옥에 갇혔고 온갖 핍박 끝에 감옥에서 자결했다. 쑨거는 다양성, 상대주의의 시대에 보편성과 특수성이라는 문제를 어떻게 사유할 것인가, 새로운 형식의 이론을 어떻게 세울 것인가라는 질문에 답하기 위해 이탁오를 가져온다. 그에 따르면 이탁오의 중심 개념인 "진공"은 분별이라는 전제를 거부한다. "무선무적, 즉 선행도 없고, 업적도 없다." "무인무안, 즉 타인도 없고, 자아도 없다." "무성무근, 즉 전통도 없고, 이단도 없다."

여기서 중요한 것은 이러한 분별이 없고 불가능하다는 사실이 아니라, 분별이 미리 정해져 있지 않다는 사실이다. 쑨거에 따르면 진공 개념은 형이상적인 추론을 바탕으로 하는 서구 이론과 달리 형이하적인 것으로 구체적인 경험 속에서 기준을 찾는 것이다.

그레이엄 하먼*은 브뤼노 라투르에게 도래한 비환원주의적 깨달음의 순간을 데카르트와 루소, 아비센나와 비견되는 역사적 일화로 그려낸다. "데카르트의 꿈과 난로로 데워진 그의 방, 나무 아래에서 울고 있는 루소, 아리스토텔레스에 대한 알-파라비의 주석을 읽은 후에 기도하며 가난한 사람들에게 돈을 주는 아비센나…… 1972년 말 한 비범한 청년 사상가가 부르고뉴의 고속도로를 따라 시트로엥 밴을 운전하고 있었다. (…) 그는 환원주의에 관한 생각에 지나치게 몰두하다 정신을 차리려고 차를 세울 수밖에 없었다. 기독교도, 가톨릭교도, 기술자, 행정가, 지식인, 부르주아, 서양인, 작가, 화가, 기호학자, 남성, 투사, 연금술사. 도로변에 앉아서 어떤 새

*   1968년생 미국 철학자.

로운 철학 원리를 꿈꾸고 있던 청년 라투르는 마침내 이 모든 환원자에게 역겨움을 느끼게 되었다."[1]

니클라스 루만[**]은 1987년 독일 라디오 방송에서 진행된 대담에서 지식인이라는 개념에 집요하게 반대를 표명한다. 반면 사회자인 발터 판 로숨은 끊임없이 되묻는다. "정말 자신을 지식인이라고 하지 않으실 셈인가요?" 로숨이 보기에 지식인은 주관적인 가치를 보편화하고 사회로 내보내 특정한 삶에 대한 개념이나 기준을 제시하는 사람이다. 누구도 이러한 정의에서 벗어날 수 없다. 그러나 루만은 벗어난다. 그는 이렇게 대답한다. "비록 모든 것이 루만의 이름으로 정리되었을지라도, 이는 그 과정에서 벌어진 것을 말하는 관찰자의 단순화로 보입니다. 그에 반해 현실에서 우리는 그 어떤 결합 자체에 얽히게 되는 지적 네트워크에 연루되었다고 해도 무방합니다." 루만에 따르면 지성은 "서로 다른 것끼리 비교할 수 있는 능력, 서로 다름 속에서 같은 부분을 가늠하는" 능력이지 보편성이나 기준이 아니다. "저는 이렇게 정리하고 싶습니다. 어디로 갈지 아는 것, 무엇인지 아는 것, 그리고 실재에 도달할 수 있으며 다른 사람들은 그 사람을 따르거나 복종하거나 권위를 받아들여야 하는 것. 이런 것들은 이제 더 이상 우리 사회에 적합하지 않은 오래된 심성입니다. 윌리엄 제임

[**] 1927년생 독일 사회학자.

스는 매우 아름다운 글 〈인간에 있어 어떤 맹목성에 관하여〉에서 이렇게 말하지요. 모두는 관찰자이고, 모두는 더 큰 예리함을 가지고 다른 이들보다 더 잘 보지만, 하나의 맹점을 필요로 한다."[2]

그렇다. 환원자, 기준, 보편성. 모두 구역질이 난다. 구체적인 경험, 구체적인 존재자, 맹점, 관찰자. 다 좋은 말이다. 그러나 뭔가 부족하다는 생각이 든다. 아무리 각자의 영화 경험이 중요하다고 강조하고 길고 복잡한 이론을 세워도 해소되지 않는 뭔가가 있다. 이를테면 우리가 정말 〈범죄도시 2〉가 걸작이라는 입장을 받아들일 수 있을까. 지금 극장에 걸린 한국 영화들을 받아들일 수 있을까.

—전 받아들일 수 있습니다.

K정연이 말했다. 그는 어느 때보다 당당한 표정이었다. 숨길 것이 전혀 없다는 듯, 평생 후회라곤 해본 적 없는 사람처럼 K정연은 말했다.

—제가 처음부터 마블리의 가능성을 눈치챈 거 아시죠?

K정연은 언젠가 이런 날이 올 거라고 생각했단다. K정연에 따르면 이미 〈범죄도시 5〉 빌런에 임창정이 캐스팅됐고 6편 빌런에 장혁이 캐스팅됐다.

—범죄도시 멀티버스에 장첸이랑 손석구랑 이동휘랑 임창정이랑 장혁 다 같이 나오는 거 아시죠?

K정연의 말을 들으며 치킨을 먹던 강보원이 닭다리를

떨어뜨렸다.

　—그런 소식을 어디서 들으셨어요?

　K정연이 미소를 지으며 대답했다.

　—트위터에서요.

행복한 K정연 씨

K정연에게 정정을 요구할 내용이 있다. K정연은 19화에서
"정지돈은 여행이 좋지만 공항에 가고, 비행기를 타고, 환승을
하고, 기다리는 시간이 싫어서 여행까지 싫어질 때가 많다"고
썼다. 사실대로 말하면 나는 여행이 싫다. 터미널에서 기다리
는 시간도 싫고 불편한 의자에 앉아 옆 사람 숨 냄새를 맡는
것도 싫고 숙소를 예약하고 맛집을 검색하는 것도 싫고 줄서
서 미술관에 들어가는 것도 싫고 유럽 욕실의 낮은 수압도 싫
고⋯⋯. 하⋯⋯(너무 싫음). 그러면 왜 여행을 가냐고? 여기 있
는 건 더 싫기 때문이다. 내가 지금 머무르고 있는 곳에 계속
있어야만 한다는 사실은 더 싫고 그건 서울이 싫어서라기보
다(물론 싫지만) 이곳을 떠나는 것이 가능하기 때문이다. 다시
말해 내가 무언가를 견디지 못하는 이유는 다른 무언가를 할
수 있다는 잠재적인 가능성 때문이다. 문화는 이 가능성을 부
채질하고 환금화하고 의미화하고 이데올로기화한다. 그것이

좋건 나쁘건, 당신이 세상에 노출되면 노출될수록 가능성이 많아질수록 모든 것이 불가능할 거라는 기분에 시달리는 건 그 때문이다. 이렇게 막다른 골목에 부딪치면 목적지를 잃고 빙글빙글 공회전하는 것에, 끝없이 이동하는 것에서 안락함을 느낀다. 목적지를 잃고 무엇도 의미화하지 않고 무엇도 믿지 않으면서. 납치한 비행기의 기장에게 기름이 떨어질 때까지 허공을 선회하라고 말하는 〈찌꺼기〉의 주인공처럼, 길 위를 떠도는 켈리 라이카트*의 인물들처럼, 떠나온 장소와 도달할 장소 사이에 있을 때만 행복한 K정연처럼.

—사실 정연 씨가 이동 중에만 행복하다고 말했을 때 김기덕이 떠올랐어요.

나는 정연 씨에게 말했다. 우리는 정연 씨의 작업실에 있었다. 응암동이었고 책으로 가득한 방은 K정연의 오디오 시스템에서 흘러나오는 맷 버닝거의 목소리로 천천히 진동했다. '한영한사'의 마지막을 기념하는 한국 영화를 보기로 했는데 뭘 봐야 할지 알 수 없어서 멍하니 앉아 시간을 보내고 있었다. 그런 와중에 내가 김기덕의 이름을 꺼낸 것이다. 김기덕의 이름을 들은 K정연은 설마 아직도 이 이름을 소리 내어 발음하는 인간이 있나, 설마 그의 영화를 보자는 건 아니겠지 하는 표정으로 나를 봤다.

* 1964년생 미국 영화감독. 〈퍼스트카우〉로 주목을 받았다.

―김기덕이요?

　　―시나리오가 안 써지면 비행기에서 글을 썼대요.

　　―김기덕이요?

　　―네, 김기덕이요.

　　내가 대답하자 K정연은 우울한 표정으로 바닥을 보며 중얼거렸다.

　　―이코노미석이요, 비즈니스석이요?

　　비행기에 관한 소식은 하나 더 있다. 〈씨네포크〉에서 장뤽 고다르 회고전을 위해 출간한 팸플릿에는 조너선 로젠봄이 〈뉴라인스매거진New Lines Magazine〉에 쓴 고다르 추모글이 있다. 여기서 로젠봄은 1980년 처음 고다르를 만나 인터뷰했을 때를 떠올린다. 그 인터뷰에서 로젠봄은 모든 인터뷰를 통틀어 가장 지혜로운 말을 들었다.

　　고다르는 자기 자신을 비행기로 생각한다고 말했다. 로젠봄은 그게 무슨 뜻이냐고, 스스로를 일종의 탈것으로 생각하는 거냐고 되물었다.

　　"맞아요."

　　이어지는 로젠봄의 글. "고다르의 많은 발언이 그렇듯이 나는 지금도 이 말의 진의가 무엇인지에 대해 완전히 확신하지는 못한다. 하지만 이 발언을 어떻게 사용할 것인가라는 점은 보다 명백한 것으로 보인다. 이것은 사실 영화나 텍스트는 우리를 어딘가로 데려가는 운송수단이라는 사실을 말한 것이며 만드는 사람의 경로는 이 운송수단을 실제로 이용하는 사람의 경로와 반드시 일치할 필요는 없다는 것이다. 말하자면 나는 어떤 운송수단의 제작자인데, 다른 사람들은 이 운송수단을 이용해 자신들이 가고 싶은 곳으로 가는 것이다."

역시 멋진 말이다. 여기에서 글을 끝내고 싶을 정도로 의미심장하고 열려 있고······. 다들 우리가 만든 운송수단을 이용해 다음 장소로 이동하세요. 자기만의 길을 찾아 떠나세요! 여행을 시작하세요!

하지만 나와 K정연은 여전히 답답하다. 사람들은 자신이 어디로 가고 싶은지 알까? 우리는 우리가 어디로 가고 싶은지 알 수 있을까? 우리가 보고 싶은 영화가 뭔지, 그 영화를 보는 게 정말로 좋은 일인지······ 넷플릭스에서 오늘 저녁 볼 영화도 못 고르는데! 영화 따윈 보지 않아도 아무 상관없는데 우리는 왜 사서 고생하는 것일까.

파올로 체르키 유세이Paolo Cherchi Usai는 2001년에 출간된 《시네마의 죽음The Death of Cinema》에서 시네마는 본래 자기 파괴적인 매체라고 주장한다. 본성이 화학물질인 필름은 불꽃으로 타오르지 않으면 천천히 용해될 것이다(식초증후군Vinegar Syndrome). 디지털 역시 엔트로피 부식과 노후화 과정을 겪는 건 마찬가지다. "영화 역사의 궁극적 목적은 그 자신의 소멸, 혹은 다른 존재로의 변형을 서술하는 것이다. 가설적 모델 이미지를 세우는 단계에서 시작해 재현했던 대상을 완전히 망각하는 단계에 이르기까지, 역사는 상상력에 의존하여 서술된다."[3]

현대적인 최초의 VR 기기인 센소라마를 만든 할리우드의 촬영기사 모턴 하일리그는 미래의 영화는 "더 이상 시각 예술이 아닌 의식의 예술"이 될 것이라고 말했다. 모든 종류의 감각에 대한 자료를 창조해 지금까지 "경험하지 못한 의식의 형태로 그 자료들을 배열시키게 될 것이다".[4]

하지만 이미 그렇게 하고 있지 않나?

K정연은 새로 산 JC-2 프리앰프를 연결했다.

―지돈 씨 듣고 싶은 음악 있어요?

―아니요. 전 조용한 게 좋아요.

K정연은 프리앰프의 전원을 켜고 볼륨을 0으로 낮춘 진공관 앰프의 전원을 켰다. 그리고 조금 기다린 다음 아무 판도 올리지 않고 스타트 버튼을 눌렀다. 잠시 정적이 흘렀고 곧 치직 하는 크래클이 일었다. 우리는 나란히 앉아 음악을 들으며 영화를 봤다.

참고 자료

전체 글에는 다른 작품들의 인용이 있고, 대부분은 본문에 출처가 명시되어 있다. 미주를 달거나, 가독성이나 여타 다른 효과를 의도하고 일부러 명기하지 않은 부분은 아래와 같다.

01 금정연

《영화의 이론》 벨라 발라즈 지음, 이형식 옮김, 동문선, 2003년

《영화가 보낸 그림엽서》 세르주 다네 지음, 정락길 옮김, 이모션북스, 2013년

《영화를 보러 다니는 평범한 남자》 장 루이 셰페르 지음, 김이석 옮김, 이모션북스, 2020년

'창조 행위란 무엇인가?' 질 들뢰즈 지음, 《사유 속의 영화》, 이윤영 옮김·엮음, 문학과지성사, 2011년

《영화 이론 – 영화는 육체와 어떤 관계인가?》 토마스 엘새서. 말테 하게너 지음, 윤종욱 옮김, 커뮤니케이션북스, 2012년

《페미니즘 영화이론》 쇼히니 초두리 지음, 노지승 옮김, 앨피, 2012년

《형식들》 캐롤라인 레빈 지음, 백준걸·황수경 옮김, 앨피, 2021년

《뉴미디어의 언어》 레프 마노비치 지음, 서정신 옮김, 커뮤니케이션북스, 2014년

02 정지돈

《복안의 영상》하시모토 시노부, 강태웅 옮김, 소화, 2012

《존 포드》태그 갤러거, 안건형, 신범식 옮김, 이모션북스, 2018

《영화에 관한 질문들》스티븐 히스, 김소연 옮김, 울력, 2003

03 금정연

1 《얼음 속을 걷다》베르너 헤어초크, 안상원 옮김, 밤의책, 2021 (첫 문단 전체는 위 책의 서문과 1974년 11월 23일 일기의 일부를 변형한 것이다.)

2 《영화의 환상성》장 루이 뢰트라, 김경온 긴김, 동문선, 2002 (알랭 게르브랑의 일화를 위 책의 19쪽에서 인용했다.)

3 《담배와 영화》금정연, 시간의흐름, 2020 (임재철에 관한 일화를 위 책의 149쪽에서 인용했다.)

4 《I Seem to Live: the New York Diaries, 1950–1969: Volume 1》Jonas Mekas, Spector Books, 2020 (위 책의 1950년 1월 1일 일기의 일부를 변형했다.)

5 《모든 것은 영원했다》정지돈, 문학과지성사, 2020 (위 책의 159쪽에서 연결과 재현에 관한 부분을 인용하며 인용자가 일부 변형했다.)

6 '지금 무엇이 끝나고 있는 걸까' 장강명, https://news.joins.com/article/24077719

7 Morrissey, 'Everyday Is Like Sunday'

그외

《마운트 아날로그》르네 도말, 오종은 긴김, 이모션북스, 2014

《참을 수 없는 가우초》로베르토 볼라뇨, 이경민 옮김, 열린책들, 2013

《제텔카스텐—글 쓰는 인간을 위한 두 번째 뇌》쇤케 아렌스, 김수진

옮김, 인간희극, 2021

'영화의 피는 응고하지 않아' 김소영, 《씨네21》 1301호

04 정지돈

1 《The Cinema of the Precariat: The Exploited, Underemployed, and Temp Workers of the World》 Thomas Zaniello, Bloomsbury Academic, 2020 (괄호 안은 옮긴이가 추가한 내용이다.)

2 《내용 없는 인간》 조르조 아감벤, 윤병언 옮김, 자음과모음, 2017

3 《언젠가 세상은 영화가 될 것이다》 정성일, 바다출판사, 2010

4 《유령과 파수꾼들》 유운성, 미디어버스, 2018

5 "섹스리스 K-시네마: 한국영화 속 젠더 배치의 문제", 《21세기 한국영화》, 손희정, 앨피, 2020

05 금정연

1 마르그리트 뒤라스.도미니크 노게즈, 《말의 색채》, 유지나 옮김, 미메시스, 2006

2 유운성, '시네마, 역량과 유령 사이에서', 《씨네21》 1300호

3 https://www.filmmakers.co.kr/koreanScreenplays/54717 (필름메이커스 커뮤니티에 올라와 있는 〈어린 신부〉 시나리오에서 인용했다.)

그외

히치콕의 영화 〈현기증〉

뤽 베송의 영화 〈루시〉

하룬 파로키의 영화 〈110년 간의 공장을 나서는 노동자들〉

황인찬의 시 〈무화과 숲〉 중 "사랑해도 흔나지 않는 꿈이었다" 등을 참고하고 인용했다.

06 정지돈

《나는 어떻게 할리우드에서 백편의 영화를 만들고 한푼도 잃지 않았는가》
　　로저 코먼, 김경식 옮김, 2000, 열린책들

《위대한 영화감독들의 기상천외한 인생 이야기》로버트 쉬네이큰버그, 정
　　미우 옮김, 시그마북스, 2010

《텍스트의 즐거움》롤랑 바르트, 김희영 옮김, 동문선, 1997

《무대》필립 라쿠-라바르트, 장뤽 낭시, 조만수 옮김, 문학과지성사, 2020

《통찰의 시대》에릭 캔델, 이한음 옮김, 알에치코리아, 2014

〈고든 크레이그의 연극예술론〉정하니, 2018

《시네마토그래프에 대한 단상》로베르 브레송, 오일환, 김경온 옮김, 동문
　　선, 2003

"Movements of Counter-Speculation: A Conversation with Michel Fe-
　　her"

https://lareviewofbooks.org/article/movements-of-counter
　　-speculation-a-conversation-with-michel-feher/

07 금정연

1　《변신: 되기의 유물론을 향해》로지 브라이도티, 김은주 옮김, 꿈꾼
　　문고, 2020, 13쪽

2　제13회 DMZ국제다큐멘터리영화제 홈페이지의 영화 소개 참고

3　〈누벨 바그〉장뤽 고다르, 1990

4　《천 개의 고원》질 들뢰즈·펠릭스 가타리, 김재인 옮김, 새물결,
　　2001, 338쪽 참고

5　《영화 속의 얼굴》자크 오몽, 김호영 옮김, 마음산책, 2006, 307쪽 참
　　고

6　제13회 DMZ국제다큐멘터리영화제 홈페이지의 영화 소개 참고

7　질 들뢰즈·펠릭스 가타리, 위의 책, 362쪽

8　자크 오몽, 위의 책, 308쪽

9   〈기생충〉봉준호, 2019, 기우의 편지를 변형함

10   《당신을 위한 것이나 당신의 것은 아닌》정지돈, 문학동네, 2021, 43쪽 참고

11   《사일런스》존 케이지, 나현영 옮김, 오픈하우스, 2014, 131쪽

12   《변신: 되기의 유물론을 향해》15쪽

13   《변신: 되기의 유물론을 향해》495쪽

08 정지돈

1   《작가의 편지》마이클 버드, 올랜도 버드, 황종민 옮길, 예술문화, 2021

2   "How a mythical Hollywood hotel inspired Jarvis Cocker's and Chilly Gonzales' project about the magic of cinema", 〈Loud and Quiet〉

3   "연속영화와 연쇄극, 극영화의 등장", 정종화, KMDb

4   《생물과 무생물 사이》후쿠오카 신이치, 김소연 옮김, 은행나무, 2008

5   《고다르 X 고다르》데이비드 스테릿 엮음, 박시찬 옮김, 이모션북스, 2010

6   《존재론적, 우편적》아즈마 히로키, 조영일 옮김, 도서출판b, 2015

7   《변신: 되기의 유물론을 향해》로지 브라이도티, 김은주 옮김, 꿈꾼문고, 2020

09 금정연

《전생하고 보니 크툴루》감기도령, 문피아, 2021

《참을 수 없는 가우초》('크툴루 신화') 로베르토 볼라뇨, 이경민 옮김, 열린책들, 2013

《영화, 축음기, 타자기》프리드리히 키틀러, 유현주.김남시 옮김, 문학과지성사, 2019

'Ice Cream as Main Course' Jarvis Cocker and Chilly Gonzales

《영화와 시》정지돈, 시간의흐름, 2020

"'민주적 사회주의자'의 아이스크림, 무슨 맛?"〈오마이뉴스〉

'Tony Blair was worried Oasis would trash Downing Street'〈NME〉

'Noel looks back in anger at drinks party with Blair'〈The Observer〉

〈디스 이즈 팝〉넷플릭스 오리지널 시리즈

'The 50 Best Britpop Albums'〈Pitchfork〉

〈사랑도 리콜이 되나요?〉스티븐 프라이스, 2000

《레트로 마니아》사이먼 레이놀즈, 최성민 옮김, 워크룸프레스, 2017

《영화는 무엇이 될 것인가? 영화의 미래를 상상하는 62인의 생각들》전주
　　　국제영화제 엮음, 프로파간다, 2021

《역사, 끝에서 두 번째 세계》지그프리트 크라카우어, 김정아 옮김, 문학동
　　　네, 2012

'크래클의 형이상학-아프로퓨처리즘과 혼톨로지' 마크 피셔, 420 옮김,
　　　네이버블로그 '좋습니다'

'레이브 이후의 런던' 마크 피셔, gkd 옮김, 네이버블로그 'K-atacccombb'

'트릭놀로지의 유령들' 이엔씨, 포스타입 '알 수 없는 평론가들'

《나는 입이 없다 그리고 나는 비명을 질러야 한다》할란 앨리슨, 신해경.이
　　　수현 옮김, 아작, 2017

13 금정연

《영화를 생각하다》장 루이 뢰트라·수잔 리앙드라 기그, 김영모 옮김, 동
　　　문선, 2005

《눈에 비치는 세계》스탠리 카벨, 이두희·박진희 옮김, 이모션북스, 2014

16 정지돈

Ⅰ　　〈시네마 이후의 이미지: 자본주의적 추상은 재현 가능한가〉서동진,
　　　2021

2 "N차 관람→'왜놈 칠 결심' 밈까지… '헤어질 결심'의 조용한 신드롬", 이투데이, 2022

3 《루이스 부뉴엘》루이스 부뉴엘, 이윤영 옮김, 을유문화사, 2021

에필로그 2

1 두 번째 문단의 "갑자기 누군가가 내게 말을 걸었다"에서 해당 장의 마지막 "웃지 마시오!"까지의 내용은 토마스 베른하르트의 〈희극입니까? 비극입니까?〉(김현성 옮김, 문학과지성사,《모자》)에서 아주 약간의 수정과 함께 인용했다.

2 "정말이지 영화는 어디에나 있다……내가 가는 곳이면 어디에나 있다" 부분은 웨트웨트웨트Wet Wet Wet의 노래 'Love Is All Around'의 가사를 조금 수정해서 인용했다.

3 편지라는 형식과 몇 개의 문형, 그리고 문장들은 뤽 다르덴의《인간의 일에 대하여》(조은미 옮김, 미행)의 서문에서 빌린 것이다. 특히 "왜 이런 압박을 느낀 걸까요?"에서 마지막 문장까지는 아주 약간의 수정과 함께 그대로 인용했다.

에필로그 4

1 《네트워크의 군주》, 그레이엄 하먼 지음, 김효진 옮김, 갈무리

2 《아르키메데스와 우리: 니클라스 루만 대담집》, 김건우 옮김, 읻다

3 《디지털 영화 미학》, 데이비드 로도윅 지음, 정헌 옮김, 커뮤니케이션북스

4 《멀티미디어》, 랜덜 패커, 켄 조덕 엮음, 아트센터 나비 학예연구실 옮김, 나비프레스

우리는 가끔 아름다움의 섬광을 보았다

첫판 1쇄 펴낸날 2023년 7월 18일

지은이 금정연 정지돈
발행인 김혜경
편집인 김수진
책임편집 유승연
편집기획 김교석 조한나 김유진 곽세라 전하연
디자인 한승연 성윤정
경영지원국 안정숙
마케팅 문창운 백윤진 박희원
회계 임옥희 양여진 김주연

펴낸곳 (주)도서출판 푸른숲
출판등록 2003년 12월 17일 제2003-000032호
주소 서울특별시 마포구 토정로 35-1 2층, 우편번호 04083
전화 02)6392-7871, 2(마케팅부), 02)6392-7873(편집부)
팩스 02)6392-7875
홈페이지 www.prunsoop.co.kr
페이스북 www.facebook.com/prunsoop   **인스타그램** @prunsoop

ⓒ 금정연·정지돈, 2023
ISBN 979-11-5675-422-0(03810)